Arena-Taschenbuch
Band 51239

Weitere Bücher von Tanja Janz im Arena Verlag:
Meersalzküsse

TANJA JANZ

wollte schon als Kind Schriftstellerin werden. Doch zunächst siegte die Vernunft und sie wurde Englisch- und Deutschlehrerin. Als die Geschichten in ihrem Kopf aber keine Ruhe gaben, begann Tanja Janz, sie aufzuschreiben. Und merkte, dass sie nicht mehr damit aufhören wollte. Seitdem macht sie beides in ihrer Heimat im Ruhrgebiet: schreiben und unterrichten. Nebenbei schwärmt sie für Fußball, England und die nordfriesische Küste, weshalb ihre Geschichten meistens in London oder St. Peter-Ording spielen.

TANJA JANZ

LEUCHTFEUER Herzen

Arena
Ein Verlag in der westermann GRUPPE

www.blauer-engel.de/uz195
• ressourcenschonend und umweltfreundlich hergestellt
• emissionsarm gedruckt
• überwiegend aus Altpapier
MI6
Dieses Druckprodukt ist mit dem Blauen Engel ausgezeichnet

FSC
www.fsc.org
MIX
Papier aus verantwortungsvollen Quellen
FSC® C110508

1. Auflage im Arena-Taschenbuch 2022

Rottendorfer Straße 16, 97074 Würzburg

Dieses Werk wurde vermittelt durch die
Literarische Agentur Thomas Schlück GmbH, 30161 Hannover.
Covergestaltung: Zero MEDIA GmbH,
unter Verwendung mehrerer Motive von shutterstock
(© bluecrayola, SNEHIT PHOTO, dekazigzag, Jenny Sturm, tomertu)
Umschlagtypografie: Sibylle Bader
Gesamtherstellung: Westermann Druck, Zwickau GmbH
ISSN 0518-4002
ISBN 978-3-401-51239-6

Besuche den Arena Verlag im Netz:
www.arena-verlag.de

Für Zeynep.

»Ich habe gelernt, dass man nie zu klein ist,
um einen Unterschied zu machen.«
Greta Thunberg

PROLOG

Liam hatte sich die heutige Aktion seit Tagen ausgemalt, und als seine Freunde mit zwei Schubkarren auf ihn zukamen, breitete sich ein Grinsen auf seinem Gesicht aus. Die Show konnte beginnen – und er würde *ihm* zeigen, dass er es ernst meinte.

»Da seid ihr ja endlich«, begrüßte er Lena und Fiete und schob das Garagentor hoch, an dem er gelehnt hatte. »Dachte schon, ihr kommt nicht mehr.« Nickend wies er auf eine Reihe von gefüllten blauen Säcken, die hinter den Surfbrettern standen.

»Mit den Schubkarren sind wir keine ICEs«, antwortete Fiete etwas außer Atem. Auf seiner Stirn hatte sich ein leichter Schweißfilm gebildet. Er stellte die Schubkarre ab und fuhr sich mit einem Ärmel seiner Sweatshirtjacke über die Stirn.

Lena stellte ihre Schubkarre ebenfalls ab und fischte ein Handy aus einer Tasche ihrer Jeanslatzhose. »Ich weiß gar nicht, was du hast. Wir sind total pünktlich.« Sie blickte vom Handy auf. »Was machst *du* denn schon hier? Wir haben erst in einer Viertelstunde mit dir gerechnet – frühestens. Solltest du nicht gerade eine Englischarbeit schreiben?«

»Pfft!« Liam verzog den Mund und strich mit einer Hand eine hellblonde Strähne unter sein Cap. »Hab ich mir geschenkt.«

Lena runzelte die Stirn. »Aha … und was wird aus deinem FOR?«

»Wenn das so weitergeht mit dieser Welt, brauche ich keinen Schulabschluss mehr«, erwiderte er trocken, griff nach einem Sack und beförderte ihn schwungvoll in eine Schubkarre.

»Stimmt.« Fiete schnappte sich ebenfalls einen der blauen Beutel und lud ihn auf eine Karre.

Lena schien mit sich zu ringen, ob sie etwas sagen sollte. Liam sah sie herausfordernd an. Die Predigt konnte sie sich sparen. Sie wusste genau, wie stur er war – und dass ihm die Aktion superwichtig war, wussten alle. Genauso, wie sie wussten, dass Liam damit um noch viel mehr kämpfte als nur gegen Müll. Schließlich seufzte sie nur. »Und dein Vater hat keine Ahnung?«

»Nicht die geringste. Der würde noch nicht mal mitbekommen, wenn jemand in meiner Garage wohnen würde.« Liams Tonfall triefte vor Spott. Er machte keinen Hehl daraus, was er von den Geschäften seines Vaters hielt. »Mein alter Herr ist viel zu sehr mit seinen Projekten beschäftigt, als dass er irgendetwas bemerken würde.«

Lena legte ihm eine Hand auf die Schulter und lächelte ihn aufmunternd an. Die Wut und Enttäuschung über seinen Vater lösten sich unter ihrer Geste auf und wichen Entschlossenheit.

»Dann mal auf in den Kampf«, sagte Liam.

Eine gute Viertelstunde später luden sie die Schubkarren mit den Säcken in den Ortsbus ein. Liam bemerkte die neugierigen Blicke der anderen Fahrgäste und lachte in sich hinein. Wenn die Leute hier schon so schauten, was für Gesichter würden dann erst die anderen machen? Allen voran sein Vater?

Sie fuhren an alten, reetgedeckten Friesenhäusern und gemütlichen Cafés vorbei, Richtung Bad, dem Zentrum von St. Peter-Ording.

Als sie die voll beladenen Karren am Hotel *StrandGut Resort* vorbeischoben, konnten sie schon von Weitem eine Menschenansammlung auf dem Seebrückenvorplatz ausmachen. Die Veranstaltung schien bereits in vollem Gang zu sein.

»Perfektes Timing.« Liams Mundwinkel verzogen sich zu einem zufriedenen Grinsen.

Die Leute hatten sich wenige Meter vor dem Kurkartenhäuschen versammelt. Liam, Lena und Fiete blieben zunächst in einiger Entfernung neben der Bude stehen, von wo aus sie einen guten Blick auf das Geschehen hatten.

»Ein Hauch von Amerika in St. Peter-Ording«, meinte Liam kopfschüttelnd.

Über dem Eingang der Bude prangte »Coffee-to-go-Station« in unübersehbaren Leuchtschriftbuchstaben. Davor stand sein Vater in einem eleganten Anzug, gestikulierte groß beim Reden und lächelte dabei in die zahlreichen Kameras.

»Dein Vater scheint in seinem Element zu sein«, stellte Lena nüchtern fest.

»Er liebt solche Termine geradezu«, stimmte Liam ihr zu. »Und die gesamte hiesige Presse ist anwesend, inklusive der Bürgermeister.«

»Perfekter kann es für ihn nicht laufen«, erwiderte sie.

»Perfekter kann es für unsere Aktion gar nicht sein.« Liam grinste sie an.

»Du weißt, dass wir auf jeden Fall dabei sind. Aber bist du dir wirklich sicher, dass du das tun willst?«, fragte Fiete ihn.

»Wieso sollte ich mir nicht sicher sein?«

Fiete zuckte mit den Schultern. »Er ist dein Vater.«

»Und wennschon. Wenn es um Geld geht, ist alles andere bloß zweitrangig. Ich auch.« Auch jetzt konzentrierte Liam sich nur auf die grimmige Entschlossenheit in sich und ließ der Enttäuschung keinen Platz. Dieses Verhalten kannte er schon viel zu lange von seinem Vater, als dass es ihn noch kümmern sollte.

»Dann mal los, bevor die Presseveranstaltung zu Ende ist.« Lena schob die Karre auf das Häuschen zu, die Jungs folgten ihr.

»... das hat in Sankt Peter-Ording viel zu lange gefehlt. Wir schließen mit unserem Coffee-to-go-Prinzip eine Marktlücke.« Liams Vater setzte erneut ein breites Lächeln auf und hielt den Fotografen einen Einweg-Kaffeebecher mit Plastikdeckel entgegen. »Endlich können die geschätzten Touristen ihren leckeren Kaffee auch am …« Er geriet ins Stocken, als ein blauer Müllsack scheppernd vor seinen Füßen landete und der Inhalt sich auf seinen Schuhen und dem Steinpflaster vor ihm verteilte. Angewidert machte er einen Satz nach hinten. »Was zum …! Was soll der Blödsinn?«, rief er ärgerlich.

Ungerührt kippte Liam den Inhalt eines weiteren Sackes vor dem Häuschen aus, gefolgt von noch einem, den Fiete entleerte. Dutzende Plastikbecher und -flaschen bedeckten den Boden, dazwischen eine Angelsehne, Schuhe, Blechdosen, ein zerfetztes rotes Gummiboot und eine von Muscheln besiedelte Sonnenbrille. Die Kameras der Fotografen klickten hektisch und der Bürgermeister schnappte nach Luft.

»Was soll das? Bist du völlig übergeschnappt?!« Sein Vater wollte ihn zur Seite schieben, doch Liam blieb stehen und blickte seinen Vater wütend an. »Was glaubst du eigentlich, was du hier machst?«

Liam hob sein Kinn. »Was glaubst *du* eigentlich, was du hier machst?!«, fragte er, doch bevor sein Vater reagieren konnte, wandte er sich an die anwesende Presse. »Wir brauchen keine Coffee-to-go-Station in Sankt Peter-Ording. Wir brauchen keinen weiteren Müll, der in der Nordsee landet und unsere Umwelt verschmutzt!«

Er griff nach einem eingerissenen, platt gedrückten Plastikbecher, der in einer Schubkarre lag. »Wissen Sie, was das hier ist?« Er zeigte den Anwesenden den kaputten Behälter. »Das hier lag gestern im Spülsaum am Strand, bloß ein paar Meter von dem Pfahlbau Arche Noah entfernt. Meine Recherchen im Internet haben ergeben, dass es sich hierbei um einen Messbecher eines Waschmittels handelt. Anhand des aufgedruckten Werbeslogans *Fakt mit der neuen Basiskraft mit PSE* konnte ich das Alter leicht bestimmen. Die Werbung lief im Sommer 1970 und damit dürfte der Becher schon 50 Jahre alt sein. Wir können nicht zulassen, dass noch mehr unseres Mülls jahrelang im Meer schwimmt!«

Lena und Fiete rollten zwei Transparente aus, die sie vor einigen Tagen angefertigt hatten. Eins legten sie auf den Müllberg, das andere hielten sie so, dass die Fotografen es gut ablichten konnten. Liam trat einen Schritt zur Seite, damit jeder sie lesen konnte – *There is no planet B* und *Früher war der Fisch in der Packung, heute ist die Packung im Fisch*.

»Also, das ist ja unglaublich! Und völlig überzogen!«, rief Liams Vater mit hochrotem Gesicht. »Du spinnst doch komplett, wegen der paar Becher hier so einen Aufstand zu machen!« Und zu den Anwesenden gewandt, sagte er: »Ich muss mich für meinen Sohn und seine Freunde entschuldigen. In dem Alter regiert der jugendliche Übermut, wissen Sie.« Er versuchte, den Zwischenfall, so gut es ging, wegzulächeln, was ihm allerdings nicht ganz gelang.

»Was wollen Sie mit Ihrer Protestaktion erreichen?«, fragte ein Reporter.

»2,8 Milliarden Einwegbecher und 1,3 Milliarden Plastikdeckel werden pro Jahr weggeworfen. Das sind pro Stunde 320.000 Stück in Deutschland. Der Wahnsinn muss endlich aufhören«, forderte Lena mit fester Stimme.

»Plastikbecher sind ein NO, denn wir lieben SPO!«, skandierte Fiete und hielt das Transparent noch höher.

»Wegen meiner Coffee-to-go-Station geht jetzt die Welt unter oder was?!«, brüllte Liams Vater, dessen Gesichtsfarbe mittlerweile die Farbe einer Tomate angenommen hatte. »Ihr seid doch völlig übergeschnappt!«

Liam wusste, was im Leben seines Vaters wirklich zählte, und das war nicht die Umwelt. Trotzdem fehlten ihm für einen Moment vor lauter Wut die Worte.

»Wie wäre es, wenn wir uns jetzt alle wieder beruhigen und einen Kaffee im Hotel trinken – ganz klassisch?«, witzelte der Bürgermeister, dem die Situation sichtlich unangenehm war. »Meine Damen und Herren, bitte folgen Sie mir …« Er wies zum Eingang vom *Deichkind,* dem Restaurant des *StrandGut Resort.*

»Typisch! Jeden Tag von Neuem unsere Welt zumüllen und dann auch noch wegschauen, wenn jemand etwas daran ändern will!«, rief Lena den Leuten hinterher.

»Das wird noch ein Nachspiel haben, Liam!«, zischte ihm sein Vater wutentbrannt zu. »Wenn deine Mutter diese Aktion erlebt hätte, sie hätte sich in Grund und Boden für dich geschämt.«

»Lass Mama gefälligst da raus!« Liam ballte vor Wut die Fäuste.

Sein Vater winkte bloß ab und beeilte sich, zu den anderen aufzuschließen.

Ein Reporter war zurückgeblieben und kam nun zu ihnen. »Euer Verhalten hat mir imponiert.« Er hob anerkennend die Augenbrauen und überreichte Lena eine

Visitenkarte. »Ich würde euch gerne mal interviewen und eure Sichtweise in einem Artikel bringen … falls ihr möchtet.«

»Ja gerne. Wir melden uns bei Ihnen.« Lena steckte die Karte in die Brusttasche ihrer Latzhose.

Der Journalist verabschiedete sich und folgte den anderen ins Restaurant *Deichkind*.

Liam blickte zum Hoteleingang, seine Augen waren zu schmalen Schlitzen verengt. »Wenn mein Vater glaubt, er könnte mich einschüchtern, dann hat er sich geschnitten. Ich werde nicht einfach nur dastehen und zuschauen, wie er mit unserer Zukunft spielt, nur um sich selbst zu bereichern.«

»Eins steht fest, er will auf keinen Fall, dass du ihm seine neue Geschäftsidee kaputt machst.« Fiete zog sich einen Arbeitshandschuh über und fing an, das Strandgut wieder zurück in den Sack zu räumen.

Liam griff ebenfalls nach einem Handschuh. »Das kann er sich abschminken«, sagte er mit fester Stimme.

»Was hast du vor?«, wollte Lena wissen.

»Das muss ich mir noch überlegen. Aber eines kann ich euch sagen: Jetzt erst recht.«

1. KAPITEL

Kalifornische Seelöwen schwebten mit eleganten Schwimmbewegungen im verglasten Unterwassertunnel über die Köpfe der Besucher hinweg. Kinder jauchzten vor Begeisterung laut auf und zeigten mit großen Augen auf die Ohrenrobben über und neben ihnen. Ein kleines Mädchen legte seine Hand auf eine Stelle der gläsernen Wand, an der ein Seelöwe es von der anderen Seite mit seiner Schnauze berührte.

Alicia verfolgte jede Bewegung der Robben mit ihrer Kamera und drückte in passenden Momenten auf den Auslöser, wie immer völlig gebannt von ihrer Anmut.

An ihr stürmten zwei Jungen im Grundschulalter vorbei, die kurz darauf mit ihren kleinen Fäusten gegen das Sichtglas hämmerten. Alicia sah verärgert von ihrer Kamera auf. Das passierte immer wieder. Warum konnten die Eltern nicht besser auf ihre Kinder aufpassen? Gerade als sie etwas zu ihnen sagen wollte, fiel ihr Blick auf eine Frau, die zu den Kindern eilte.

»Felix und David! Das macht man nicht! Ihr erschreckt

die Tiere«, schimpfte sie, nahm die Jungs an die Hand und zog sie weiter.

Ein paar verantwortungsbewusste Menschen gab es also noch. Alicia schaute wieder durch die Linse der Kamera. Auch wenn sie heute schon ein paar tolle Fotos gemacht hatte, bedauerte sie, dass die Robben so beliebt waren und sich immer ziemlich viele Leute in dem Unterwassertunnel aufhielten, ganz gleich, wann sie da war. Viel lieber hätte sie ihre Lieblingstiere ganz für sich allein gehabt, um sie in Ruhe beobachten und fotografieren zu können.

Ihr Liebling war Legolas, der Zuchtbulle des Seelöwen-Reviers, der in dem Moment zusammen mit der jungen Robbe Fridolin in wilden Schwimmbewegungen das Wasser des Beckens aufwirbelte. Sie ging näher an das Glas heran und tippte schnell hintereinander auf den Auslöser.

Plötzlich tauchte Legolas direkt auf sie zu. Alicia senkte die Kamera. Für einen Moment hatte sie das Gefühl, er schaute sie an, bevor er wendete und an die Wasseroberfläche schwamm. Sie war noch kurz in dem Moment gefangen, bis eine Stimme sie zurück in die Wirklichkeit holte. »Hi, Alicia!«

Alicia wirbelte erschrocken herum, lächelte aber, als sie die blonde Frau in der kurzen khakifarbenen Cargohose und dem Shirt mit dem Emblem des Zoos sah. »Hi, Ilka.«

»Schön, dich mal wiederzusehen.« Sie umarmte Alicia. »Legolas hat schon nach dir gefragt.«

Alicia lachte. »Ich freue mich auch. Wie geht's dir?«

»Ganz gut.« Ilka deutete auf die Kamera in ihren Händen. »Hast du mal wieder Fotos von deinen Lieblingsmodels gemacht?«

»Jede Menge sogar!« Alicia zeigte ihr einige ihrer Aufnahmen.

Ilka zog anerkennend die Augenbrauen hoch. »Wow! Du hast wirklich ein Händchen dafür.«

»Danke«, erwiderte Alicia, in der sich beim Betrachten der Fotos und des Kompliments ein warmes Gefühl ausbreitete.

»Vielleicht können wir ein paar deiner Schnappschüsse für die Zoo-Homepage gebrauchen.«

»Ja klar! Darüber würde ich mich tierisch freuen!«

»Ich frag mal bei dem zuständigen Kollegen nach«, versprach Ilka. »Bleibst du noch zur Fütterung?«

Alicia schaute auf ihr Handy. »Sorry, das wird heute leider nichts. Ich habe später noch eine Verabredung.« Fast bedauerte sie ein wenig, dass sie nachher noch mit ihrem Freund Elias verabredet war. Wie gerne wäre sie noch länger geblieben und hätte Ilka bei der Fütterung geholfen. Aber wenn sie ihr Date um eine Stunde verschieben würde, hätte Elias sicher kein Verständnis dafür. Ihre Faszination für die Seelöwen konnte er einfach nicht verstehen – dabei hatte Alicia ihn so oft gebeten, mit ihr in den Zoo zu gehen, damit sie ihm zeigen konnte, was ihr wichtig war.

»Schade«, meinte Ilka. »Du hättest mir helfen können. Ich hatte nach dir nie wieder eine Praktikantin, die so ein gutes Händchen für unsere Seelöwen hatte.«

»Ich hätte total gerne noch ein zweites Praktikum gemacht, aber da gab es wohl einige andere Bewerber vor mir auf der Liste«, sagte Alicia bedauernd.

Vor einem Jahr hatte sie in den Sommerferien ein Praktikum hier gemacht, weil sie herausfinden wollte, ob ein Job mit Tieren zu ihr passte. Damals war sie zufällig bei Ilka und ihren Kalifornischen Seelöwen gelandet. Ihre erste Begegnung mit den Robben hatte gleich etwas Magisches gehabt. Es war wie die berühmte Liebe auf den ersten Blick gewesen. Alicia hatte sofort die Sprache der Tiere verstanden und konnte bereits am zweiten Tag ihres Praktikums bei der Robbenfütterung mithelfen. Seitdem waren ihr die Tiere ans Herz gewachsen und sie hatte sich ein beachtliches Wissen über Robbenarten angelesen. Am liebsten hätte sie jeden Tag im Zoo verbracht, doch das schaffte sie meistens bloß an den Wochenenden oder in den Ferien.

»Einige ist gut … ich glaube, es stehen über 30 Leute auf der Liste.«

»Tja, ich kann ihren Wunsch gut nachvollziehen. Jetzt muss ich mich aber beeilen, wenn ich den Bus zurück nach Recklinghausen noch erwischen will. Ich komme bald wieder«, versprach Alicia und umarmte Ilka zum Abschied. »Schließlich sind ja Ferien und ich habe eine Jahreskarte.«

Alicia trank den Rest ihres Bananenshakes aus und blickte sich ein weiteres Mal suchend um. Sie hatte sich extra beeilt, um pünktlich zu ihrer Verabredung mit Elias zu kommen. Aber von dem keine Spur.

Wieder schaute sie auf ihr Handy. Sieben Minuten vor fünf. Seit gut einer Stunde saß sie hier im Eiscafé wie bestellt und nicht abgeholt und wartete auf ihn. Wehmütig dachte sie an die Zeiten am Anfang ihrer Beziehung zurück. Da war er meistens noch vor ihr am Treffpunkt gewesen und immer hatte er ihr das Gefühl gegeben, dass es außer ihr nichts Wichtigeres auf der Welt gab. Während der ganzen Zeit, wenn sie zusammen waren, hatte er sie mit seiner uneingeschränkten Aufmerksamkeit verzaubert. Doch davon war nichts mehr übrig geblieben.

Nachdem sie schon versucht hatte, ihn telefonisch zu erreichen, schrieb sie ihm eine Nachricht.

Wollten wir uns nicht um 16 Uhr im Dino treffen?
Wo steckst du???

Sie starrte auf das Handydisplay und spürte, wie sich Frustration in ihr breitmachte. Alicia hoffte darauf, gleich eine Antwort von ihrem Freund zu bekommen, in der sich sein Nichtkommen aufklärte, obwohl ihr Bauchgefühl ihr signalisierte, dass dies nicht passieren würde.

Es war nicht das erste Mal, dass sie vergeblich auf ihn wartete. Sie erinnerte sich an einen Freitagabend, an dem sie im strömenden Regen vergeblich vor dem Kino ausgeharrt hatte, während er mit seinen Fußballkollegen im Clubraum ein Spiel zwischen Schalke 04 und dem FC Bayern im Fernsehen geschaut hatte. Damals hatte er sich reumütig bei ihr entschuldigt und geschworen, dass dies kein weiteres Mal passieren würde. Verspätungen aufgrund seines Trainings waren gang und gäbe geblieben, aber Alicia hatte fest daran geglaubt, dass er sie kein weiteres Mal versetzen würde.

Die Enttäuschung in ihr wuchs mit jeder weiteren Minute ohne Nachricht von Elias, bildete einen Kloß in ihrer Kehle und trieb ihr die Tränen in die Augen. Er hatte es ihr doch hoch und heilig versprochen und ihr dabei so tief in die Augen gesehen, dass sie alles andere hätte vergessen können. Sie war sogar extra eine Viertelstunde eher in der Eisdiele gewesen und hatte sich ihr neues Sommerkleid angezogen. Schließlich gab es etwas zu feiern: Es war das Wochenende vor dem Beginn der Sommerferien. Vor ihnen lagen sechs schulfreie Wochen und, was noch viel wichtiger war, sie hatten die Fachoberschulreife mit Qualifikation in der Tasche. Nach den Ferien ging es für Elias und sie in der Oberstufe weiter.

Sie blinzelte und schluckte die Tränen hinunter, als die Kellnerin an ihren Tisch trat.

»Darf ich Ihnen noch etwas bringen?«

»Nein danke. Nur die Rechnung.« Alicia schüttelte den Kopf und lächelte die Frau tapfer an.

Nachdem sie ihren Milchshake bezahlt hatte, lief sie zu ihrem Fahrrad, das sie an einem Radständer vor einem Supermarkt angekettet hatte. Sie steckte gerade den Schlüssel ins Schloss, als das Handy in ihrer Tasche piepste.

Endlich meldete sich Elias! Dann würde sich doch alles aufklären. Hastig fischte sie ihr Smartphone aus der Tasche, doch ihre aufgekeimte Hoffnung verwandelte sich in Frust, als sie las, von wem sie eine Nachricht bekommen hatte.

Clara, ihre beste Freundin, wollte wissen, ob sie heute noch was vorhätte.

»Schön wär's«, sagte Alicia leise zu sich selbst und versuchte den Kloß, der sich in ihrem Hals gebildet hatte, runterzuschlucken.

War eigentlich mit Elias zum Eisessen verabredet.
Aber er ist nicht aufgekreuzt. Fahre jetzt zum Fußballplatz.
Vielleicht ist er da. Melde mich später bei dir.

Sie steckte das Handy zurück in die Tasche und schaute hoch zum Himmel, wo sich inzwischen massige Wolken ausdehnten. Schnell löste sie das Fahrradschloss und schwang sich in den Sattel. Der Fußballplatz war ungefähr 20 Minuten mit dem Rad von dem Eiscafé entfernt. Mit etwas Glück kam sie dort noch trocken an, bevor der Himmel seine Schleusen öffnete und für die ersehnte Abkühlung sorgte. Alicia trat kräftig in die Pedale.

Sie konnte sich nicht gegen den Gedanken wehren, dass Elias sie womöglich einfach vergessen hatte – wieder einmal. In ihrem Bauch grummelte es. Sie hoffte, dass sie falschlag und es bloß ein Missverständnis war. Aber so richtig konnte sie nicht daran glauben.

Als sie am Sportzentrum ankam, landete ein erster Regentropfen auf ihrer Nase. Sie stieg ab und schob das Rad den Weg entlang, der zum Fußballplatz führte. Rund um den Ascheplatz standen Zuschauer, die ihre Mannschaft anfeuerten und Alicia die Sicht auf die Spieler nahmen. Neben ehrgeizigen Eltern waren auch die üblichen

Fußball-Groupies am Start, eine Gruppe von circa zwölf Mädchen, die teilweise mit einem der Spieler zusammen waren oder es sich fest vorgenommen hatten, in naher Zukunft zu sein.

Alicia lehnte ihr Rad an die Mauer der Sporthalle und suchte sich einen Platz abseits der Menschentraube, einige Meter hinter dem Tor. Sie musste nicht lange nach Elias Ausschau halten, ihr Freund schoss gerade auf der gegenüberliegenden Seite des Platzes eine Ecke.

Sie blinzelte mehrmals, doch an dem Anblick änderte sich nichts. Elias war hier. Er hatte sie tatsächlich vergessen.

Ein zentnerschweres Gewicht legte sich auf ihr Herz. Mit verschränkten Armen beobachtete sie das Spiel. Elias bemerkte ihre Anwesenheit überhaupt nicht. Er war zu sehr auf das Spiel konzentriert – wie immer, wenn er Fußball spielte. Nichts ging für ihn über seine Leidenschaft. Das hatte er heute nur wieder bewiesen. Und Alicia damit schmerzvoll die Augen geöffnet.

Nachdem der Schiedsrichter das Spiel abgepfiffen hatte, ging Alicia zu dem überdachten Eingang der Sporthalle, der zu den Umkleiden führte. Dicke Regentropfen prasselten mittlerweile auf das Vordach. Als Elias kam, unterhielt er sich mit einem Mannschaftskameraden und wäre fast an ihr vorbeigegangen. Im letzten Augenblick bemerkte er sie.

»Hey! Was machst du denn hier?« Er umarmte sie und wollte ihr einen Kuss auf die Lippen drücken, doch sie drehte den Kopf zur Seite.

»Nicht.«

Elias lachte auf und wischte sich mit dem Handrücken

Schweiß von der Stirn. »Okay, verstehe. Ich dusche schnell.« Er verschwand in dem Gebäude, bevor sie noch etwas entgegnen konnte.

Wie erstarrt sah Alicia ihm hinterher. Er schien wirklich nicht zu wissen, dass sie heute eine Verabredung gehabt hatten. War Fußball denn wirklich wichtiger als sie? Hatte er genug von ihr oder war einfach von Anfang an kein Platz in seinem Leben für etwas anderes gewesen? Er hatte sie davor gewarnt, aber gleichzeitig in der wenigen Zeit mit so viel liebevollen Gesten bedacht, dass sie es nicht hatte sehen wollen.

Der Gedanke machte sie regelrecht fertig. Elias war ihr erster Freund und sie war so sehr in ihn verliebt. Trotzdem konnte sie sich so nicht behandeln lassen. Nicht von ihm und auch nicht von jemand anderem.

Alicia verzog sich ins stickige Innere der Sporthalle, als es draußen immer ungemütlicher wurde, und suchte das Damen-WC auf. Sie war von der Fahrt mit dem Rad und der brütend heißen Luft völlig verschwitzt. Sie drehte den Wasserhahn auf und erfrischte ihr Gesicht mit kaltem Wasser. Gut, dass sie sich fast nie schminkte, weil sie sich dann fühlte, als würde sie eine Maske tragen.

Sie schaute in den Spiegel über dem Waschbecken. Ihre Wangen waren durch die Hitze leicht gerötet und ihre grünen Augen spiegelten ihren inneren Aufruhr wider. Wie hatte Elias nichts davon merken können? Sie musste Klartext mit ihm reden. Er musste wissen, wie sehr er sie mit seinem Verhalten verletzt hatte.

Alicia band ihr schulterlanges braunes Haar zu einem

Dutt hoch und verließ dann das WC. Im Flur lehnte sie sich an die Wand. Sie war völlig in Gedanken versunken und überlegte noch, was sie Elias sagen wollte, als er plötzlich schon vor ihr stand. »Da bin ich.«

Er lächelte sie gut gelaunt an. Genau in dieses Lächeln hatte sie sich verliebt. Doch mittlerweile schickte es keinen Schmetterlingsschwarm mehr durch ihren Bauch, sondern ließ Ärger in ihr aufsteigen, weil er so unbedarft war.

Alicia wich ihm wieder aus, als er erneut versuchte, sie zu küssen. Ihr Herz klopfte ihr bis zum Hals. Sie hasste Streit, doch so ging es nicht weiter.

»Was hast du denn?« Seine grünen Augen schauten sie ahnungslos an. Er lebte wirklich im Moment, und so, wie er sie vor Minuten noch komplett vergessen hatte, war er jetzt völlig bei ihr.

Alicia schüttelte den Kopf. »Du weißt es wirklich nicht mehr, oder?«, fragte sie leise.

»Was soll ich wissen?« Er drehte sich zu einem seiner Mannschaftskollegen um, der ihm eine Hand auf die Schulter gelegt hatte.

»Wir gehen noch in den Vereinsraum, bis das Gewitter vorbei ist. Kommst du mit?«, fragte er ihn.

»Komme gleich nach«, sagte Elias und verpasste Alicia damit einen weiteren Stich ins Herz. Er wandte sich wieder ihr zu und zuckte mit den Schultern. »Also? Was soll ich wissen?«

»Wir waren heute um 16 Uhr im *Eiscafé Dino* verabredet!«, brach es aus Alicia heraus. »Über eine Stunde habe ich da auf dich gewartet.«

»Oh, war das heute?« Er klang erstaunt. Aber auf mehr wartete sie vergebens.

»Zufällig ja.«

»Das habe ich ganz vergessen«, sprach er das Offensichtliche aus.

»Das habe ich auch schon bemerkt.« Alicia biss sich auf die Unterlippe, um die aufsteigenden Tränen zurückzuhalten.

Elias stellte seine Sporttasche auf dem Boden ab und strich ihr über den Arm. »Hey, sei nicht sauer, ja? Ich habe es nicht mit Absicht vergessen.«

Alicia verschränkte wieder die Arme vor der Brust. »Wäre es dir wichtig gewesen, hättest du es nicht vergessen.«

»Entschuldigung.« Er versuchte, sie wieder zu küssen.

Alicia hob abwehrend die Hände. »Deine Trainings und Treffen mit deinen Freunden vergisst du komischerweise nie.«

»Was willst du denn noch? Ich habe mich doch entschuldigt.«

»Ich möchte, dass dir unsere Verabredungen genauso wichtig sind wie dein Training und du nicht deine komplette Freizeit auf irgendwelchen Fußballplätzen verbringst und mich dabei völlig vergisst.« Ihre Stimme zitterte leicht.

Elias verschränkte ebenfalls die Arme vor seinem Oberkörper. »Du weißt ganz genau, wie wichtig die Trainings und Testspiele für meine Spielerkarriere sind. Ich dachte, wir hätten darüber geredet und du unterstützt mich dabei«, sagte er in einem vorwurfsvollen Ton.

»Hallo? Natürlich unterstütze ich dich. Aber du hast ja gar keine Zeit mehr für mich. Es geht nur um Fußball und deine zukünftige Karriere als Profi. Wir sehen uns überhaupt nicht mehr. Ist dir das denn noch gar nicht aufgefallen?«

»Gerade sehen wir uns doch. Außerdem weißt du, dass du zu jedem Spiel kommen kannst.«

»Na toll!« Alicia verdrehte die Augen. »Dann kann ich mich ja gleich zu den Groupies stellen.«

»Was soll das denn heißen? Die Mädels supporten ihre Freunde wenigstens!«

»Ich dich auch, aber ich möchte dich nicht nur zusammen mit einem Fußball sehen. Kannst du das nicht verstehen? Wir können ja noch nicht einmal in den Ferien Zeit zusammen verbringen, weil du übermorgen schon ins Trainingslager fährst.«

»Also wenn du so wenig Verständnis für mich und meinen Traum hast …« Elias' Kiefermuskeln arbeiteten, ein eindeutiges Zeichen dafür, dass er langsam sauer wurde.

Alicia war durch seine Reaktion tief verletzt. »Was ist denn mit meinen Träumen? Immer geht es nur um das, was für dich wichtig ist. Ich möchte auch mal dran sein.«

Elias griff nach seiner Tasche. »Für solche Diskussionen habe ich gerade echt keine Nerven. Ich gehe zu den anderen in den Vereinsraum«, sagte er unwirsch.

»Fein. Dann kann ich mich ja mit jemand anderem treffen.« Alicias Stimme bebte.

»Mach das.« Damit ließ Elias sie stehen und ging den Flur entlang.

»Ach, Clara. Was soll ich nur machen? Ich will ihn doch unterstützen, aber kann er sich nicht auch ein Mal um mich kümmern? Ich bin doch mehr als ein Maskottchen! Ich würde nie eine Verabredung mit ihm vergessen, weil er mir so wichtig ist.« Alicia biss sich auf die Unterlippe. Heute war ihr schmerzlich bewusst geworden, dass diese Gefühle scheinbar nicht auf Gegenseitigkeit beruhten. Sie fühlte sich hundsmiserabel.

»Soll ich vorbeikommen und dich etwas aufheitern?«

»Das ist total nett von dir, aber ich möchte lieber ein bisschen allein sein und in Ruhe die Fotos von den Seelöwen bearbeiten«, wiegelte Alicia ab. »Vielleicht kommen welche davon auf die Homepage des Zoos.«

»Du meinst, du möchtest in Ruhe Trübsal blasen«, stellte Clara fest und traf damit den Nagel auf den Kopf. »Meld dich einfach, okay? Ich sorge schon dafür, dass du auf andere Gedanken kommst.«

»Da bin ich mir sicher. Wir können uns morgen treffen, ja?«

»Na schön. Falls du es dir doch noch anders überlegen solltest oder es dir schlechter geht, ruf mich an, okay?«

»Danke, Clara.« Alicia beendete das Gespräch und starrte einige Sekunden lang an die Zimmerdecke, bevor sie die Kraft fand, sich aufzuraffen. Sie hoffte, wenigstens bei der Bearbeitung der Fotos von ihrem Liebeskummer abgelenkt zu werden. Doch tief in ihrem Innern war ihr klar, dass sie damit keinen Erfolg haben würde. Elias spukte jede Sekunde in ihrem Kopf umher und es gab nichts, was das hätte ändern können.

Wenigstens waren ein paar Aufnahmen dabei, die sie dem Zoo zur Veröffentlichung anbieten konnte. Sie hob den Blick zu dem großen Poster über ihrem Monitor, das sie beim Füttern der Seelöwen im Gelsenkirchener Zoo zeigte. Dies war ihr Abschiedsgeschenk von Ilka am letzten Tag ihres Praktikums gewesen. Sie erinnerte sich daran, wie glücklich sie damals gewesen war. Erst waren Elias und sie frisch zusammengekommen und dann hatte sie endlich den heiß ersehnten Praktikumsplatz ergattert.

Alicia schloss das Bildbearbeitungsprogramm und rief YouTube auf. Dort fand sie ein neues Video, das Kalifornische Seelöwen in Freiheit vor der nordamerikanischen Küste zeigte. Wie gerne würde sie mal dorthin reisen. Bislang kannte sie die Tiere nur aus dem Zoo. In freier Wildbahn hatte sie bisher bloß Kegelrobben und Seehunde an der Nordseeküste beobachtet, wo ihre Tante Heide lebte.

Betrübt schaute Alicia auf ihren Kalender, der neben dem Poster hing. Sechs Wochen Sommerferien! Normalerweise war dies die schönste Zeit im Jahr. Aber dieses Mal? Im Moment erschien es ihr wie eine Zeit, die sie irgendwie überstehen musste. Elias würde wochenlang in seinem Trainingscamp sein und Clara flog die kompletten sechs Wochen nach Florida, weil ihre Eltern dort Ferienhäuser verkauften.

Würde sie doch wenigstens mit ihren Eltern in den Urlaub fahren, so wie Clara. Aber daran war in diesem Jahr nicht zu denken gewesen, weil ihre Eltern nicht zusammen freibekommen hatten. Die Warteliste für ein weiteres Praktikum im Zoo war verdammt lang und auch ein Besuch bei Tante Heide, die in St. Peter-Ording eine Pension betrieb, kam nicht infrage, weil alle Zimmer in der Sommerzeit belegt waren. Ihre letzte Hoffnung auf aufregende Ferien war ein Ferienpraktikum in der Schutzstation Wattenmeer in Westerhever gewesen. Ferien mitten im Nationalpark zu machen und die Chance zu bekommen, Robben in freier Wildbahn zu beobachten, was könnte es Schöneres geben?! Aber ein paar Wochen nach Eingang ihrer Bewerbung hatte sie die Absage aus Westerhever vorliegen gehabt.

Es schien in diesem Jahr für sie aussichtslos zu sein, die Ferien mit schönen unvergesslichen Erlebnissen zu füllen. Und nun kam auch noch die Beziehungskrise mit Elias hinzu, die dem Ganzen das i-Tüpfelchen aufsetzte.

Leise Kratzgeräusche unterbrachen Alicias Grübeleien. Sie drehte sich um. Ihr Kater Mäxchen versuchte, die geschlossene Tür mit einer Pfote zu öffnen. »Hast ja recht, mein Dicker. Es ist Zeit für das Abendbrot.« Sie öffnete ihre Zimmertür und folgte dem Kater, der zielstrebig in die Küche im Untergeschoss lief. Alicia füllte Mäxchens Napf mit Futter und warf gerade die leere Dose in den Müll, als es an der Haustür klingelte. Das konnte nur Clara sein. »Schaff dir nie Freunde an, für die ein Nein eigentlich ja bedeutet«, sagte Alicia zu ihrem Kater und öffnete dann die Tür.

»Hi!«

»Du?« Alicia starrte Elias überrascht an und ihr Herz schlug sofort schneller. Der Streit hatte ihn doch nicht kaltgelassen!

»Kann ich reinkommen?«, fragte er ohne Umschweife. Seine Haare waren nass vom Regenwasser und von seiner

Trainingsjacke perlten einige Tropfen ab. Er sah hinreißend aus.

Alicia trat einen Schritt zur Seite, um ihn reinzulassen. In ihr keimte die Hoffnung auf, dass sich doch noch alles zum Guten wenden würde.

Elias putzte sich die Schuhe auf der Fußmatte ab und betrat den Flur. Alicia wartete vergeblich auf einen Begrüßungskuss. Er vergrub seine Hände in den vorderen Taschen seiner Jeans. »Ich bin froh, dass du da bist. Ich wollte mit dir über die Sache von vorhin sprechen.«

»Okay«, erwiderte sie nur einsilbig, damit er weitersprechen konnte. Gleich würde er sich bei ihr entschuldigen und dann war alles wieder gut. Sie war inzwischen sogar bereit, ihm noch einmal zu verzeihen.

»Mir geht unser Gespräch von vorhin nicht mehr aus dem Kopf«, erklärte er.

»Geht mir genauso.«

»Ich konnte mich vorhin gar nicht richtig auf das Fußballspiel im Fernsehen konzentrieren, weil ich immer daran denken musste. Das ist nicht gut. Ich muss den Kopf für das Fußballcamp frei haben.«

»Dann lass uns darüber reden«, sagte Alicia und überhörte dabei bewusst seinen vorwurfsvollen Unterton. Sie wollte jetzt kein weiteres Drama machen, sondern die Sache aus der Welt schaffen, bevor Elias ins Trainingscamp fuhr. »Du kannst schon mal hoch in mein Zimmer gehen, ich hole uns was zu trinken.« Alicia wandte sich von ihm ab, um die Getränke aus der Küche zu holen, doch Elias hielt sie am Arm fest.

»Ich bin nicht gekommen, um länger zu bleiben. Ich wollte die Sache bloß eben mit dir klären.«

Alicia runzelte die Stirn. Das hörte sich nicht nach der großen Versöhnung an, auf die sie insgeheim gehofft hatte. »Okay …«

»Ich muss im Fußballcamp den Kopf frei haben, um mich ganz auf die Trainings und Spiele zu konzentrieren«, wiederholte er. »Das kann ich aber nicht, wenn ich weiß, dass du beleidigt bist, weil ich keine Zeit für dich habe. Dann fühle ich mich wie ein Vollidiot.«

»Ach …«, Alicia winkte ab. »Ich bin schon happy, wenn du unser nächstes Date nicht vergisst.«

Elias schüttelte den Kopf. »Alicia, darum geht es nicht.«

»Worum dann?« Sie nahm Mäxchen auf den Arm, weil sie das Bedürfnis hatte, sich an etwas festhalten zu müssen. Es lag eine merkwürdige Stimmung in der Luft und Alicia spürte, dass eine Katastrophe bevorstand.

»Mir wird das einfach zu viel. Ich kann mich nicht auf den Fußball und gleichzeitig auf die Beziehung mit dir konzentrieren. Sonst hätte ich unsere Verabredung nicht vergessen.«

Mäxchen strampelte und sie ließ ihn runter. »Dann muss ich dich wohl beim nächsten Mal an unser Date erinnern, wenn es nicht anders geht«, meinte sie. Obwohl sie ahnte, worauf dieses Gespräch hinauslief, versuchte sie, es mit aller Macht abzuwenden.

»Nein. Das musst du nicht. Ich will eine Pause. Ich will nicht ins Camp fahren und mich schuldig fühlen, weil wir nichts in den Ferien zusammen unternehmen können.

Lass uns unsere Beziehung auf Eis legen und gucken, was nach den Ferien ist.«

Alicia musste schlucken. »Du machst mit mir Schluss?«

Elias zuckte mit den Schultern. »Es funktioniert im Moment nicht anders.«

Sie kämpfte gegen die aufsteigenden Tränen an. »Ich fass es nicht.«

»Sorry.« Elias wich ihrem Blick aus. Scheinbar ließ ihn das Ganze auch nicht völlig kalt. Aber bevor sich neue Hoffnung in ihr regen konnte, trat er einen Schritt von ihr zurück. »Ich muss dann auch wieder los. Mach's gut.«

Sprachlos schaute sie dabei zu, wie er die Haustür öffnete und von außen wieder schloss. Sie fühlte sich, als hätte er ihr besagte Tür vor den Kopf geschlagen. Eine Art Schockstarre hinderte sie daran, sich zu rühren und klar zu denken. Sie fühlte sich wie in einem Traum gefangen, so unwirklich erschien ihr das, was gerade passiert war.

Mäxchen strich wieder um ihre Beine und mauzte. Mechanisch nahm sie ihn auf den Arm und stieg die Treppen hoch. Sie rollte sich auf ihrem Bett zusammen, dann brachen die Tränen aus ihr heraus. Und der Schmerz, der mit ihnen kam, war nur zu real.

3. KAPITEL

Alicia saß neben Clara in der alten Hollywoodschaukel. Sie war froh, ihre beste Freundin bei sich zu haben, und hatte den Kopf an ihre Schulter gelehnt, während sie ins Leere starrte.

»Und wie war es bei der Seelöwenbande?«, fragte Clara, nachdem sie eine Weile lang geschwiegen hatten.

»Schön.« Alicia war heute Morgen schon sehr früh aufgestanden, weil der Liebeskummer ihr den Schlaf geraubt hatte. Deswegen war sie überpünktlich, schon um kurz vor neun Uhr am Zoo gewesen, bevor dieser seine Pforten geöffnet hatte. »Ich habe Ilka beim Füttern geholfen und habe mich für die Besucher von Legolas nass spritzen lassen«, zählte sie auf.

»Du hast schon mal begeisterter geklungen, wenn du von deinen Seelöwen erzählt hast«, stellte Clara fest.

»Ich weiß … seit Elias mit mir Schluss gemacht hat, ist irgendwie alles so … leer in mir. Ich weiß gar nicht, wie ich die Ferien überstehen soll, wenn du weg bist.« Alicia schluckte und blinzelte ein paar Tränen weg. »Ich kann einfach nicht vergessen, was Elias zu mir gesagt hat. ›Lass uns unsere Beziehung auf Eis legen und gucken, was nach den Ferien ist‹«, machte sie ihn nach. »Ich bin doch kein Spielzeug, das man in einen Schrank stellen kann, ohne zu wissen, ob man damit überhaupt noch mal spielen will.«

Clara schüttelte den Kopf. »Du bist definitiv mehr als das! Wenn du mich fragst, der spinnt doch!«

»Trotzdem geht es mir total schlecht. Ich frage mich die ganze Zeit, ob ich was falsch gemacht habe.«

Clara schnaubte. »Er kann froh sein, dass du überhaupt so lange sein Spiel mitgemacht hast. Also, ich hätte ihn schon längst in die Wüste geschickt.«

»Ich habe so gehofft, dass es mit uns wieder gut wird, als er plötzlich bei mir aufgetaucht ist.« Alicia schaute auf ihr Handy, das neben ihr lag. »Aber das kann ich mir wohl abschminken. Er hat sich nicht mehr bei mir gemeldet.«

»Und wie soll das jetzt weitergehen?«

Alicia zuckte die Schultern. »Keine Ahnung. Ich weiß gar nicht, ob Elias überhaupt will, dass es weitergeht.«

»Und was willst du?«

»Ich will, dass ich ihm genauso wichtig bin wie sein Fußball.«

»Oha.« Clara schaute sie skeptisch an. »Das hört sich aber nach einer ziemlich wundersamen Veränderung an, die bei Elias eintreten müsste.«

»Du meinst, die mit an Sicherheit grenzender Wahrscheinlichkeit nicht eintreten wird?«

»Vermutlich nicht.«

»Ich weiß … er würde nie das Fußballtraining sausen

lassen, um Zeit mit mir zu verbringen.« Alicia seufzte und trank noch einen Schluck Cola.

Clara legte ihr einen Arm um die Schultern. »Er weiß gar nicht, was er für ein Glück mit dir hatte. Dabei hatte er dich nicht mal verdient. Ich finde, du solltest dir mehr wert sein.«

»Wie meinst du das?«

»Kein Junge der Welt kann so toll sein, dass du es nötig hast, dich so von ihm behandeln zu lassen. Und wenn er nicht bereit ist, dich zu einer seiner Prioritäten zu machen, erst recht nicht. Normalerweise müsste der Idiot auf Knien vor dir um Vergebung betteln und selbst dann müsstest du überlegen, ob du ihm noch eine Chance gibst.«

»Danke, Clara. Du hast wie immer recht.« Sie war froh, Clara als beste Freundin zu haben. Auf sie konnte Alicia immer zählen.

»Ich weiß. Und deshalb weiß ich auch, dass du dringend eine Ablenkung brauchst«, beschloss Clara.

»Und was soll das sein? Nicht mal die Seelöwen konnten mich richtig aufheitern.«

Clara drückte sie an sich. »Kopf hoch! So weit weg ist Florida gar nicht, wir können immer schreiben und ich werde schon dafür sorgen, dass du keinen Gedanken mehr an diesen Idioten verschwendest. Zur Not nerve ich dich jeden Tag mit einem Anruf zu einer unsäglichen Tageszeit, versprochen.«

Eine Weile schaukelten sie still hin und her. Das mochte Alicia an Clara. Mit ihrer besten Freundin konnte sie nicht nur supergut über alles reden, sondern auch zusammen schweigen.

»Ach, da bist du ja«, ertönte es plötzlich von der Terrassentür her. Alicias Mutter hatte ihren Kopf nach draußen gesteckt und trat mit einem Stapel Post in der Hand aus dem Haus. »Hallo, Clara!«

»Guten Abend, Frau Schumann!«

Alicias Mutter kam zu ihnen herüber. »Ich habe gerade die Post aus dem Briefkasten geholt. Einer ist für dich.« Sie hielt Alicia einen Umschlag entgegen.

»Für mich?« Alicia runzelte die Stirn und nahm das Kuvert an. »Wer sollte mir denn Post schicken? Ich bin ein Teenager.«

»Könnte allerdings nicht schaden, wenn du mehr Post kriegen würdest. Dann würdest du vermutlich daran denken, auch ab und zu den Briefkasten zu leeren«, sagte ihre Mutter und zwinkerte den Mädchen zu. »So, ich werde mich dann mal ums Abendessen kümmern. Papa ist bestimmt schon auf dem Nachhauseweg. Möchtest du mitessen, Clara?«

»Sehr gerne, danke.«

»Dann bis gleich.« Alicias Mutter verschwand wieder im Haus.

»Und? Von wem ist denn der Brief?«

Alicias Blick blieb am Absender hängen. »Die Schutzstation Wattenmeer«, sagte sie verwundert.

»Echt? Haben die deine Bewerbung für das Praktikum in den Ferien nicht abgelehnt?«

»Ja. Ist wahrscheinlich nur Infopost. Für Spenden oder so.« Alicia wollte den Brief weglegen.

»Guck doch mal nach«, hielt Clara sie davon ab.

»Na gut.« Alicia schlitzte den Briefumschlag mit einem Finger auf und zog ein gefaltetes Blatt Papier heraus. Sie klappte es auseinander und las die mit Computer geschriebene Nachricht laut vor. »›Liebe Alicia, vielen Dank noch einmal für deine Bewerbung als Sommerpraktikantin in der Schutzstation Wattenmeer. Leider mussten wir dich zunächst ablehnen, doch nun haben wir gute Neuigkeiten für dich. Da ein Teammitglied der Schutzstation in Westerhever seinen Aufenthalt früher als geplant abgebrochen hat, haben wir einen Platz in den Sommerferien frei. Per Losverfahren ist die Wahl auf dich gefallen. Wir wissen, es ist sehr kurzfristig, hoffen aber, dass du noch Zeit und Lust hast, dein Sommerpraktikum bei uns am Leuchtturm zu machen. Gib uns bitte bald Bescheid, ob du das Praktikum noch antreten möchtest. Viele Grüße von der Küste, Pit Petersen, Stationsleitung Westerhever.‹«

Alicia hatte während des Vorlesens immer größere Augen bekommen. »Ich glaub's nicht! Das kann doch nicht sein!« Ungläubig las sie das Schreiben noch einmal.

»Das ist ja der Knaller!«

Alicia sprang auf und Mäxchen machte vor Schreck einen Satz vom Gartenstuhl. »Sie haben mich wirklich genommen!«, rief sie und fiel Clara in die Arme. »Ich kann es einfach nicht glauben, dass ich so ein Glück habe!«

»Das hast du dir doch so doll gewünscht! Ich freue mich für dich!«, stimmte Clara in den Jubel ein. »Wie lang geht das Praktikum denn?«

»Vier Wochen, soweit ich weiß.« Alicia strahlte über das ganze Gesicht.

»Ist doch super! Genau das, was du jetzt brauchst!«

»Gibt's was zu feiern?« Alicias Vater erschien auf der Terrasse. Seine Krawatte hing lose um seinen Hals und die zwei obersten Knöpfe seines Hemdes waren geöffnet.

»Ach, Paps, es ist unglaublich! Alle Plätze waren belegt und nun darf ich doch mein Praktikum am Westerhever Leuchtturm machen! Vier Wochen im Naturschutzgebiet von Westerhever, was für ein Glück!«, rief Alicia freudestrahlend.

»Na wunderbar, meine Kleine. Gratuliere. Du wirst ihnen schnell zeigen, dass sie die beste Entscheidung ihres Lebens getroffen haben.« Er gab Alicia einen Kuss auf die Wange und rief dann ins Haus: »Melanie! Wir haben in den Ferien sturmfreie Bude! Unsere Tochter macht ein Praktikum an der Nordsee!«

»Mensch, Papa!« Alicia musste lachen. »Das wissen jetzt auch alle Nachbarn.«

Alicias Mutter kam mit vier Tellern in den Händen raus, die sie auf dem Tisch abstellte. »Was? Wann? Ich dachte, alle Plätze sind bereits vergeben!«

»Jemand ist abgesprungen. Ich bin per Losverfahren nachgerückt.« Alicia drückte ihrer Mutter das Schreiben der Schutzstation in die Hand.

Sie überflog den Brief. »Wie toll! Herzlichen Glückwunsch, mein Schatz. Du rufst am besten nachher sofort Tante Heide an, damit sie weiß, dass du doch kommst.«

»Aber zuerst wird dein Praktikumsplatz gebührend gefeiert«, beschloss Alicias Vater.

»Nachdem du mir geholfen hast, den Tisch zu decken,

mein Lieber«, sagte Alicias Mutter und zog ihren Mann an der Krawatte ins Haus.

Alicia und Clara lachten und ließen sich wieder in die Polster der Hollywoodschaukel sinken.

»Du hast echt klasse Eltern«, meinte Clara.

»Ich weiß. Manchmal sind sie zwar etwas albern, aber meistens vorzeigbar.«

Clara legte den Kopf schief. »Und?«

»Was und?«

»Wie geht es dir jetzt? Und wie war das mit ›dich kann nichts begeistern‹?«

Alicia lehnte den Kopf gegen die Rücklehne der Schaukel. »Ach, ich kann es einfach noch nicht fassen. Ich bin einfach unbeschreiblich glücklich, dass es doch noch klappt. Das ist eine riesige Chance für mich, meinen Traumjob kennenzulernen.«

»Und Mister Blöd hast du glatt über der Nachricht vergessen«, stellte Clara zufrieden fest.

»Du hast recht. Jetzt ist die Zeit für meinen großen Traum gekommen und den lasse ich mir nicht von Elias verderben.«

Später als Clara weg und Alicia in ihrem Zimmer war, schrieb sie schnell eine E-Mail an die Schutzstation, um ihr Kommen zu bestätigen. Sie musste nicht lange auf eine Antwort warten. Lena, ein Mädchen vom Stationsteam, schrieb ihr gleich zurück und fragte sie, wann sie anreisen wolle. Alicia vereinbarte mit ihr, dass sie nächste Woche Samstag vor Ort sein könnte. Danach rief sie bei ihrer Tante Heide an, um ihr die guten Neuigkeiten zu erzählen.

»Das ist ja wunderbar! Freut mich riesig zu hören, dass es doch geklappt hat.«

»Und mich erst! Ich wusste ja, dass es nahezu unmöglich sein würde, einen Praktikumsplatz in der Schutzstation Westerhever zu ergattern, weil es nur vier Plätze gibt und die von Leuten im Freiwilligen Ökologischen Jahr oder Bundesfreiwilligendienst für ein Jahr besetzt sind«, plapperte Alicia aufgeregt. »Und dann kam auf einmal die Nachricht.«

»Manchmal muss man eben ein bisschen Glück haben. Aber ich habe ja von Anfang an gesagt, dass es klappen wird«, sagte ihre Tante. »Und wir haben uns schon so lange nicht mehr gesehen. Das wird höchste Eisenbahn.«

»Das stimmt. Kann ich nächsten Freitag vielleicht eine Nacht bei dir bleiben, bevor es losgeht?«, erkundigte Alicia sich. Immerhin war Hochsaison und sie wusste, dass ihre Tante keinen Mangel an Gästen haben würde.

»I wo! Ganz und gar nicht. Das passt sogar gut, die nächsten Gäste reisen erst am Samstag an. Ich freu mich so, dass es doch noch klappt, dich in den Ferien zu sehen! Hoffentlich hast du überhaupt ein bisschen Zeit für mich.« Tante Heide lachte.

»Na klar! Mehr als sechs Stunden täglich werde ich im Praktikum nicht arbeiten. Dann bleiben immerhin noch 18 Stunden übrig.«

Nach dem Telefonat durchstöberte Alicia ihren Kleiderschrank. Für die Arbeit in der Schutzstation brauchte sie vor allem praktische und bequeme Sachen und nichts, womit sie eine Modenschau hätte veranstalten können. Als ihr ein Kleid in die Hände fiel, dachte sie trotzdem darüber nach, es einzupacken. Sie würde immerhin nicht den ganzen Tag arbeiten und hoffentlich einige Leute kennenlernen, mit denen sie ihre freie Zeit verbringen konnte.

Kurzerhand warf sie das Kleid auf ihr Bett und kramte noch einige Jeans, mehrere T-Shirts, eine Fleecejacke und einen Strickpullover hervor. Sie wusste von ihren Urlauben bei ihrer Tante, dass es auch im Sommer ziemlich frisch an der Küste werden konnte. Nach kurzer Zeit bedeckte der komplette Inhalt des Kleiderschranks den Boden ihres Zimmers. Mäxchen hatte es sich auf einem Stapel T-Shirts bequem gemacht. Die Sachen, die sie mitnehmen wollte, hatte sie zu dem Kleid auf ihr Bett gelegt.

»Na, bist du schon im Reisefieber?« Ihre Mutter lehnte im Türrahmen und begutachtete lächelnd das Chaos, das sich ihr bot.

»Ja. Ich dachte, ich packe schnell, bevor die von der Schutzstation es sich anders überlegen«, erwiderte Alicia grinsend. »Was ich nicht hoffe. Du weißt ja, wie lange ich von diesem Praktikum geträumt habe.«

Ihre Mutter nickte. »Und jetzt wird dein Traum wahr. Es hat die Richtige getroffen. Einen größeren Tier- und Naturfan als dich kenne ich nicht.«

»Und dann auch noch in Westerhever! Wusstest du, dass es die einzige Schutzstation ist, die direkt in einem Nationalpark liegt?«, fragte Alicia aufgekratzt.

»Hört sich an wie für dich gemacht.« Ihre Mutter stieg über Alicias Kleidung und schaute auf die Sachen, die auf dem Bett lagen. »Sind das die Klamotten, die du mitnehmen willst?«

Alicia nickte.

»Falls du noch etwas brauchst, sag Bescheid. Bevor mein Mädchen nach St. Peter-Ording fährt und vielleicht erwachsen zurückkommt, könnten wir ruhig noch mal zusammen shoppen gehen. Wo wir dir schon keinen Sommerurlaub schenken konnten.«

Alicia verdrehte gespielt die Augen. »Jetzt übertreibst du. Aber wir könnten wirklich einkaufen gehen, bevor ich nächsten Freitag zu Tante Heide fahre.«

»Ah! Nächsten Freitag schon. Gut zu erfahren.« Ihre Mutter grinste. »Gibt es sonst noch etwas, was ich wissen sollte? Hast du mit deiner Tante Pläne geschmiedet, wie ihr die Welt revolutionieren wollt?«

Alicia überlegte kurz. »Nö. Eigentlich nicht. Das machen wir dann, wenn ich da bin.«

»Wieso macht mir diese Vorstellung nur solche Angst?« Ihre Mutter gab ihr einen Kuss auf die Stirn. »Gute Nacht und mach nicht mehr allzu lange. Komm, Mäxchen, du bekommst noch ein Betthupferl.« Sie nahm den Kater auf den Arm und ging mit ihm nach unten.

Als Alicia wieder alleine in ihrem Zimmer war, räumte sie schnell die Kleidung zurück in den Schrank, die nicht die Reise mit ihr nach St. Peter-Ording antreten würden. Danach putzte sie sich rasch die Zähne, bevor sie in ihren Pyjama schlüpfte, das Licht ausknipste und sich in ihr Bett kuschelte. Obwohl sie müde war, war an Schlaf nicht zu denken. Die freudige Aufregung durchströmte sie immer noch und würde in den nächsten Tagen sicher nicht nachlassen.

Instinktiv griff sie nach ihrem Handy und begann, eine Nachricht an Elias zu schreiben. *Hey,* tippte sie, ehe sie erstarrte. Für einen Moment hatte sie tatsächlich den großen Streit mit ihm und vermutlich auch das Ende ihrer Beziehung vergessen. Alles kam mit einem Schlag zurück, doch anstatt wie eine Flutwelle über sie hereinzubrechen und all ihre Freude unter sich zu begraben, versetzte der Schmerz ihr nur einen kleinen Dämpfer.

Sie legte das Smartphone wieder zurück auf ihr Nachttischchen und dachte an Claras Worte, dass sie sich mehr wert sein sollte. Und wie recht sie damit hatte.

Mit dem Thema Jungs war sie für die nächste Zeit durch, beschloss Alicia selbstbewusst. Mittlerweile war die Trauer der großen Vorfreude auf die bevorstehende Zeit gewichen. Anstatt in Selbstmitleid und Liebeskummer zu baden, würde sie ihre zukünftigen Pläne von einem Studium als Tierärztin oder Biologin verfolgen. Das Praktikum in der Schutzstation war die perfekte Möglichkeit, um erste Erfahrungen mit der Tierwelt an der Nordseeküste zu sammeln – zumal ihre Lieblingstiere, die Robben, in großer Anzahl im Wattenmeer zu finden waren.

Apropos Wattenmeer, im Keller standen doch noch ihre gelben Gummistiefel. Die mussten auch unbedingt mit nach St. Peter-Ording, dachte sie, bevor sie einschlief und von niedlichen Heulern auf einer großen Sandbank träumte.

4. KAPITEL

Auf dem Bahnsteig war es zugig. Alicia zog den Reißverschluss ihres roséfarbenen Blousons hoch, den sie am Shoppingtag mit ihrer Mutter gekauft hatte. Ihre Hände vergrub sie in den Jackentaschen und stieß dabei an ihr Handy darin. Sie hatte es lautlos und auf Vibrationsalarm gestellt, sodass sie eingehende Nachrichten sofort bemerkte.

Insgeheim hoffte sie doch noch auf eine Nachricht von Elias, auch wenn sie bis jetzt nichts mehr von ihm gehört hatte. In den letzten Schultagen war er ihr aus dem Weg gegangen und sie hatte sich immer wieder Claras Worte und ihren Entschluss in Erinnerung gerufen, um nicht schwach zu werden und ihm hinterherzulaufen. Und obwohl sie standhaft geblieben und kurz davor war, zu einem neuen, unvergesslichen Kapitel in ihrem Leben aufzubrechen, nagte ein dumpfer Schmerz an ihrem Herzen.

»Melde dich, sobald du in St. Peter-Ording angekommen bist«, sagte ihre Mutter. »Hast du auch alles dabei? Dein Ticket?«

Alicia zog die Fahrkarte aus dem vorderen Fach ihrer

Umhängetasche hervor und hielt sie ihrer Mutter entgegen. »Ist immer noch da. Mach dir nicht so viele Sorgen, Mama.«

»Kaum das Fachabi in der Tasche und dabei, den nächsten großen Schritt zu tun, schon bin ich zu gluckenhaft«, witzelte ihre Mutter, auch wenn ihr Lächeln dabei ein wenig zittrig war.

»Auf Gleis zwei fährt der Regional-Express zwei Richtung Münster ein«, tönte die automatische Ansage durch die Lautsprecher.

Alicia steckte die Fahrkarte wieder zurück in die Tasche. »Du bist ja auch wirklich komisch. Ich bin nicht ganz alleine da und Tante Heide wohnt auch in der Nähe. Mir wird nichts passieren.«

»Das weiß ich. Aber es ist so ein großer Schritt für dich. Ich hab schon Angst davor, was als Nächstes kommt. Der Auszug?« Ihre Mutter schüttelte den Kopf und umarmte sie. »Mach's gut, meine Kleine. Bis in vier Wochen. Hab eine unvergessliche Zeit, ja? Und grüß Heide von uns.«

»Ich melde mich nachher«, versprach Alicia und stieg in den Zug ein. Sie drehte sich noch einmal um und winkte, dann suchte sie sich einen freien Platz.

In Münster stieg sie in den IC Richtung Husum um. Dort war ein Fensterplatz in der zweiten Klasse für sie reserviert. Alicia packte ihre Tasche auf eine Gepäckablage und zog ihren Blouson aus. Alicia beobachtete, wie die Welt draußen an ihr vorbeiflog, und ließ ihre Gedanken in die Ferne schweifen. In Husum musste sie noch einmal umsteigen, um dann bis zu ihrem Ziel an der nordfriesischen Küste, der Bahnstation *Bad St. Peter-Ording,* zu fahren. Die Strecke kannte Alicia im Schlaf. In den Ferien war sie schon häufiger mit dem Zug zu ihrer Tante gefahren.

Sie dachte an Tante Heides schönes, reetgedecktes Backsteinhaus mit der blau-weißen Klöntür, das an der nördlichsten Spitze von St. Peter-Ording lag, den großen vorgelagerten Garten mit seinen unzähligen Hortensien-Sträuchern und die duftenden Rosenranken, die über der Eingangstür wuchsen. Und natürlich an den unglaublich weiten Strand, der zwölf Kilometer lang und an manchen Stellen bis zu zwei Kilometer breit war. *So groß wie 2.000 Fußballfelder,* sagte ihre Tante Heide immer. Alicia verzog den Mund, weil sie daraufhin wieder an Elias denken musste, der nichts anderes als Fußballfelder im Kopf hatte.

Verärgert schüttelte sie den Kopf und lenkte ihre Gedanken zurück nach St. Peter-Ording und die nächsten Wochen. Ihre Mutter hatte vielleicht ein wenig übertrieben, aber sie hatte recht damit, dass das Praktikum im Nationalpark ein wichtiger Schritt für sie war. Und sie konnte es nicht erwarten, ihn zu gehen.

»Nächster Halt, *Bad St. Peter-Ording«,* kündigte eine Frauenstimme sechs Stunden später das Ziel ihrer Reise an. Der kleine Bahnhof von St. Peter-Ording, der bloß aus einem Gleis bestand, war gleichzeitig auch die Endstation auf der Strecke. Viel weiter hätte man ohnehin nicht fahren können, es sei denn, die Deutsche Bahn hätte einen Meereswasserbahnhof bauen wollen. Bis zum Strand war es von dort aus bloß ungefähr einen Kilometer.

Alicia klappte ihr Buch zu, in das sie sich nach ihren Tagträumen vertieft hatte, stand auf und schnappte sich ihre Taschen. Kaum dass sie ausgestiegen war, atmete sie tief die salzige Luft ein, die keinen Zweifel daran aufkommen ließ, dass das Meer nicht weit entfernt war. Sie schaute sich um, musste aber nicht lang suchen.

»Alicia!« Ihre Tante stand vor dem aus roten Backsteinen erbauten ehemaligen Bahnhofsgebäude, in dem nun ein schickes Surfer-Café mit Shop untergebracht war, und winkte ihr zu. Alicia lief auf sie zu und ließ sich in eine feste Umarmung ziehen. »Moin! Endlich bist du da!«

»Ja endlich. Die Bummelbahn von Husum bis hierher braucht ja immer eine Ewigkeit.«

»Die eine Stunde! Wir im Norden mögen es eben gemächlich«, lachte ihre Tante. »Lass uns gehen, wir müssen die Zeit nutzen, die wir zusammen haben.«

Sie gingen auf einen klapprigen Kleinwagen zu. Den fuhr Tante Heide schon, solange Alicia denken konnte. »Du hast ja immer noch dein altes Auto«, stellte sie überrascht fest.

»Alt, aber zuverlässig seit fast 20 Jahren.« Schwungvoll hievte sie die Reisetasche in den Kofferraum und schloss die Klappe. »Da können die neueren Modelle nicht mithalten.«

Sie stiegen in den Wagen ein. »Stimmt wohl. Unser Auto war letzten Monat in der Werkstatt, obwohl Mama und Papa es erst Anfang des Jahres gekauft haben.«

»Siehst du.« Tante Heide startete den Motor und fuhr los. »Übrigens hast du Glück, dass du heute bei Kaiserwetter angekommen bist. Gestern hatten die Schafe auf den Deichen keine Locken mehr.«

»Oje!« Alicia wusste, was das bedeutete. Das sagte ihre Tante immer, wenn es an der Küste einen schweren Sturm gegeben hatte, der selbst den stärksten Matrosen über die Reling befördert hätte.

»Wie geht es denn Mama und Papa?«

»Ganz gut. Sie haben sich darüber gefreut, dass ich den Praktikumsplatz bekommen habe. Von wegen sturmfreie Bude und so. Aber dann ist Mama doch irgendwie sentimental geworden. Von wegen, ihr kleines Mädchen bricht in die große, weite Welt auf.« Sie grinste ihre Tante an.

»St. Peter-Ording, das Tor zur Welt«, lachte Tante Heide. »Gib ihnen ein paar Tage, dann finden sie sicher wieder Gefallen an der kinderfreien Zeit. Du bist doch sicherlich auch ganz gerne mal alleine mit deinem Freund.«

»Jaa …«, erwiderte Alicia nur und schaute dabei angestrengt aus dem Seitenfenster. Nein, sie würde ihrer Tante nicht erzählen, dass Elias mittlerweile ihr Ex war. Das würde nur die schöne Stimmung verderben.

»Was macht er denn in den Ferien ohne dich?«

»Er ist in einem Fußballcamp in München. Fußball ist für ihn das, was für mich Robben sind. Hast du eigentlich in letzter Zeit Robben gesehen?«, lenkte sie das Gespräch auf ein anderes Thema, um nicht wieder in trübsinnige Gedanken zu verfallen.

»Robben sehe ich immer wieder mal. Du weißt ja, sie sonnen sich auf den Sandbänken und manchmal schauen sie auch am Strand vorbei. Du wirst bestimmt die eine oder andere Robbensichtung in diesem Sommer haben.«

»Darauf freue ich mich schon!« Alicia lächelte ihre Tante an. »Es ist so schön, endlich wieder hier, bei dir, zu sein. St. Peter-Ording hat mir richtig gefehlt! Lass uns heute unbedingt noch was unternehmen.«

»Auf jeden Fall. Vielleicht hat deine Mutter ja recht mit ihrer Sorge. Wer weiß, wo es dich nach der Schule hinzieht und wie viel wir dann noch von dir haben.« Tante Heide schaute weiter nach vorn auf die Straße, aber Alicia konnte das Grinsen in ihrem Gesicht sehen. Das mochte sie so an ihrer Tante – sie war immer so locker und cool. Und wenn jemand wusste, was es hieß, seinen Träumen zu folgen und zu tun, was man wollte, dann war sie es als Freigeist der Familie. Auch sie war schon immer ihrem Herzen gefolgt.

Die Fahrt mit dem Auto dauerte keine fünf Minuten. Die Frühstückspension ihrer Tante lag im Norden vom Ortsteil Ording, direkt am Deich. Ein so vertrauter Anblick für Alicia, der sie manchmal vergessen ließ, dass dieser harmlos aussehende, grasbewachsene Grenzwall die Bevölkerung vor schlimmen Sturmfluten bewahren musste. Abgesehen davon, dass die darauf weidenden Schafe für manchen Bewohner die Existenzgrundlage sicherten … jetzt war sie mit ihren Gedanken schon wieder bei den Tieren gelandet.

Tante Heide ging mit ihr ins Dachzimmer hinauf und stellte ihre Reisetasche neben der Tür ab. »Wie sieht es aus? Möchtest du dich ausruhen oder bist du direkt bereit, dich ins St. Peteraner Getümmel zu stürzen?«

»Auf jeden Fall bereit fürs Getümmel! Aber erst mal muss ich Meldung zu Hause machen, dass ich gut angekommen bin.«

»Gut, dann treffen wir uns in einer Viertelstunde auf der Terrasse?«

»Okay.« Als ihre Tante das Zimmer verlassen hatte, ging Alicia zu dem kleinen weißen Sprossenfenster und öffnete es. Sogleich wehte ihr eine Brise salzige Meeresluft um die Nase und sie konnte das aufgeregte Geschnatter von Möwen hören, die über das Haus und weit auf das offene Meer hinausflogen, das sich vor ihren Augen erstreckte und in dem die Sonne glitzerte wie funkelnde Diamanten.

In der Ferne konnte sie den eindrucksvollen rot-weißen Turm mit seinen beiden baugleichen Häusern erkennen: Der Westerhever Leuchtturm, der ab morgen für vier Wochen ihr Praktikumsplatz und Zuhause sein würde. Alicia musste lächeln und spürte ein kribbeliges Glücksgefühl, das durch ihren Körper strömte. Sie konnte den nächsten Tag kaum erwarten.

5. KAPITEL

Alicia holte ein paar frische Anziehsachen und Waschzeug aus ihrer Tasche und stellte dabei fest, dass sie ihre Gummistiefel zu Hause vergessen hatte. Sie seufzte kurz auf. Jedes Mal vergaß sie mindestens eine Sache, wenn sie verreiste. Nach einer kurzen Katzenwäsche in dem kleinen Bad, das zu dem Zimmer gehörte, zog sie ein frisches T-Shirt und Jeans an. Ihr Gesicht, die Arme und Beine schmierte sie mit Sonnencreme ein, was wetterunabhängig an der Küste wichtig war, um einen Sonnenbrand zu vermeiden. Danach schlüpfte sie in flache Stoffschuhe und griff nach ihrer Sonnenbrille.

Schon auf der Treppe hörte sie Tante Heides Stimme, bevor sie sie sah. Ihre Tante unterhielt sich auf der Terrasse mit einer Frau und einem Mädchen, die aussahen wie Mutter und Tochter und vermutlich Feriengäste in der Pension waren. »Den Reiterhof können Sie gar nicht verfehlen, wenn sie auf dem Deich Richtung Ortsteil Böhl laufen«, erklärte ihre Tante.

Sie hielt sich im Hintergrund, bis die beiden sich verabschiedet hatten, und ging dann zu ihrer Tante. »Feriengäste von dir?«

Tante Heide nickte. »Mutter und Tochter«, bestätigte sie Alicias Vermutung. »Sie sind das erste Mal in St. Peter und wollten wissen, ob es hier die Möglichkeit gibt, Strandausritte zu machen.«

»Darauf hätte ich auch mal wieder Lust. Ist in der Stadt einfach nicht dasselbe.«

»Sie sind auf dem Weg zum Reiterhof in Böhl. Wenn du dich beeilst, dann holst du sie bestimmt noch ein.«

»Quatsch. Reiten kann ich auch an einem anderen Tag«, erwiderte Alicia und hakte sich bei ihrer Tante unter. »Jetzt will ich mit dir St. Peter unsicher machen. Wo fangen wir an?«

»Lass dich überraschen. Hol dir ein Fahrrad aus dem Schuppen und folge mir unauffällig.«

Wenig später fuhren sie mit den Rädern südwärts über den Deich. Alicia hatte den Oberkörper weit nach vorne geneigt und musste kräftig in die Pedale treten. Sie hatten tüchtigen Gegenwind, der Alicias Haare wild durcheinanderwirbelte und in ihren Ohren laut rauschte.

Immer wieder ließ sie ihren Blick über blühende Salzwiesen gleiten, aus denen sich Vögel in die Lüfte erhoben und durch die Wasserläufe wie ein Geflecht aus Adern flossen. Durch die Priele lief bei Ebbe das Wasser in die Nordsee ab und bei Flut wieder herein. Früher war sie oft mit ihrer Tante bei Niedrigwasser auf den ausgeschilderten Naturpfaden in den Salzwiesen unterwegs gewesen und hatte in den Wasserrinnen Meerestiere wie Garnelen oder

Fische beobachtet. Ob sie das auch während ihres Praktikums tun und dabei noch mehr über die Meeresbewohner erfahren würde?

»Wir gehen ins Zentrum!«, rief Tante Heide ihr über die Schulter zu, als sie den Vorplatz an der Seebrücke erreicht hatten. Sie stiegen von ihren Rädern ab und schoben sie über den Platz. Hier war mächtig was los – wie immer. Touristen flanierten über die lange Seebrücke, die zum Strand führte, oder machten eine Pause auf einer der zahlreichen Sitzgelegenheiten der Strandpromenade. Kinder hüpften lachend durch die künstlich angelegten Wasserläufe und die Terrasse des Fischrestaurants vor der Brücke war voll besetzt mit Gästen.

Laute Musik zog Alicias Aufmerksamkeit auf sich. Sie drehte sich unwillkürlich nach den Hip-Hop-Klängen um. Eine Gruppe Jungs mit Sporttaschen und laut aufgedrehtem Gettoblaster gingen an ihr vorbei. Sie schaute ihnen hinterher. Einer der Jungs hatte sich einen Fußball unter den Arm geklemmt. Er trug eine verspiegelte Sonnenbrille und ein blaues Basecap. Ihr stockte der Atem. Diese Statur und die Art, wie er ging. Das war doch Elias! Ihre Gedanken überschlugen sich. Was machte er in St. Peter-Ording? Das Fußball-Sommercamp war doch in München, dachte sie völlig konfus.

Wie vor den Kopf gestoßen, stand sie da und starrte den Jungen an, als er sich plötzlich zu seinem Kumpel umdrehte, sodass Alicia ihn von vorne sah. Augenblicklich entwich ihr ein erleichterter Seufzer. Das war gar nicht Elias, bloß ein Typ, der eine große Ähnlichkeit mit ihrem Ex-Freund hatte.

Ex-Freund? Hatte sie das gerade wirklich gedacht? Es fühlte sich fremd, falsch an und ihr Herz zog sich schmerzhaft zusammen.

»Alicia?« Ihre Tante war in einiger Entfernung vor einem Coffee-to-go-Stand stehen geblieben und blickte sich nach ihr um. »Wo bleibst du denn?«

»Ich komme!« Alicia fühlte sich ertappt, wenngleich sie wusste, dass Tante Heide ihre Gedanken nicht lesen konnte. Sie war die letzten Tage so stolz auf sich gewesen, dass sie nicht oft an Elias gedacht und ihn noch nicht einmal auf Instagram gestalkt hatte. Doch in ihrem Unterbewusstsein schien es anders auszusehen. Clara hatte recht, sie brauchte dringend Ablenkung, die ihr dabei half, über Elias hinwegzukommen.

»Geht es dir gut? Du siehst ja aus, als hättest du einen Geist gesehen.« Tante Heide schaute sie forschend an.

Alicia winkte ab und versuchte, wieder ihre Fassung zurückzugewinnen. »Jaja, alles gut. Ich dachte bloß, ich hätte jemanden gesehen, den ich kenne.«

»Und?«

»Habe mich vertan.« Alicia zuckte leichthin mit den Schultern.

Ihre Tante legte den Kopf schräg und sah sie forschend an. »Ich glaube dir kein Wort. Ich sehe dir doch an der Nasenspitze an, dass etwas nicht stimmt.«

Tante Heide kannte sie zu gut, da war abstreiten zwecklos. »Du hast recht. Ich bin ziemlich durch den Wind. Elias hat letzte Woche mit mir Schluss gemacht«, gab sie leise zu. Dieses Mal war sie auf den schmerzhaften Stich gefasst, verfluchte ihr Herz aber dennoch, weil es einem Typen hinterhertrauerte, dem sie egal war.

»Und das erzählst du mir erst jetzt? Ich könnte schon auf dem Weg nach Recklinghausen sein und diesem Jungen einen Fußball zwischen …«

»Ist schon gut«, fiel Alicia ihr ins Wort, damit ihre Tante sich nicht weiter aufregte. »Ich wollte nicht die gute Stimmung deswegen kaputt machen. Er hat mir schon die letzte Woche versaut«

»Papperlapapp.« Sie überlegte einen Moment. »Planänderung. Wir gehen jetzt sofort ins *Eiscafé Venezia*.«

»Das machen wir doch sonst immer ganz zum Schluss.«

Tante Heide nickte. »Sonst hat ja auch noch kein Junge einfach mit dir Schluss gemacht.«

Sie schlossen die Räder an einen Ständer, unweit vom Dünen-Hus, und gingen zum Eiscafé, das mitten im Zentrum lag. Sie hatten Glück und fanden einen freien Tisch vor der Eisdiele. Bei einem Schokoladenbecher mit Sahne erzählte Alicia ihrer Tante die ganze Geschichte mit Elias. Sie war froh, neben Clara auch mit einem Erwachsenen darüber reden zu können. Ihrer Tante konnte sie schon immer alles erzählen. Obwohl sie zehn Jahre älter als ihr Vater war, nicht verheiratet und keine Kinder hatte, hatte ihr Alicia schon von klein auf alle Geheimnisse anvertraut. Heide hörte geduldig zu.

»So ein Idiot!« Ihre Tante schüttelte den Kopf. »Der wird schon noch feststellen, dass er einen großen Fehler gemacht hat, und dann wird er kleinlaut bei dir ankommen und sich entschuldigen.«

»Glaubst du wirklich?«, fragte Alicia zweifelnd.

»Habe ich jemals mit dem, was ich gesagt habe, unrecht gehabt?«

Alicia überlegte kurz. Tante Heide hatte schon häufiger Dinge »vorausgesagt«, die dann tatsächlich eingetroffen waren, obwohl es zunächst unmöglich schien, dass sie recht behalten sollte.

»Denk an das Praktikum. Ich habe ja von Anfang an gesagt, dass es klappen wird«, erinnerte sie Alicia.

»Das stimmt … aber gerade kann ich mir wirklich nicht vorstellen, dass das mit Elias wieder was wird. Für ihn ist nur Fußball wichtig.«

Tante Heide schwang den Löffel in der Luft und sah sie eindringlich an. »Das werden wir sehen!«

»Ich sage dir auf jeden Fall sofort Bescheid, wenn Elias sich meldet.« Alicia aß den Rest ihres Schokoladeneises und ließ sich von der Geschmacksexplosion in ihrem Mund auf andere Gedanken bringen.

»Geht es dir jetzt besser?«

»Viel besser, dank dir und dem Eis. St. Peter-Ording hat einfach zu viele verlockende Dinge. Ich wünschte, ich könnte öfter hier sein.«

»Wichtig ist, dass du die Zeit hier genießt und keinen Gedanken an diesen Jungen verschwendest. Lass uns shoppen gehen.«

»Gute Idee. Ich brauch auch noch Gummistiefel, hab meine zu Hause vergessen.«

Sie bummelten durch die kleinen Geschäfte im Zentrum von St. Peter-Ording. Tante Heide fand in einer kleinen Boutique ein T-Shirt und Alicia kaufte gelbe Gummistiefel mit weißen Punkten.

»Weißt du, was ich jetzt am liebsten machen würde?«, fragte Alicia, als sie den Schuhladen verließen.

»Nein. Was denn?«

»Im Meer schwimmen gehen. Das habe ich schon so lange nicht mehr gemacht.«

»Okay, dann lass uns zurückradeln und unsere Badesachen holen. Es ist ein herrlicher Sommertag. Am besten gehen wir am Ordinger Strand schwimmen. Hier im Bad ist es doch immer sehr rummelig.«

Sie fuhren mit den Rädern zurück zur Pension nach Ording und kurze Zeit später stürzten sich Alicia und ihre Tante in die Fluten der kühlen Nordsee.

»Das Wasser ist heute herrlich«, sagte ihre Tante, die auf dem Rücken neben Alicia herschwamm.

»Stimmt! Gar nicht so kalt, wie ich es in Erinnerung hatte.« Alicia tauchte und schwamm einige Meter unter Wasser. Als sie wieder auftauchte, rieb sie sich die Augen. »Dafür hatte ich nicht mehr an das Brennen durch das Salzwasser in den Augen gedacht.«

»Je öfter du im Meer tauchst, umso weniger brennt es. Das lässt sich trainieren.« Tante Heide kraulte zu ihr herüber. »Mir reicht es für heute, ich schwimme zurück an Land. Willst du noch im Wasser bleiben?«

»Ja, ich bleibe noch ein bisschen hier«, sagte sie gut gelaunt.

»Dann bis später.« Ihre Tante schwamm zurück zum Strand und Alicia kraulte immer schön parallel zum Ufer, da sie über die Tücken von Strömungen und Wellen Bescheid wusste, die selbst sehr gute Schwimmer in Seenot bringen konnten.

Auf der Höhe der Surfschule ließ sie sich auf dem Rücken mit den Wellen zum Strand treiben. Sie schloss die Augen und genoss das schwerelose Gefühl, die warmen Sonnenstrahlen auf ihrem Gesicht und gleichzeitig das kühlende Salzwasser, das sie umgab. Der Ausflug mit ihrer Tante und das Gespräch im Eiscafé hatten ihr gutgetan. Selbst wenn sie sich nicht vorstellen konnte, dass Elias sie jemals um Entschuldigung oder gar um eine zweite Chance bitten würde.

Mit einem kräftigen Ruck schleuderte die Brandung sie auf den nassen Strandboden und vertrieb damit die Gedanken an Elias. Alicia blieb noch einen Moment auf dem Rücken liegen, während die schäumende Gischt ihren Körper umspülte. Als sie aufstand, entdeckte sie nicht weit von ihr entfernt eine Gruppe Surfer, die draufgängerisch mit ihren Brettern über die Wellen sprangen. Alicia bewunderte sie für ihren Mumm und wünschte sich insgeheim, ein kleines bisschen mutiger zu sein, denn bisher hatte sie sich noch nicht getraut, ein Surfbrett zu besteigen. Doch dieser Sommer schien ihr ideal zu sein, ihren Respekt vor dem Windsurfen endlich zu überwinden. Sie spürte eine ungekannte Abenteuerlust in sich aufkeimen, wollte neue Dinge erleben und dabei über sich hinauswachsen. Vielleicht blieb ihr ja neben dem Praktikum noch genügend Zeit, um einen Surfkurs zu belegen.

Sie beobachtete die vier Surfer noch eine Weile, bis sie

mit ihren Brettern zurück an den Strand kamen, wo sich sogleich eine Traube weiblicher Fans um sie scharte. Wie beim Fußball, dachte Alicia und rollte mit den Augen. Ihr fiel auf, dass einer von ihnen besonders umschwärmt wurde. Ein attraktiver Typ mit einem strahlenden, ansteckenden Lachen. Als er auf einmal in ihre Richtung sah, senkte sie rasch den Blick. Schlagartig wurde ihr bewusst, dass sie die ganze Zeit unverhohlen zu ihnen rübergestarrt hatte.

Schnell ging Alicia zurück zum DLRG-Pfahlbau, wo sie ihre Sachen bei Tante Heides Bekanntem gelassen hatten, und zog sich dort um. Von der Veranda des Holzhauses aus blickte sie über den Strand und raus auf die weite Nordsee, über der die Sonne schon tiefer stand. Für einen Moment waren all ihre Sorgen wegen Elias weit weg und eine angenehme Ruhe breitete sich in ihr aus. Eine Möwe landete neben ihr auf dem Geländer und beendete die ruhige Stimmung mit einem hellen Schrei. Alicia schulterte ihre Badetasche und ging die Treppe des Pfahlbaus hinunter. Barfuß schlenderte sie durch den warmen Sand am Strand.

Am Abend lag sie todmüde im Bett unter dem Reetdach. Ihre Glieder fühlten sich schwer an, aber in ihrem Kopf liefen die Gedanken auf Hochtouren. Sie schaute auf ihr Handy. In zwölf Stunden war sie schon am Leuchtturm, jubelte sie innerlich. Und gleichzeitig war sie tief in ihrem Innern enttäuscht, denn sie hatte immer noch keine Nachricht von Elias bekommen. Alicia verzog den Mund. Es war gar nicht so leicht, *keinen* Liebeskummer zu haben.

Obwohl Elias sie wirklich mies behandelt hatte und Clara recht hatte, dass sie etwas Besseres verdient hatte. Das sollte eigentlich Grund genug sein, keinen Gedanken mehr an ihn zu verschwenden.

Sie verschränkte ihre Arme über der Bettdecke und überlegte, was sie von ihren Gedanken an ihn ablenken könnte. Sie könnte Clara eine Nachricht schreiben? Aber mit der Zeitverschiebung würde sie ewig auf eine Antwort warten müssen. Vielleicht brauchte sie auch einfach bloß frische Luft, um ihr Gehirn durchzulüften. Sie stand auf und zog sich eine Sweatshirtjacke über. Da sie keine Lust hatte, sich noch mal komplett umzuziehen, entschied sie, dass auch das geöffnete Sprossenfenster für ihr Vorhaben ausreichen würde.

Sie steckte den Kopf hinaus in die kühle Abenddämmerung, schloss die Augen und atmete langsam tief ein und dann wieder aus. Das wiederholte sie so lange, bis das komische Gefühl in ihrem Bauch, das die Gedanken an Elias auslösten, verschwunden war. Nach einer Weile öffnete sie die Augen wieder. Alicia fühlte sich tatsächlich ein wenig besser und fasste einen Entschluss: In den kommenden Wochen würde sie jeden Gedanken an Elias verdrängen. Sie würde die Zeit am Leuchtturm mit jeder Faser ihres Körpers genießen. Jetzt war Zeit für sie!

Das Meer lag ruhig und friedlich hinter dem Deich und ganz weit hinten konnte sie ein regelmäßiges Blitzen ausmachen. Das Leuchtfeuer vom Westerhever Leuchtturm. Andächtig beobachtete sie die Lichtsignale des Seezeichens, bis es so dunkel war, dass sie den Turm und die beiden kleinen, baugleichen Häuschen nicht mehr erkennen konnte.

Morgen würde sie von dort aus hierherblicken, mehr über die Natur und Tiere lernen, vielleicht neue Freunde finden und hoffentlich viele unvergessliche Erinnerungen schaffen. Der Gedanke ließ sie lächeln und Alicia krabbelte zurück ins Bett, um mit dieser glücklichen Vorstellung einzuschlafen.

6. KAPITEL

»Hast du deine Gummistiefel eingepackt?« Tante Heide warf einen kurzen Seitenblick zu ihr. Sie hatten gerade das gelbe Straßenschild von Westerhever passiert.

»Dieses Mal schon.« Alicia rutschte unruhig auf dem Beifahrersitz hin und her. Je näher sie dem Leuchtturm kamen, desto aufgeregter wurde sie.

»Nervös?«

»Irgendwie schon«, gab Alicia zu. »Vor allem gespannt darauf, was auf mich zukommt. Ich habe so lange von dem Praktikum geträumt und jetzt ist es für mich fast ein bisschen unwirklich, dass es nun tatsächlich losgeht. Es ist jedenfalls total nett von dem Stationsleiter, dass er mich persönlich zum Leuchtturm bringt.«

»Ich kenne Pit Petersen übrigens schon sehr lange. Er ist der Bruder einer Freundin von mir«, erzählte Tante Heide. »Ein toller Kerl. Er arbeitet schon seit über 20 Jahren am Westerhever Leuchtturm und hat die Leuchtturm-Bande bestens im Griff. Du wirst mit ihm bestimmt gut auskommen.«

»Auf die Leute vom Turm bin ich auch gespannt. Hoffentlich komme ich mit denen auch gut klar«, sprach sie laut die Bedenken aus, die plötzlich in ihr aufkamen. Bei ihrer Tante ging so etwas. Aus der Ferne hatte sie nie Probleme gesehen, die während ihres Praktikums auftreten könnten. Doch je näher sie dem Westerhever Leuchtturm kamen, umso mehr mögliche Schwierigkeiten tauchten in ihrem Kopf auf.

Ihr wurde mit einem Mal bewusst, dass sie vier Wochen mit drei völlig unbekannten Leuten in einer WG zusammenleben musste. Mit ihnen die Küche, das Wohnzimmer und auch das Bad teilen musste. Falls das nicht klappte, konnte sie auch nicht einfach abhauen, weil der Leuchtturm weit abseits im Naturschutzgebiet und ein gutes Stück von St. Peter-Ording entfernt lag. Alicia war schon immer eher der Typ gewesen, der wenige Freunde, aber dafür umso engere hatte. Bei neuen Bekanntschaften war sie eher zurückhaltend und wartete ab und ließ die Dinge auf sich zukommen. Ob ihre zukünftigen Mitbewohner dafür Verständnis hatten oder sie als schüchtern und langweilig abstempeln würden, wie es ihr schon öfter passiert war?

»Da bin ich mir ganz sicher. Immerhin habt ihr schon mal eine Gemeinsamkeit – ihr mögt Tiere und die Natur«, zerstreute Tante Heide ihre Zweifel.

Wenig später fuhren sie auf den Parkplatz vom Info-Hus, der sich direkt vor dem Deich von Westerhever befand. Der Leuchtturm lag noch etwa zweieinhalb Kilometer entfernt, aber mitten im Herzen des Weltnaturerbes Wattenmeer herrschte absolutes Fahrverbot.

»Sieh mal! Wir werden schon erwartet.« Tante Heide winkte einem Mann mit Rauschebart zu, der neben einem Rad mit Bollerwagen stand. Er wartete an einem Fußweg, der rauf auf den Deich führte und hinter dem der Leuchtturm lag. Als er sie bemerkte, erwiderte er das Winken. »Dann wollen wir mal!« Tante Heide öffnete den Kofferraum und hievte das Gepäck heraus.

Alicia nahm ihre Reisetasche und folgte ihrer Tante mit einem mulmigen Gefühl im Bauch. Nun ging es wirklich los!

»Moin, Pit! Das ist meine Nichte Alicia. Wartest du schon lange?«

»Moin, ihr zwei. Nee, bin gerade erst angekommen.« Er schüttelte ihnen die Hände.

»Moin, Herr Petersen«, gab Alicia den typischen nordfriesischen Gruß zurück und versuchte, sich nichts von ihrer Verunsicherung anmerken zu lassen. Der Stationsleiter hatte nicht nur große Hände, sondern auch einen angenehm festen Händedruck, stellte sie fest.

»Herr Petersen brauchst du nicht zu sagen. Das ist mir zu kompliziert. Ich bin der Pit«, sagte er und hob aus dem Bollerwagen ein zweites Rad heraus. »Das ist für dich, Alicia. Mit den Rädern sind wir schneller am Leuchtturm als zu Fuß. Gib mir mal dein Gepäck.« Er nahm ihr die Tasche ab und verstaute sie im Bollerwagen.

Nachdem Alicia sich von Tante Heide verabschiedet und ihr versprochen hatte, bald zu Besuch zu kommen, fuhren sie mit den Rädern los. Sie radelte hinter dem Stationsleiter her und musste kräftig in die Pedale treten, um mit seinem Tempo mithalten zu können. Obwohl sie dabei ganz schön ins Schwitzen kam, hatte sie dadurch keine Zeit und Kraft, sich über mögliche Probleme weiterhin den Kopf zu zerbrechen.

Nach einer Weile verlangsamte Pit das Tempo und kam schließlich vor ihr zum Stehen. »Wir sind jetzt hier an einer besonders flachen Stelle vom Wattenmeer. Herrscht Ebbe, muss man ungefähr einen Kilometer laufen, um zur Wasserlinie zu kommen.« Er deutete mit einem Fingerzeig zum Meer. »Besonders Kinder lieben diesen Ort, weil sie in den Prielen unter anderem Strandkrabben oder in den Salzwiesen Laichballen von Wellhornschnecken entdecken können. Oder auch Spuren von Vögeln und Rehen.«

»Es gibt Rehe in den Salzwiesen?«, fragte Alicia verwundert und ließ ihren Blick über die spärlich bewachsene Grünfläche zwischen Deich und Wattenmeer schweifen. »Ich dachte, die gibt es nur im Wald.«

»Weit gefehlt. Mittlerweile hat das Wild auch die Salzwiesen für sich als Lebensraum entdeckt.«

»Das wusste ich nicht. Sind die Salzwiesen eigentlich schon immer da gewesen?«

»Nee. Die Salzwiesen wurden von Menschen angelegt. Sie dienen zur Landgewinnung und dem Küstenschutz«, erklärte Pit.

Alicia blinzelte gegen die Brise an, die vom Meer kam und ihr ins Gesicht wehte. Jetzt, da sie genauer hinschaute, konnte sie unzählige Vögel entdecken, die sich zwischen den Grashalmen tummelten. »Da habe ich ja schon was gelernt, bevor ich am Leuchtturm angekommen bin.«

Pit lachte. »Das ist noch gar nichts. Was meinst du, was du in der nächsten Zeit bei uns alles neu lernen wirst!«

»Ich bin gespannt!«

»So, lang genug Pause gemacht. Nun geht's weiter!« Schon setzte sich Pit mit dem Rad wieder in Bewegung und Alicia beeilte sich, hinter ihm herzukommen.

Nach etwas mehr als zwei Kilometern kamen sie auf der Warft, am Westerhever Leuchtturm, an. Alicia stieg vom Rad ab und schaute an dem Turm empor. »Ziemlich hoch«, sagte sie mit einer gewissen Ehrfurcht.

»41 Meter, um genau zu sein«, erklärte Pit und nahm Alicias Tasche aus dem Bollerwagen. »Aber bevor ich dich weiter mit Infos nerve, erst einmal herzlich willkommen in unserer Schutzstation am Westerhever Leuchtturm«, sagte er im feierlichen Ton und machte eine ausladende Armbewegung. »Inmitten von Tausenden Brut- und Zugvögeln aus aller Welt.«

»Danke!« Auch wenn er nur herumalberte, hatte die Vorstellung doch etwas und eine Gänsehaut breitete sich auf Alicias Armen aus. Ihre Bedenken von vorhin waren längst vergessen. »Ich bin so happy, dass ich hier sein darf.«

»Und wir sind froh, dass du so spontan zugesagt hast. Komm, ich zeige dir das Südhaus. Dort wirst du wohnen.«

Alicia folgte Pit zu einem der baugleichen Häuser mit den roten Dächern, die dem Leuchtturm links und rechts an die Seite gebaut worden waren. Für sie war, wie bei Tante Heide, ein Dachzimmer reserviert.

»Richte dich erst mal in Ruhe ein«, sagte Pit, nachdem sie im Zimmer angekommen waren. »Das Bad ist eine

Etage tiefer. Falls du mich suchst, ich laufe irgendwo vor dem Leuchtturm herum.«

Als Pit den Raum verlassen hatte, schaute sich Alicia in ihrer neuen Bleibe um. Das Zimmer war sehr spartanisch mit schlichten Holzmöbeln eingerichtet. Ein Palettenbett, ein kleiner Kleiderschrank und ein Schreibtisch mit Stuhl. Das war es. Kein Fernseher oder sonstiger unnötiger Luxus.

Sie ging zu dem Sprossenfenster, durch dessen Glasscheiben warmes Sonnenlicht fiel, und öffnete es. Die Aussicht, die sich ihr bot, war unbeschreiblich und verschlug ihr für einen Moment den Atem. Diese Weite! Sie ließ ihren Blick über die mit Prielen durchfurchten Salzwiesen schweifen, die sich unendlich zu erstrecken schienen. Ihr Zuhause für die nächsten Wochen. Hier roch die Luft noch frischer und salziger als bei Tante Heide und der Himmel verschmolz mit dem Horizont zu einer Einheit. Was für ein Glück sie doch hatte! Alicia holte ihr Handy aus der Tasche und machte ein paar Aufnahmen von dem atemberaubenden Ausblick. Das musste sie Clara unbedingt später zeigen!

Nachdem Alicia ihre Sachen ausgepackt und in den Kleiderschrank geräumt hatte, steckte sie sich ihre Sonnenbrille ins Haar und verließ das Zimmer. Sie trat aus dem Haus und schaute sich nach Pit um. Vor dem Leuchtturm entdeckte sie ihn mit ein paar Leuten, die auf einer Bank saßen. Langsam trat sie näher an die Gruppe heran.

»Kommen Sie montags, mittwochs oder samstags vorbei. Die Führungen beginnen immer zur vollen Stunde, von zehn bis 16 Uhr. Außer um zwölf, da ist Mittagspause«, erklärte Pit ihnen gerade. »Eintrittskarten bekommen Sie im Info-Hus am Parkplatz. Allerdings müssen Sie sich frühzeitig anmelden.«

Das Touristengrüppchen bedankte sich, machte noch ein paar Fotos von dem Leuchtturm und trat dann wieder den Rückweg durch die Salzwiesen an.

Pit schaute ihnen kopfschüttelnd hinterher. »Ist immer das Gleiche mit den Urlaubern. Kommen, wenn es keine Führungen gibt, obwohl überall nachzulesen ist, wann jemand für Führungen zur Verfügung steht.«

»Wo sind eigentlich die anderen vom Team?«, fragte Alicia. »Ich habe bisher niemanden außer dir am Leuchtturm gesehen.«

»Der Rest der Bande ist noch im Naturschutzgebiet unterwegs. Im Sommer gibt es rund um die Uhr was zu tun. Da ist die Leuchtturm-WG manchmal bis spätabends auf den Beinen. Besonders bei Nachtwattwanderungen geht der Tag dann bis Mitternacht. Heute werden sie wohl auch erst abends zurückkommen.« Er lachte. »Das klingt jetzt, als ob ich keine Ahnung habe, aber glaube mir, die drei wissen ganz genau, was sie zu tun haben. Du wirst immer mit einem von ihnen mitgehen, und ich vertraue darauf, dass die Sache hier läuft. Ich wurde noch nie enttäuscht.«

»Okay«, sagte Alicia betont leichthin. Pit musste nicht unbedingt merken, wie gespannt sie darauf war, die anderen endlich kennenzulernen. Eine Frage konnte sie sich allerdings nicht verkneifen. »Wer ist denn alles in der WG? Mädchen und Jungen?«

»Lena, Fiete und Liam. Dir ist also weibliche Unterstützung sicher.« Er zwinkerte ihr zu. »Lena freut sich übrigens auch schon, dass sie ab heute eine Mitstreiterin bekommt.«

»Ich habe schon mit ihr gemailt. Auf mich kann sie zählen«, erwiderte Alicia lachend. Sie war erleichtert darüber, dass Lena sich scheinbar auf sie freute, und musste dabei an Clara denken. Wie oft war sie über ihren Beistand froh gewesen. Eine gute Freundin war einfach unbezahlbar. Sie konnte gut verstehen, dass Lena sich auf ein Mädchen in der WG freute.

»Was hältst du davon, wenn wir schon mal das Abendessen ernten?«

»Abendessen ernten?« Alicia zog die Augenbrauen hoch.

»Komm mit, ich zeige es dir.« Er führte sie in einen Garten, in dem Bohnen, Kartoffeln, Kürbisse und Zucchini wuchsen.

»Wow! Ein richtiger Gemüsegarten am Leuchtturm. Damit habe ich nicht gerechnet.«

»Die WG-Leute sind fast Selbstversorger. Auf unserer Warft leben außerdem noch 21 Schafe und 16 Lämmer. Schau mal dort drüben, da kannst du sie sehen.« Er zeigte den Warfthang hinunter, wo eine Herde graste.

»Oh, wie süß …« Alicia stockte für einen Moment der Atem. Sie blickte argwöhnisch zu Pit. »Du sagtest, die WG ist fast Selbstversorger?«

»So ist es. Darauf sind sie auch stolz.«

»Soll das etwa heißen, dass die Schafe und Lämmer auch für die Selbstversorgung da sind?« Bei dem Gedanken drehte sich Alicias Magen um. Sie war seit zwei Jahren Vegetarierin und Tiere schlachten, um sie zu essen, ging für sie gar nicht!

»Nein. Keine Sorge. Wir schlachten keine Schafe oder Lämmer«, beruhigte er sie.

»Dann ist ja gut …«, sagte Alicia erleichtert. »Was ernten wir denn fürs Abendessen?«

»Ich habe an Kartoffeln und Zucchini für eine bunte Gemüsepfanne gedacht. Zwiebeln und Gewürze sind bestimmt noch da.«

»Hört sich lecker an.« Alicia folgte Pit ins Gemüsebeet und buddelte mit ihm zusammen Kartoffeln aus. Wenn Elias sie jetzt so sehen könnte, kam ihr für einen Moment in den Sinn. Doch sie verdrängte den Gedanken sogleich wieder. Nein, sie wollte nicht an ihn denken, stattdessen genoss sie die neue Erfahrung, ihr Essen selbst zu ernten. Und davon abgesehen, solange es nichts mit Fußball zu tun hatte, würde es ihn vermutlich kaum interessieren.

7. KAPITEL

Alicia und Pit saßen an dem massiven Holztisch in der gemütlich chaotischen Küche und betrachteten in einem Buch Bilder der häufigsten Vogelarten, die im Wattenmeer zu finden waren.

»Also diese hier, Ringelgänse, Austernfischer, Silbermöwen, Sanderlinge und Alpenstrandläufer, die wirst du am häufigsten sehen«, erklärte Pit.

»Alpenstrandläufer? Das ist ja ein komischer Name.« Sie betrachtete die Abbildung des weiß-grauen Vogels, der einen schwarzen Bauch und einen rostbraunen Rücken und Kopf hatte.

»Du meinst, weil es in den Alpen keinen Strand gibt?«

Alicia nickte.

»Man glaubt es kaum, aber die Alpis kommen tatsächlich aus den hohen Bergen. Sie brüten nämlich in den alpinen Regionen Skandinaviens.«

Plötzlich erklangen Stimmen aus dem Flur. Alicia widerstand dem Drang, sich durch die Haare zu fahren, um sicherzugehen, dass sie vom Wind nicht völlig zerzaust waren. Die plötzlich zurückgekehrte Anspannung ließ sie kerzengerade sitzen, als die Tür geöffnet wurde. Ein Mädchen und ein Junge kamen in die Küche.

»Da seid ihr ja. Das ist Alicia. Eure neue Mitstreiterin in der WG«, stellte Pit sie den beiden vor.

»Hallo«, brachte sie mühsam hervor.

»Moin! Ich bin Fiete«, sagte ihr neuer Mitbewohner und schüttelte ihre Hand. Fiete war kräftig gebaut und hatte sein braunes Haar zu einem Zopf gebunden. Alicia atmete erleichtert auf, als sie in seine sanften braunen Augen blickte, die etwas Vertrauensvolles ausstrahlten.

»Hi! Super, dass du da bist. Endlich habe ich Verstärkung gegen die Jungs.« Lena lächelte sie fröhlich an, wobei sich Grübchen in ihren Wangen bildeten. Sie war klein und zierlich und hatte langes naturblondes Haar, das sie zu einem Knoten hochgebunden hatte. Ihre Jeansshorts waren bedeckt von Schlammspritzern und das marineblaue Shirt mit dem Schutzstation-Emblem sah aus, als hätte sie ihre dreckigen Hände daran abgeputzt. Ihr fiel Alicias Blick auf. »Achte nicht darauf, wie wir aussehen. Wir waren heute im Watt unterwegs und haben nebenbei eine kleine Schlammschlacht gemacht.«

»Ah ja«, meinte Alicia und grinste. Der gemütliche Fiete und die quirlige Lena waren ihr auf Anhieb sympathisch. Mit ihnen würde sie bestimmt klarkommen.

»Man könnte auch sagen, sie waren arbeiten«, fügte Pit schmunzelnd hinzu. »Apropos Arbeit. Ich muss dann mal los. Morgen habe ich ein Treffen in Husum.«

»Wohnt Pit gar nicht hier?«, fragte Alicia Lena und

Fiete, nachdem er sich von ihnen verabschiedet hatte. Die Frage schien ihr eine gute Gelegenheit zu sein, um möglichst unverkrampft ins Gespräch zu kommen.

»Er wohnt nur hier, wenn wir uns nicht benehmen«, scherzte Fiete, während er sich die Hände wusch.

»Hier wohnen nur wir von der Leuchtturm-WG. Pit hat eine Wohnung in Tating, in der Nähe von St. Peter-Ording. Er betreut uns zwar, aber wir arbeiten zum größten Teil eigenständig. Manchmal haben wir im Nachbarhaus Gäste. Zum Beispiel Forscher, die über einen gewissen Zeitraum im Wattenmeer Dinge beobachten oder messen«, erklärte Lena.

»Cool, so ganz ohne Kontrolle. Dann scheint er euch ja echt zu vertrauen.« Alicia war noch nie wirklich lange alleine zu Hause gewesen, weil sie entweder gemeinsam Urlaub machten oder sie bei Tante Heide war. Das würde eine völlig neue Erfahrung für sie werden, auf die sie sehr gespannt war.

»Muss er auch. Wir können nur gut arbeiten, wenn sich jeder auf jeden verlassen kann. Das ist das Allerwichtigste«, meinte Fiete und betrachtete das geerntete Gemüse auf dem Tisch. »Sieht nach Kartoffel-Zucchini-Pfanne aus. Ich glaube, wir haben keine Zwiebeln mehr.«

»Liam kommt bestimmt bald mit Nachschub. Ich gehe mal schnell duschen.« Lena verließ die Küche.

»Dann können wir ja schon mal das Gemüse waschen und schälen«, schlug Fiete vor.

»Okay. Was soll ich tun?«

»Wasch die Zucchinis und schneide sie in Würfel. Messer und Schneidebrett sind in der oberen Schublade. Ich kümmere mich um das Kartoffelschälen.«

Alicia machte sich gleich an die Arbeit. »Gibt es hier eigentlich so was wie einen WG-Kochplan?«, erkundigte sie sich.

»Theoretisch ja, praktisch aber nein. Lena und Liam sind zwar gute Esser, aber im Kochen absolute Nieten. Deswegen bin ich für die Verpflegung zuständig. Sonst müssten wir alle verhungern.«

»Tut mir leid, ich bin auch keine Meisterköchin«, gab Alicia zu. »Aber die Zucchini gehen so, oder?« Sie betrachtete die Gemüsewürfel und wurde zunehmend entspannter. Lena und Fiete waren wirklich nett. Wenn sie gut mit Liam auskamen, tickte er sicher ähnlich wie sie.

Fiete kniff die Augen zusammen und wiegte den Kopf hin und her. »Für den Anfang ganz okay. Auf jeden Fall besser als alle Zucchiniwürfel, die Lena und Liam jemals fabriziert haben.«

»Glaub ihm kein Wort.« Lena kam frisch geduscht und mit nassen Haaren zurück. Hinter ihr betrat ein Junge die Küche, der eine große Gemüsekiste trug, die prall mit Lebensmitteln gefüllt war. Geräuschvoll ließ er die Kiste auf den Tisch plumpsen. Fiete und Lena beugten sich neugierig darüber. Alicia betrachtete derweil den Neuankömmling. Er sah aus, als käme er direkt vom Surfen mit seinem windzerzausten Haar und seiner gebräunten Haut. Und er kam ihr irgendwie bekannt vor.

Grinsend ging er an ihr vorbei, sagte aber weder Hallo noch stellte er sich vor. Er nahm ein Glas aus dem Schrank und füllte es mit Leitungswasser, das er in einem Zug trank. Während Alicia darauf wartete, dass er Notiz von ihr nahm, musterte sie ihn verstohlen weiter. Sein blondes Haar passte perfekt zu seiner Strandbräune, die seine blauen Augen noch strahlender erscheinen ließ, als sie ohnehin schon waren. Er war groß und sein enges weißes T-Shirt zeigte seine extrem sportliche Figur.

Schließlich ergriff Lena das Wort. »Liam, das ist übrigens Alicia, unsere neue WG-Mitbewohnerin. Alicia, das ist Liam.«

Der Typ sah Alicia an und zog kaum merklich seine Mundwinkel nach oben. »Hey.«

»Hi. Ich bin Alicia«, sagte sie und kam sich im selben Augenblick bescheuert vor, weil Lena ihm genau das wenige Sekunden zuvor mitgeteilt hatte. Wie peinlich!

Ein Grinsen breitete sich auf seinem Gesicht aus und plötzlich fiel Alicia ein, wo sie ihn schon mal gesehen hatte. Das war doch einer der Surfer vom Strand, die sie gestern gesehen hatte. Oh nein! Hoffentlich erkannte er sie nicht. Sie hatte ihn schließlich angestarrt. Und tat es gerade wieder.

»Hab ich schon mitbekommen«, sagte Liam mit einer angenehmen, tiefen Stimme, deren Klang Alicia einen Schauer über den Rücken jagte. »Und ich glaube, wir haben uns schon mal gesehen.« Er zwinkerte ihr zu, dann hielt er das Glas wieder unter den Wasserhahn und füllte es erneut.

Alicia fühlte sich wie eine komplette Idiotin und spürte, wie sie vor Scham rot anlief. Gut, dass Liam mit seinem Wasser und Lena und Fiete mit dem Auspacken der Lebensmittel beschäftigt waren.

»Ah!« Fiete schien gefunden zu haben, wonach er gesucht hatte. »Drei Zwiebeln.« Er hielt sie in die Luft.

»Nur drei?«, fragte Lena.

Liam stellte das Glas geräuschvoll auf der Spüle ab. »Sorry, mehr war heute nicht drin. Dafür habe ich Äpfel, Tomaten und Bananen mitgebracht. Milch, Schokolade, abgepackter Bio-Käse und Würstchen sind auch dabei. Also, meckert nicht rum.«

»Wo kauft ihr denn ein?«, fragte Alicia, um sich in das Gespräch einzuklinken und weil sie sich wunderte, dass Liam bloß drei Zwiebeln gekauft hatte. Normalerweise waren Zwiebeln keine Mangelware in Supermärkten. »Ich könnte beim nächsten Mal einkaufen gehen.«

Auf Liams Gesicht erschien ein breites Grinsen. »Das möchte ich sehen.«

Was sollte die Bemerkung denn? Als ob sie nicht in der Lage war, einkaufen zu gehen. Und was sollte eigentlich dieses ständige Grinsen? Machte er sich über sie lustig? Alicia konnte ihn nicht einschätzen. Er hatte irgendetwas an sich, das sie nervös machte. »War nur ein Angebot«, sagte sie so beiläufig wie möglich.

»Du bist echt unmöglich.« Lena warf Liam einen mahnenden Blick zu.

»Wieso denn? War doch nicht böse gemeint. Ich würde es echt gerne sehen, wie sie für uns *einkaufen* geht.«

»Ich glaube, wir müssen dich aufklären«, sagte Lena zu ihr. »Es ist nämlich so, wir versuchen so oft wie möglich, nicht im Supermarkt einzukaufen. Die meisten Lebensmittel retten wir, bevor sie auf dem Müll landen.«

»Ach so!« Alicia verstand, was Lena meinte. »Ihr holt euch abends aussortierte Ware ab, die der Supermarkt nicht mehr verkaufen kann. Das könnte ich aber trotzdem auch mal übernehmen.«

»So einfach abholen können wir das Zeug nicht. Wir holen es aus dem Container eines Supermarkts in St. Peter Ording. Da darf man nicht gerade zimperlich sein. Sonderlich gut riecht es da nicht«, erklärte Fiete.

»Aber ist Containern nicht … illegal?«, fragte Alicia mit einem Seitenblick auf die Ausbeute der geretteten Lebensmittel und wusste im gleichen Augenblick, dass sie sich diese Frage besser hätte verkneifen sollen.

»Falsche Frage. Die korrekte Frage müsste doch eher sein, ob es nicht strafbar ist, genießbares Essen wegzuwerfen, oder?«, fragte Liam. »Volle Eierkartons landen im Container, wenn nur ein Ei eine Macke hat. Genauso ist das bei Obst. Ist eine Apfelsine oder Zitrone matschig, zack, wird gleich das ganze Netz in die Tonne gehauen.« Er redete sich in Rage. »Mit dem ganzen Zeug, was die Leute vom Supermarkt wegwerfen, könnte man locker ein zweites St. Peter-Ording satt bekommen. Und da fragst du, ob das illegal ist, was wir machen?«

»Wenn man es so sieht.« Alicia musste zugeben, dass Liam mit dem, was er sagte, nicht unrecht hatte. »Und was passiert, wenn ihr beim Containern erwischt werdet?«, hakte sie nach.

Lena zuckte die Achseln. »Dann hauen wir ab, so schnell es geht. Eine Anzeige wegen Hausfriedensbruch haben wir jedenfalls noch nie bekommen. Und ich hab auch kein schlechtes Gewissen, wenn ich Müll klaue. Pit weiß, was wir tun, und sagt, dass wir das selbst entscheiden müssen. Es liegt auf jedem Fall nicht am Geld, denn wir bekommen ja ein monatliches Taschengeld, das wir auch für Lebensmittel nutzen.«

»So, genug übers Essen geredet.« Fiete klatschte in die Hände. »Jetzt wird gekocht.« Er zog einige Tütchen aus der Kiste. »Lust auf Vanillepudding zum Nachtisch?«

Fiete kümmerte sich ums Kochen und Alicia half Lena beim Tischdecken. Liam verschwand unter die Dusche und Alicia war froh darüber. Sie brauchte eine Auszeit von seiner direkten, spöttischen Art, mit der er ihr sofort unter die Haut gegangen war. Vier Wochen mit ihm in einer WG. Das konnte noch spannend werden. Während sie sich mit Fiete und Lena sofort wohlgefühlt hatte, herrschte eine unerklärliche Spannung zwischen ihr und Liam.

»Liam hat das nicht so gemeint«, unterbrach Lena ihre Gedanken. »Er ist manchmal etwas krass mit dem, was er sagt. Aber er ist echt total in Ordnung. Man kann sich immer auf ihn verlassen und ihm liegt Umwelt- und Tierschutz total am Herzen.«

»Ist schon gut. Wir werden schon miteinander klarkommen.« Alicia lächelte Lena an, um ihre Aussage zu bestärken. In Wirklichkeit war sie nicht sicher, wie das mit Liam und ihr werden würde. Aber irgendetwas in ihr wollte nicht, dass er sie blöd fand.

»Sag mal, wie ist das eigentlich mit Fernsehen oder Internet hier?«, fragte sie, um sich selbst von ihren Gedankengängen abzulenken.

»Einen Fernseher haben wir gar nicht und das Internet funktioniert eher nur ab und an.«

»Steht der Wind gut, geht das Internet«, warf Fiete ein und wendete die Kartoffelscheiben in der Pfanne.

Lena nickte. »Stimmt. Aber du wirst schnell merken, dass du hier gar nicht so oft ins Internet gehst. Dafür gibt es einfach viel zu viel zu tun und die Tage vergehen so schnell, dass man gar keine Zeit hat, online zu gehen.«

»Gut, dass du das sagst. Ich dachte schon, mir stünde ein richtiger Entzug bevor«, erwiderte Alicia lachend.

Liam erschien erst wieder in der Küche, als das Essen fertig war. Er setzte sich ihr gegenüber an den Tisch, neben Fiete. Lena verteilte die Gemüsepfanne auf Tellern und setzt sich dann auf den Platz neben ihr. Das Essen roch gut. Alicia nahm die Gabel, die neben ihrem Teller lag, in die Hand, zögerte jedoch einen Moment. Sie hatte noch nie gerettete Lebensmittel gegessen und sie konnte den Gedanken nicht wegschieben, dass es sich dabei streng genommen um Müll handelte. Den anderen schien es jedoch zu schmecken. Sie aßen mit gutem Appetit.

Als Liam von seinem Teller aufschaute, fiel sein Blick auf sie. Er runzelte die Stirn. Alicia fühlte sich ertappt und fing reflexartig an zu essen. Die Kartoffeln und die Zucchinis hatte sie selbst am Nachmittag geerntet und der Vanillepudding und die Milch waren abgepackt gewesen. Es konnte gar nichts Schädliches dabei sein, diese Dinge zu essen, versuchte sie, sich selbst zu überzeugen.

»Schmeckt es dir?«, erkundigte sich Fiete.

»Danke, richtig gut«, antwortete Alicia und musste dabei noch nicht einmal lügen. Die Gemüsepfanne war ausgezeichnet.

Während des Essens unterhielten sich Lena, Fiete und Liam darüber, was sie am Tag erledigt hatten. Lena und Fiete hatten eine Wattwanderung betreut, Liam hatte Vögel gezählt. Sie erzählten ihr, dass Fiete seinen Bundesfreiwilligendienst und Lena und Liam ein Freiwilliges Ökologisches Jahr in der Schutzstation ableisteten. Alicia hörte aufmerksam zu und versuchte, dabei möglichst keinen Blickkontakt mit Liam zu haben. Jedes Mal, wenn er sie anschaute, blickte sie schnell woandershin. Sie konnte sich keinen Reim darauf machen, warum er sie so aus der Fassung brachte.

Nach dem Essen half sie Lena beim Geschirrspülen, während Fiete und Liam draußen vor dem Haus ein paar Scheite Holz für den Ofen hackten.

»Habt ihr Lust, gleich noch zusammen Monopoly zu spielen?«, fragte Lena in die Runde, als der letzte Teller abgetrocknet war und Fiete und Liam mit dem Holz zurück in die Küche kamen.

»Gute Idee«, meinte Fiete.

»Von mir aus«, stimmte Liam zu. Er stapelte das Holz in einer kleinen Kiste. Alicia beobachtete ihn dabei und fand es irgendwie sexy.

»Was ist mit dir, Alicia?«, fragte Lena.

Alicia versteckte ein Gähnen hinter einer vorgehaltenen Hand. »Sorry, ein anderes Mal gerne. Ich bin hundemüde.«

Sie verabschiedete sich von der geselligen Runde. Doch in ihrem Bett konnte sie trotz großer Müdigkeit nicht einschlafen. Alles war so neu und ungewohnt. Alicia ließ den Tag Revue passieren und blieb schließlich ungewollt bei Liam hängen. Er beschäftigte sie. Einen gut aussehenden Surfer hätte sie nicht in der Schutzstation erwartet, aber Liam schien der Umweltschutz wirklich wichtig zu sein. Sie rollte sich auf die Seite. Sollte er doch gut aussehen. Was interessierte sie das überhaupt? Sie hatte sich diese Auszeit mit Natur, Strand und Sonne total verdient und Sorgen, was jemand von ihr hielt, hatten da keinen Platz.

Alicia merkte, dass ihre Kehle trocken war, aber sie hatte kein Wasser mit aufs Zimmer genommen. Wohl oder übel musste sie noch mal in die Küche ins Erdgeschoss. Sie schwang ihre Beine aus dem Bett und stellte die Taschenlampenfunktion ihres Handys an. Es war schon weit nach Mitternacht, als sie die Treppen hinuntertaperte. Sie schob die angelehnte Küchentür auf und hätte fast einen Herzinfarkt bekommen. Im Lichtschein des halb geöffneten Kühlschranks stand Liam und blickte ihr entgegen.

»Was schleichst du denn hier so rum wie ein Einbrecher?«, fragte er. »Wir haben Licht.« Er kam auf sie zu und knipste das Licht in der Küche an.

Alicia stockte der Atem. Liam war bloß mit einer Boxershorts bekleidet und stand ganz nah vor ihr. So nah, sie konnte riechen, dass er nach einer Mischung aus Minze und Zitrone roch.

»Das könnte ich dich auch fragen«, brachte sie heraus und schaltete die Taschenlampenfunktion ihres Handys aus.

»Ich finde den Weg auch ohne Licht«, erwiderte er schulterzuckend. Er wich keinen Millimeter von ihr zurück.

Alicia spürte, dass sie schwitzige Hände bekam. Ihr Herz schlug so heftig, dass es sich anfühlte, als würde es in ihrer Kehle sitzen. Sie bemühte sich, nicht auf seinen muskulösen Oberkörper zu starren. Meine Güte, sie kam gerade aus dem Bett und ihre Haare waren vermutlich völlig zerzaust. »Ich habe Durst«, erklärte sie schließlich, um irgendetwas zu sagen.

Kurz verharrte er noch dicht vor ihr, dann trat er einen Schritt zur Seite. »Bist wohl auch nachtaktiv.« Er ging wieder zum Kühlschrank und nahm eine Glasschüssel heraus, in der noch Reste vom Abendessen waren. Mit einer Gabel aß er das kalte Gemüse.

»Nur wenn ich Durst habe.« Alicia nahm ein Glas und füllte es mit Wasser aus dem Hahn. Als sie wieder zur Tür ging, riskierte sie einen Seitenblick auf ihn.

»Das nächste Mal kannst du ruhig Licht anmachen. Dann entgeht dir nichts von mir. Du schaust mich doch so gerne an«, sagte er.

Entsetzt wirbelte Alicia wieder zu ihm herum. »Was?! Nein, ich …«, stammelte sie und spürte, wie ihr die Hitze ins Gesicht stieg.

»Schon gut, ist nicht verboten. Ich bin das gewohnt.« Er breitete die Arme aus, als würde er ihr einen besseren Blick auf sich ermöglichen wollen, und grinste dabei selbstzufrieden. »Gucken darfst du, aber du solltest dich nicht in mich verlieben.«

»In dich …«, wiederholte Alicia, völlig überrumpelt

von seiner direkten Art. Meinte er das etwa ernst? In die Scham mischte sich Ärger. Fand er das etwa lustig oder war er wirklich so sehr von sich selbst überzeugt?

Energisch schüttelte sie den Kopf. Sie würde auch keine Sekunde länger bleiben. Sie rang sich ein »Gute Nacht« ab und verließ die Küche. Vor der Treppe verharrte sie kurz, um wieder die Taschenlampenfunktion ihres Handys einzuschalten und hörte dabei sein leises Lachen aus der Küche. Der Weg zu ihrem Zimmer kam ihr unendlich weit vor. Mit klopfendem Herzen lehnte sie sich an die Zimmertür.

8. KAPITEL

Elias hatte sein liebevollstes Grinsen aufgesetzt und reichte ihr einen Eisbecher mit ihren Lieblingssorten, weil er sie so gut kannte. Alicia war das Eis jedoch egal, sie war in seine Augen versunken und beugte sich gerade vor, um ihn zu küssen …

»Alicia?« Es klopfte an der Tür. »Alicia?«

Sie schreckte aus dem Traum hoch. Gerade hatte Elias sie um Verzeihung gebeten und sie brauchte einen Augenblick, ehe sie wieder wusste, wo sie war.

»Ja?«, brachte sie schlaftrunken hervor.

»Ich bin's, Lena. Darf ich reinkommen?«

»Ähm, ja klar.« Sie setzte sich im Bett auf und fuhr sich durch die Haare.

»Moin!« Lena öffnete die Tür, die ein leises Quietschen von sich gab. Sie war schon fertig angezogen und machte im Gegensatz zu Alicia einen ziemlich munteren Eindruck. Sie trug khakifarbene Cargoshorts und dazu ein marineblaues Shirt mit dem Emblem der Schutzstation Wattenmeer. Über ihrer Schulter baumelte etwas aus dunkelblauem Stoff.

»Morgen«, brummelte Alicia.

»Na, hast du gut geschlafen?« Lena setzte sich zu ihr auf die Bettkante.

Alicia nickte und rieb sich über die Augen. »Tief und fest.« Jedenfalls die letzten zwei oder drei Stunden. Davor hatte sie keinen Schlaf finden können, weil Liam ihr ständig durch den Kopf gegeistert war.

»Das ist gut! Ich hab dir ein T-Shirt von unserer Schutzstation mitgebracht. Du gehörst ja jetzt auch zum Team.« Lena griff nach dem blauen Oberteil, das über ihrer Schulter lag und hielt es ihr entgegen. »Größe S, ich dachte, das könnte dir passen.«

»Oh danke! S müsste perfekt sein.«

»Super!«, freute sich Lena. »Ich bin übrigens heute mit Brotbacken dran und da habe ich mir gedacht, ich zeig dir gleich, wie wir das machen. Sorry fürs frühe Wecken, aber das habe ich gestern vergessen.«

»Ihr backt euer Brot selbst?«

»Jeden Tag, ganz frisch«, bestätigte Lena. »Der nächste Bäcker ist nämlich ziemlich weit weg vom Leuchtturm. Je eher du es lernst, desto besser.«

»Okay. Gib mir zehn Minuten.«

»Ich bin in der Küche.« Lena verschwand wieder.

Alicia schaute auf ihr Handy. 5:45 Uhr? Das war ja mitten in der Nacht! Sie hatte sich ihren Aufenthalt in der Leuchtturm-WG zwar nicht wie Urlaub vorgestellt, aber mit so allumfassenden Arbeiten zu jeder Tages- und Nachtzeit hatte sie nicht gerechnet. Doch sie war bereit, sich jeder Herausforderung zu stellen – außer sie hatte mit Liam zu tun.

Ein gequältes Stöhnen entfuhr ihr, als sie an ihre nächtliche Begegnung dachte. Wie sollte sie ihm nur das nächste Mal begegnen? Sofort regte sich Ärger in ihr. Wollte sie sich die nächsten Wochen wirklich von einem arroganten Surfer-Macho kaputt machen lassen? Sie würde ihm durch ihre Mitarbeit zeigen, dass sie kein naives Nesthäkchen und vor allem nicht hergekommen war, um sich zu verlieben.

Sie schnaubte bei dem Gedanken und griff nach frischer Wäsche, einer Capri-Jeans, ihrem Waschzeug und warf sich das neue WG-Shirt ebenfalls über die Schulter. Wenigstens war um die Uhrzeit das Bad unter Garantie frei. Aber vorher wollte sie Clara wenigstens eine kurze Nachricht schreiben und ihr die Fotos schicken, die sie am Vortag gemacht hatte.

Hi, Clara! Bin gut am Leuchtturm angekommen.
Hier ist es voll schön. Würde dir bestimmt auch gefallen.
Tolle Landschaft und nette Leute. Schicke dir ein paar
Fotos mit. Wie ist dein Urlaub?

Sie drückte auf Senden, doch die kleine Uhr neben der Nachricht verwandelte sich nicht in einen Haken. Nach zwei weiteren vergeblichen Versuchen stellt sie fest, dass es in der Schutzstation neben keinem Fernseher und nur eingeschränktem Internet, auch fast keinen vorhandenen Handy-Empfang gab. Alicia schüttelte lächelnd den Kopf. So fühlte es sich also an, wenn man unfreiwillig offline war. Sie schrieb eine zweite Nachricht an ihre Freundin.

Der Empfang ist allerdings echt schlecht hier. Hoffe, die Nachrichten gehen nachher durch, aber wundere dich nicht, wenn du nur unregelmäßig von mir hörst. Muss abwarten, bis der Wind gut steht. :-)

Kurze Zeit später kam sie in die Küche. »Das Shirt passt perfekt.«

»Steht dir gut. Habe ich gut geschätzt.« Lena hatte schon eine Schüssel und alle Zutaten für den Brotteig bereitgelegt.

»Von mir aus können wir mit dem Backen loslegen.«

»Okay. Zuerst nehmen wir den Knetkessel und mischen Trockenhefe unter das Mehl«, erklärte Lena. »Danach schütten wir etwas warmes Wasser und Salz dazu und kneten den Teig gut durch. Er muss ungefähr eine Temperatur von 28 Grad haben.«

Alicia befolgte die Anweisungen von Lena und verstand wenig später auch, warum sie sie so früh aus dem Bett geschmissen hatte. Bevor das Brot gebacken werden konnte, musste es nämlich noch unter einem Tuch eine Stunde im Knetkessel ziehen. Erst danach konnte es weiterverarbeitet werden, um darauf noch eine weitere Stunde im Ofen zu backen.

In der Zwischenzeit hatten sie genügend Zeit, um ausgiebig zu quatschen.

»Hast du das eigentlich alles in der WG gelernt oder konntest du das schon vorher?«, wollte Alicia wissen.

»Du meinst, das Brotbacken?«

»Das Brotbacken, Gemüse-Anpflanzen und eben alles andere, was man hier so braucht.«

»Einen Teil habe ich schon zu Hause gelernt. Zwangsläufig. Meine Eltern arbeiten viel und da musste ich mich oft zu Hause selbst versorgen. Irgendwann habe ich dann die Rezeptbücher meiner Mutter entdeckt und angefangen, danach zu kochen. Aber Brot habe ich zum ersten Mal hier gebacken.«

»Fiete sagte, du kannst nicht kochen.«

Lena lachte. »Ja, in seinen Augen mag das stimmen. Er kann nämlich wirklich kochen.«

»Also, ich kann gar nicht kochen und komm mir schon irgendwie komisch vor, weil ich das vorher noch nie gemacht habe«, gab Alicia zu. »Auch das mit dem Containern und so. Gegen euch wirke ich echt total unselbstständig.«

»Ach was. Du wirst hier alles schnell lernen und dann kannst du bald im Schlaf Brot backen. Containert habe ich auch hier zum ersten Mal mit den Jungs. Das machen wir auch eher aus Überzeugung, nicht weil Pit das von uns verlangt. So öko wie hier war mein Leben zu Hause nicht. Hier ist es schon extrem. Und bei dir?«

»Auch nicht wirklich. Meine Eltern achten da eigentlich nicht so drauf und ich habe darüber noch nicht nachgedacht. Seltsam eigentlich, weil ich schon mit Fridays for Future unterwegs war. Aber es gibt echt viele Baustellen in unserer Welt.«

»Ja, das ist nicht immer so einfach, ging mir genauso.« Lena hatte die dreckige Gabel und die leere Auflaufform neben der Spüle entdeckt. »Dass Liam immer nachts essen muss. So ein Chaot. Jungs sind echt unmöglich!«

Alicia zog die Augenbrauen hoch. »Die scheinen ja überall gleich zu sein.«

»Oh … das klingt aber nach Ärger mit deinem Freund?«

»Mit meinem Ex-Freund«, korrigierte Alicia.

»Tut mir leid, ich wollte da nicht in ein Wespennest stechen.«

»Schon gut.« Alicia lächelte sie an. »Und bei dir? Wartet jemand zu Hause auf dich? Oder hast du hier ein Auge auf einen der gut aussehenden Surferboys geworfen?« Die Frage konnte sie sich nicht verkneifen, obwohl sie ja gerade offiziell nichts von Jungs wissen wollte.

»Nein. Oh bitte, mit diesen ignoranten Machos stehen wir hier eher auf Kriegsfuß. Ich kann mich voll und ganz auf die Arbeit im Leuchtturm konzentrieren«, lachte Lena.

»Gleich können wir frühstücken«, erklärte Lena um kurz nach acht, als sie das frische Brot aus dem Ofen nahm. »Später hätten wir mit dem Brotbacken nicht anfangen dürfen.«

»Ganz schön zeitaufwendig das Ganze. Aber dafür riecht es unheimlich lecker.«

Alicia deckte den Tisch und bald darauf kamen die Jungs in die große Küche. Liam setzte sich wieder ihr gegenüber und zwinkerte ihr zu. Alicia stockte der Atem, aber er sagte nichts wegen ihrer nächtlichen Begegnung, sondern warf ihr nur hin und wieder einen Blick zu. Hatte er sie doch nur ein wenig aufziehen wollen? Und wieso musste er schon so früh am Morgen so unverschämt gut aussehen?

Während des Frühstücks besprachen sie die anstehenden Aufgaben des Tages, sodass Alicia sich auf das Gespräch konzentrieren musste.

»Heute ist Springtide. Ich nehme Alicia mit zum Vögelzählen«, verkündete Lena und biss in eine Scheibe Brot mit Butter.

»Das passt gut, dann können Liam und ich mit der Kartierung der Wattbodentiere weitermachen«, sagte Fiete.

Liam lehnte sich auf seinem Stuhl zurück und schloss die Augen. Er seufzte. »Ach, das wird so schön, Fiete. Wir beide alleine im Watt. Endlich Ruhe!« Er setzte ein breites Grinsen auf.

Lena griff nach einem nassen Lappen, der auf einem Schränkchen in ihrer Reichweite lag, und warf ihn nach Liam. »Unverschämtheit!«

»Hey, ich sag nur die Wahrheit!« Er schmiss den Lappen wieder zu ihr zurück. »›Liam, das machst du aber nicht genau genug‹«, versuchte er, mit hoher, jammernder Stimme Lena nachzumachen. »›Liam, kannst du mal mit der Spatengabel ein Stück Wattboden herausstechen? Liam, ich muss mal eine Pause machen … ich habe Kopfschmerzen.‹« Er funkelte sie herausfordernd an.

»Du Spinner! Ich habe noch nie Kopfschmerzen gehabt!« Lena schmiss den Lappen wieder zurück und traf sein rechtes Auge.

Selbst Alicia musste nun herzlich lachen und Fiete beobachtete kopfschüttelnd das Schauspiel. »Gut, dass du da bist, Alicia. Kannst du dir vorstellen, was ich die ganze Zeit mit den beiden aushalten musste?«

Nach dem Frühstück zogen Alicia und Lena mit den Rädern los zum Vogelzählen. Alicia hatte vorsorglich ihre Gummistiefel angezogen und um ihren Hals baumelte ein Fernglas. Lena trug ein Spektiv mit Stativ über ihrer Schulter. Es herrschte eine klare Sicht mit einer leichten Brise vom Meer her. Die Sonne schien angenehm warm und die Schafe und Lämmer grasten friedlich am Fuße der Warft. Es roch nach Nordseesommer, eine einzigartige Mischung aus taufrischem Gras, Meeressalz und Sommersonne, die sie bisher nur hier oben in Nordfriesland gerochen hatte.

An einer der Beobachtungsstellen des Naturschutzgebiets machten sie halt und stellten die Räder ab.

»Warum machen wir das ausgerechnet hier?«, wunderte sich Alicia und Lena lachte.

»Keine Sorge, du wirst die markanten Punkte auch bald kennen. Für einen Laien unterscheiden die sich nicht voneinander, aber mit ein bisschen Erfahrung wirst du merken, dass man hier einen guten Überblick hat.« Lena stellte das Stativ ab und grub in ihrer Tasche.

»Das ist ein Zähler.« Sie übergab ihr ein kleines Gerät, das Ähnlichkeit mit einer Stoppuhr hatte. »Hier drückst du immer drauf, wenn du eine bestimmte Vogelart zählst. Oft hocken ganze Vogelschwärme zusammen, dann drückst du in Zehnerschritten.«

»Welche Vogelarten zählen wir denn?«

»Wir zählen alles, was uns vor die Linse fliegt. Also Austernfischer, Kiebitze, Säbelschnäbler, Lachmöwen, Küstenseeschwalben und so weiter. Diese Vögel brüten meistens im Vorland. Manchmal sehe ich aber auch seltene Exemplare wie zum Beispiel Rosenmöwen, Brillenenten, Rosenstare oder sogar eine Schnee-Eule hat sich mal zu uns nach Westerhever verflogen.« Lena baute das Spektiv mit dem Stativ auf.

»Ich glaube, die meisten Vogelarten erkenne ich nicht«, gab Alicia zu bedenken. »Bis vielleicht auf Möwen. Aber da gibt's ja auch Unterschiede. Bis jetzt habe ich bloß bei uns im Garten Amseln, Blaumeisen, Drosseln, Rotkehlchen oder Finken für den Naturschutzbund gezählt.«

»Keine Panik, ich werde dir die verschiedenen Vogelarten zeigen und in ein paar Tagen kannst du sie alle im Schlaf unterscheiden. Außerdem habe ich zur Sicherheit immer ein Buch zur Vogelbestimmung dabei.« Sie reichte ihr das Buch.

»Danke.« Alicia blätterte es durch. »Pit hat mir das gestern auch schon gezeigt. Ganz schön viele Vögel. Hoffentlich lerne ich schnell.«

»Na klar. Da fällt mir ein, du hast vorhin gar nicht erzählt, wie du eigentlich auf die Idee gekommen bist, ein Praktikum bei uns zu machen.«

»Ach, das hatte ich schon länger im Kopf. Meine Tante Heide wohnt in St. Peter-Ording und ich habe oft meine Ferien bei ihr verbracht. Deswegen kannte ich auch die Arbeit der Schutzstationen, weil meine Tante Heide mir davon erzählt hat. In den letzten Sommerferien habe ich ein Praktikum im Zoo bei den Seelöwen gemacht und bin danach in die Umwelt-AG an meiner Schule gegangen. Da habe ich viel über das Klima und den Naturschutz gelernt. Dadurch habe ich dann auch einige Dinge mitbekommen, die ich vorher gar nicht bemerkt habe. Zum Beispiel hatte der Reiterhof in meiner Nähe zu wenig Heu für die Pferde, weil es im Sommer zu heiß war. Und ich habe mitgeholfen, die Bäume in unserer Straße zu wässern, nachdem sie schon ihre Rinde abgeworfen hatten. Später hab ich mich dann in unserer Stadt Fridays for Future angeschlossen und die Demos mitorganisiert. Ich will nach der Schule unbedingt was mit Tieren oder Natur machen. Am liebsten würde ich später mal in der Robbenforschung arbeiten. Und nun bin ich hier, und nebenbei gesagt, ganz froh, nicht zu Hause zu sitzen und mir den Kopf über meinen Ex zu zerbrechen.«

»Klingt logisch«, lachte Lena. Sie richtete das Spektiv aus und warf einen prüfenden Blick hinein.

»Und wie kam das bei dir?«, fragte Alicia und blätterte im Vogelbestimmungsbuch.

»Meine Eltern sind Tierärzte und engagieren sich ehrenamtlich für ein Tierheim. Da wurde ich quasi schon in den Tierschutz hineingeboren. Und als ich letztes Jahr mein Abitur in der Tasche hatte, wollte ich mal ein anderes Leben kennenlernen, bevor ich mit meinem Studium der Meeresbiologie an der Uni starte.« Sie schaute konzentriert in das Spektiv.

Alicia blickte Lena verwundert an. »Du hast schon Abitur? Wie alt bist du denn?«

Lena drehte den Kopf zu ihr. »Ich bin 18, mit 17 war ich schon mit der Schule fertig.« Sie zuckte mit den Schultern. »Bin etwas hochbegabt. Dadurch habe ich zwei Klassen übersprungen.«

»*Etwas* hochbegabt?«, fragte Alicia schmunzelnd. »Wow!«

»Ach was. So wow ist das gar nicht.« Lena machte eine wegwerfende Bewegung. »Hochbegabung kann auch ganz schön nervig sein. Man hat ständig das Gefühl, nicht zu den anderen zu passen, und wird in der Schule als Streber abgestempelt, weil man anders und schneller denkt und nie lernen muss.«

»Nie lernen hört sich gut an«, fand Alicia. »Da hat man eine Menge Zeit für andere Dinge.«

»Schon. Doch manchmal ist es so, als würde man als Mensch unter Schafen leben und eine andere Sprache sprechen. Verstehst du, was ich meine?«

»Ich glaube schon.«

»Ich hatte nie wirklich viele Freunde, weil die meisten Leute in meinem Alter mich für einen Alien gehalten haben. Ich hatte immer ganz andere Interessen.«

»Viele Freunde habe ich auch nicht. Vielleicht bin ich ja auch hochbegabt«, flachste Alicia.

»Wer weiß. Für Tiere habe ich mich immer interessiert. Aber irgendwie wissenschaftlicher als die anderen in der Schule.«

»Ich habe übrigens einen Kater. Mäxchen heißt er.« Alicia holte ihr Handy raus und zeigte ihr Fotos von ihrem Kater.

»Ist der süß! Ich habe zu Hause auch eine Katze. Fine. Eine Glückskatze. Sie hat im letzten Jahr Kitten bekommen. Da war was bei uns los.«

»Das glaube ich dir. Die waren bestimmt total süß.«

»Oh ja! Mit Tieren verstehe ich mich besser als mit

Menschen. Die nehmen einen, wie man ist.« Lena schaute durch das Spektiv und machte eine Notiz in ihr Heft. »Aber mit Fiete und Liam komme ich gut klar. Sie lassen mich reden und ich kann oft mein eigenes Ding machen, weil dann die Arbeit schneller fertig ist. Vorträge für Besucher überlassen sie mir zum Beispiel ganz gerne.«

»Ihr scheint gut als Team zusammenzupassen.«

»Stimmt. Ich hab das Gefühl, du passt auch gut zu uns. Aber jetzt haben wir genug gequatscht. Vögel zählen ist angesagt.« Sie erklärte Alicia noch mal die Handhabung der Zähleruhr, mit der sich auch in Fünfziger- und Hunderterschritten ganze Schwärme zählen ließen, die oftmals in den Salzwiesen anzutreffen waren.

Nach anfänglichen Schwierigkeiten wuchs Alicia immer besser in ihre Aufgabe hinein. Sie lernte schnell und konnte bald Heringsmöwen von Silbermöwen und Küstenschwalben von Uferschwalben unterscheiden. Das Vogelzählen machte ihr richtig Spaß.

»So, das reicht für heute«, sagte Lena gegen Mittag.

Zusammen bauten sie die Ausrüstung ab und radelten zurück Richtung Leuchtturm. Auf dem Weg dorthin unterhielten sie sich über ihre Berufswünsche und die der Jungs.

»Fiete möchte nach seinem freiwilligen Jahr eine Ausbildung zum Rettungssanitäter machen«, erzählte Lena.

Alicia stellte sich Fiete vor, wie er verletzte Personen medizinisch versorgte. »Ich glaube, das passt zu ihm. Er scheint dafür die nötige Ruhe und Geduld zu haben.«

»Im Gegensatz zu Liam, meinst du?«, fragte Lena lachend.

»An Liam habe ich gerade nicht gedacht, aber jetzt, wo du es sagst … stimmt! Als Rettungssanitäter kann ich ihn mir nicht wirklich vorstellen.«

»Ich auch nicht!« Sie waren wieder am Leuchtturm angekommen und stellten die Räder unter. Danach gingen sie mit der Ausrüstung ins Haus.

»Was möchte Liam denn mal werden?«, fragte Alicia und ärgerte sich gleichzeitig über ihre Neugier. Lena sollte keinen falschen Eindruck von ihr bekommen.

Doch Lena schien an der Frage nichts Verwerfliches zu finden. »Ich glaube, das weiß er selbst gar nicht so genau«, sagte sie achselzuckend. »Kennst du das, wenn man so beschäftigt ist mit dem Moment, dass man gar nicht an übermorgen denken kann? So geht es Liam gerade. Mal träumt er von einer eigenen Surfschule und dann möchte er doch wieder die Welt erobern.« Lena verstaute das Spektiv und das Stativ in einen dafür vorgesehenen Kasten. »Ich weiß nur, dass er das Meer und das Surfen liebt. Ich schätze, dass für ihn der Beruf gar nicht so viel bedeutet, sondern die Hauptsache ist, dass der Weg zum Strand nicht weit ist.«

»Es gibt Schlimmeres, als am Meer zu arbeiten«, fand Alicia. Sie konnte Liam verstehen und dachte an ihre erste Begegnung zurück. Er hatte wirklich glücklich und ausgelassen gewirkt.

»Sowieso!« Lena nahm Stangen mit angebrachten Hinweisschildern aus einem Spind und hielt sie Alicia hin. »Als Nächstes müssen wir die Brutgebiete neu abstecken.«

»Wieso das denn? Die Brutzeit ist doch schon längst

vorbei?« Alicia fürchtete einen Moment, richtig blöd zu klingen, doch Lena antwortet ganz ernsthaft: »Ja und nein. Wir bereiten damit bereits die neue Brutzeit vor und sorgen für geschützte Plätze.«

Das leuchtete Alicia wiederum ein und sie luden die Stangen in einen Bollerwagen, nahmen etwas Obst und Getränke aus der Küche mit und machten sich damit noch mal auf den Weg in die Salzwiesen. Dort schilderten sie die Gebiete weiträumig aus, damit die Brutvögel nicht von Menschen gestört wurden.

Als sie am späten Nachmittag zurück zum Leuchtturm kamen, spürte Alicia jeden Muskel ihres Körpers. »Mann, bin ich groggy! Arbeit im Umweltschutz ist ganz schön anstrengend.«

»Das ging mir am Anfang genauso. Aber mit der Zeit gewöhnt man sich dran.«

Alicia legte eine Hand auf ihren Bauch. »Hunger habe ich auch schon wieder.«

»Das trifft sich gut, mein Magen hängt auch in den Kniekehlen. Das kommt von der guten Nordseeluft.«

Sie betraten die Küche. Auf dem Tisch lag ein Zettel. »›Wir sind bei den Leuten in der Station von SPO und machen heute die Nachtwanderung mit. Bleiben über Nacht und bringen morgen Brötchen zum Frühstück mit‹«, las Lena vor.

»Dann müssen wir morgen kein Brot backen.« Alicia freute sich über die Tatsache, länger schlafen zu können.

»Und wir haben alle restlichen Vorräte für uns. Wenigstens etwas.« Lena blickte in den Kühlschrank. »Wir könnten einen Auflauf mit viel Käse machen. Liam hat diesmal nicht den ganzen Kühlschrank leer gefuttert.«

»Klingt gut!«

»Ich weiß gar nicht, wie er das anstellt«, murmelte Lena, während sie Zutaten aus dem Kühlschrank holte.

»Was meinst du? So unglaublich auszusehen, obwohl er gerne isst?«, fragte Alicia und hätte sich am liebsten an die Stirn geschlagen, weil sie nicht den Mund halten konnte.

Lena warf ihr einen vielsagenden Blick zu, der ihr sofort die Röte ins Gesicht schießen ließ, sagte aber nichts dazu. »Das auch. Aber vor allem, so nachtaktiv zu sein. Fiete ist auch öfters nachts unterwegs.«

»Was macht er denn?«

»Er repariert oft Dinge, wenn er nicht schlafen kann.«

»Und du?« Alicia nahm verschiedene Messer aus der Schublade, in Gedanken noch halb bei Liam und seinem trainierten Körper, von dem sie heute Nacht unvergesslich viel gesehen hatte und dem man die nächtlichen Ausflüge an den Kühlschrank definitiv nicht ansah.

»Ich mache sogar was ganz Besonderes!«

Alicia legte zwei Holzbretter auf den Tisch. »Ja? Was denn?«

»Schlafen!«, meinte Lena und lachte. »Und zwar tief und fest. Mich kriegt der stärkste Sturm nicht wach, wenn ich einmal eingeschlafen bin. Nudeln oder Kartoffeln?«

Alicia überlegte kurz. »Beides. Halb und halb.«

»So mag ich es auch am liebsten«, freute sich Lena. »Es ist so toll, dass du hier bist, Alicia.«

Alicia lächelte und stimmte ihr im Stillen zu, während sie

anfing, die Kartoffeln zu schälen. Der zweite Tag hier war so aufregend gewesen, wie sie es sich vorgestellt und erhofft hatte, und sie freute sich auf die kommenden Wochen.

Nach dem Abendessen hockte Lena sich auf eine Bank vor dem Leuchtturm. Sie wollte die Ruhe nutzen, um endlich ein Buch weiterzulesen.

Alicia war jedoch zu aufgekratzt, um sich zu ihr zu setzen. Stattdessen schnappte sie sich ihr Handy, um ein paar Fotos von der abendlichen Stimmung am und um den Leuchtturm herum zu schießen. Sie machte einige Aufnahmen von den süßen Lämmern und Schäfchen, fotografierte die Salzwiesen im warmen Licht der tief stehenden Sonne und entdeckte weit auf dem Meer ein Schiff, das vermutlich Richtung Heimathafen unterwegs war.

Sie zuckte zusammen, als das Piepsen ihres Handys in der Abendstille erklang. Ungläubig schaute sie auf das Display ihres Smartphones. Sie hatte Empfang und eine Nachricht von Clara bekommen.

Hi! Schöne Strandgrüße aus Florida! Das ist der reinste Wahnsinn hier. Hab mich schon in zwei Beachboys verliebt und kann mich gerade nicht entscheiden. So schade, dass du nicht hier bist, einen könntest du haben. Schicke dir mal zwei Fotos. Was gibt's Neues bei dir? Hoffentlich steht der Wind bald gut!

Auf den Fotos lachte ihr eine gut gelaunte Clara entgegen. Einmal mit einem blondhaarigen Sunnyboy am Strand und auf der anderen Aufnahme lag sie im Arm eines braunäugigen Latinos. Alicia musste lächeln. Typisch Clara!

Sie nutzte die Gunst der Stunde und schickte ihrer Freundin gleich ein paar von ihren neuen Fotos und schrieb eine Nachricht.

Arme Clara! Wer die Wahl hat, hat die Qual. Oder? Sehen beide nett aus. Ich kann dir zwar keine Fotos mit Jungs schicken, aber dafür mit süßen Lämmern und Schafen. Melde mich, wenn der Wind wieder gut steht.

Dass sie sich zwischen zwei Jungs entscheiden müsste, darüber musste sie sich in Westerhever wahrlich keine Gedanken machen. Unwillkürlich musste sie an Liam denken und an ihre Begegnung in der Küche, die ihr einfach nicht aus dem Kopf gehen wollte. Wie nahe sie sich dabei gekommen waren und wie gut er gerochen hatte. Doch was er dann gesagt hatte, hatte sie völlig verwirrt zurückgelassen und aus seinem Verhalten heute Morgen war sie auch nicht schlauer geworden.

Sie dachte daran, was Lena über ihn gesagt hatte. *Er ist manchmal etwas krass mit dem, was er sagt. Aber er ist echt total in Ordnung. Man kann sich immer auf ihn verlassen und ihm liegt Umwelt- und Tierschutz total am Herzen.* Ob sie sich mit ihm genauso anfreunden würde wie mit Lena und Fiete? Im Moment wusste sie es nicht, spürte aber den Wunsch danach in sich. Aber immerhin entstand gerade eine tolle Freundschaft zwischen ihr und Lena. Und an Elias hatte sie heute auch noch nicht gedacht. Das war doch schon mal was.

9. KAPITEL

Lena schaute in die Papiertüte hinein, die die Jungs mitgebracht hatten. »Wie? Keine Franzbrötchen?« Sie verzog enttäuscht den Mund.

»Du solltest froh sein, überhaupt Brötchen frei Haus zu bekommen, und nicht rummosern«, empörte sich Liam.

Lena holte Luft, aber Fiete konnte schneller antworten. »Wir waren zu früh. Habe extra für dich nachgefragt. Auf die Franzbrötchen hätten wir noch eine halbe Stunde länger warten müssen, weil sie noch im Ofen waren.«

Das stimmte Lena wieder milde. »Danke, Fiete.« Sie nahm ein Brötchen aus der Tüte und reichte es an Alicia weiter. »Und? Wie war die Nachtwanderung mit den Leuten aus SPO?«

»Gut besucht.« Fiete füllte ihre Tassen mit Kaffee. »Und wie fandest du deine erste Vogelzählung, Alicia?«

»Spannend. Dank Lena kann ich schon einige Vogelarten unterscheiden. Es waren 'ne Menge Vögel da.« Sie schaute Fiete an, konnte dabei aber förmlich Liams Blicke auf sich spüren. Er machte sie nervös, wenn er sie so ansah.

»Danach hatten wir sogar noch Zeit, um die Brutgebiete neu abzustecken«, fügte Lena hinzu.

»Na, da hat sich ja das Traumteam gefunden. Was machen wir denn heute Schönes, Fiete?« Liam goss Milch in seinen Kaffee und tunkte ein Stück Brötchen hinein.

»Moment mal, du machst mit Fiete gar nichts. Du nimmst Alicia mit zu deiner Wattwanderung«, warf Lena ein. »Die restlichen Brutgebiete kann ich zusammen mit Fiete abstecken.«

Alicia wurde heiß und kalt bei dem Gedanken, mit Liam eine Wattwanderung zu machen. Eigentlich wünschte sie sich, mit ihm Zeit zu verbringen, aber gleichzeitig wollte sie am liebsten vor ihm weglaufen. Er brachte sie schon durch seine bloße Anwesenheit aus dem Konzept – von seiner direkten Art gar nicht zu reden. Damit löste er Gefühle in ihr aus, die sie sich selbst nicht erklären konnte.

»Mir bleibt auch nichts erspart.« Liam berührte mit seiner Stirn die Tischplatte.

Alicia schluckte. Er schien offensichtlich nicht begeistert davon zu sein, mit ihr Zeit zu verbringen.

»Jetzt stell dich mal nicht so an. Alicia muss möglichst schnell die wichtigsten Dinge über das Wattenmeer lernen«, nuschelte Lena mit einem Stück Brötchen im Mund.

»Du bist eben unser Wattenmeer-Crack«, stimmte Fiete ihr zu.

»Brutgebiete abstecken mache ich auch gerne«, wandte Alicia schwach ein.

Liam richtete sich wieder auf und grinste sie an. »Du kommst mit mir und der Touri-Gruppe mit. Wir gehen um neun Uhr los. Zieh dir deine Gummistiefel an, könnte matschig werden.«

»Hatte ich vor.« Sie trank kopfschüttelnd einen Schluck Kakao. Er glaubte wohl, dass er es mit einer Anfängerin im Watt zu tun hatte. Aber sie ging nicht das erste Mal auf eine Wattwanderung und das würde sie ihm schon noch beweisen. »Ich habe schon einige Wattwanderungen mitgemacht und weiß, was auf mich zukommt«, schob sie selbstbewusst hinterher.

»Dann ist ja gut. Wir treffen uns vor dem Leuchtturm. Punkt neun.« Liam schob sich den Rest des Brötchens in den Mund, spülte mit Kaffee nach und stand auf. »Muss noch was vorbereiten«, nuschelte er und war auch schon durch die Küchentür verschwunden.

»Liam macht richtig gute Wattführungen«, sagte Fiete. »Man kann sehr viel von ihm lernen. Er ist ein echter Experte und kann jede Frage beantworten.«

Alicia trank ihren Kakao aus. »Na, dann werde ich mich mal für die Wattwanderung fertig machen, damit ich nicht zu spät komme. Hoffentlich habe ich passende Klamotten dabei«, sagte sie spöttisch. Doch obwohl es sie nervte, dass Liam sie unterschätzte, war sie auch erleichtert, dass er scheinbar nur herumgeblödelt hatte und nicht wirklich etwas dagegen hatte, dass sie ihn auf die Wattwanderung begleitete. Vielleicht brauchte sie einfach ein paar Tage Zeit, um ihn besser einschätzen zu lernen.

Um kurz vor neun stand sie in wetterfester Kleidung und mit ihren Gummistiefeln vor dem Leuchtturm. Mit ihr hatten sich noch zehn weitere Leute versammelt. Eine Familie mit zwei Kindern, die Alicia auf zehn oder zwölf Jahre schätzte, und noch eine Seniorengruppe, die aus vier Frauen und zwei Männern bestand.

Um Punkt neun erschien Liam mit einer Spatengabel in der Hand. Nach einer kurzen Begrüßung und Erklärung einiger Verhaltensregeln im Watt ging es los. Alicia und die Touristen folgten ihm durch die Salzwiesen ins Watt. Sie hielt sich jedoch bewusst im Hintergrund, um besser beobachten zu können.

»Wer weiß denn, warum hier so viele Vögel unterwegs sind?«, fragte Liam die Gruppe.

»Vielleicht weil es hier nicht so stinkt wie in der Stadt?«, schlug das Mädchen vor.

»Oder weil hier so viel Platz zum Fliegen ist?«, fügte der Junge hinzu.

»Das stimmt beides.« Liam beugte sich zu den beiden Kindern runter. »Aber wisst ihr, was der Hauptgrund ist?«

Die Kinder schauten sich an und schüttelten dann die Köpfe.

»Der Hauptgrund ist, dass das Wattenmeer ein absolutes Nahrungsparadies für die Vögel ist«, verriet er ihnen.

»Ein Nahrungsparadies?«, wunderte sich der Junge.

Das Mädchen schaute sich um. »Außer Vögel habe ich hier noch nichts gesehen.«

»Na, dann warte mal ab. Ich zeige euch jetzt mal, wie viele Tiere auf einem Quadratmeter im Watt leben.« Er nahm die Spatengabel zur Hand und zeichnete ein Quadrat in den Schlick. »Das ist ein Quadratmeter.«

»Da passen aber viele Vögel drauf«, meinte der Junge.

»Einige Vögel oder auch 6.000 Wattschnecken, 100 Herzmuscheln und 38 Wattwürmer.«

Alicia hing genauso gebannt an Liams Lippen wie der Rest der Gruppe. Während seiner Erklärung schaute er auf einmal sie an und sie hatte das Gefühl, als hatte er es nur für sie erklärt. Sie fühlte sich wie elektrisiert und vergaß dabei für einen Augenblick die Leute um sich herum. Liams Blick hielt ihren noch ein wenig länger fest, bis die Teilnehmer der Führung wieder seine Aufmerksamkeit verlangten.

»Im Watt is' ja richtig wat los«, merkte einer der Senioren an und hatte einige Lacher auf seiner Seite.

Liam wandte seinen Blick wieder von ihr ab und hob mit der Spatengabel etwas Boden aus. Dann griff er in die Kuhle, in der sich Meereswasser angesammelt hatte. »Schauen Sie mal. Das ist ein Wattwurm.«

Er zeigte den Wurm auf seiner Handfläche in die Runde. Die Kinder verzogen zunächst angeekelt die Gesichter, beugten sich dann aber interessiert vor. Liam klärte die Leute darüber auf, was für eine wichtige Aufgabe der Wattwurm hat. »Wattwürmer filtern den Sand und durchlüften das Watt. Die Würmer sieben alles heraus, was nicht gut ist fürs Watt. Sie fressen den Sand auf und behalten alles im Körper, was sie verwerten können, und hinten kommen dann die typischen Würmer-Häufchen heraus.«

Die Leute hörten Liam gebannt zu und stellten ihm noch weitere Fragen über Wattwürmer, die er alle ausführlich und verständlich beantwortete. Alicia war beeindruckt davon, wie professionell und unterhaltsam er die Führung gestaltete. Sein Fachwissen imponierte ihr und auch, wie er mit den Kindern umging. Ihr gefiel vor allem seine witzige Art, mit der er die Touristengruppe und sie zum Lachen brachte. Mit dieser Art von Humor konnte sie besser umgehen als mit seinem Spott und seiner direkten Art.

»So, jetzt habe ich zum Abschluss noch ein besonderes Experiment vor.« Er holte aus seinem Rucksack zwei Einmachgläser mit Deckel hervor. »Meine Assistentin Alicia wird mich dabei unterstützen.« Er machte eine Handbewegung zu ihr und seine Mundwinkel verzogen sich zu einem leichten Grinsen.

Das kam völlig unerwartet und sie brauchte einen Moment, bis sie verstand, dass er sie meinte. Schnell ging sie zu ihm und nahm das Einmachglas, das er ihr entgegenhielt. »Was soll ich tun?«

»Wir füllen beide Gläser mit Meereswasser.«

Alicia schraubte den Deckel ab und tat wie ihr geheißen. Danach verschloss sie das Glas mit der trüben Flüssigkeit wieder.

Liam griff in den Schlick. »Ich lege in mein Glas noch zwei Herzmuscheln dazu.« Er stellte sein Glas auf den Boden und Alicia platzierte ihres daneben. »Und nun beobachten Sie mal, was passiert.« Nach einer Weile hob Liam sein Einmachglas mit den beiden Herzmuscheln hoch. »Fällt Ihnen was auf?«

»Boah, das Wasser ist ja ganz klar«, staunte das Mädchen.

Der Junge legte den Kopf schief. »Kann man das trinken?«

»Wenn du Salzwasser magst«, scherzte Liam. »Nein, besser trinkst du es nicht. Aber was ist denn mit dem Wasser passiert?«

»Die Muscheln haben es gefiltert. Wie die Würmer!«, rief das Mädchen.

»Richtig. Aus diesem Grund werden die Herzmuscheln auch Nieren des Watts genannt, weil sie es säubern. Ohne die Arbeit der Muscheln müsste das Wattenmeer nämlich sterben. Deswegen ist es auch so wichtig, dass wir Menschen für den Erhalt des Wattenmeeres kämpfen.«

Er wirkte schlagartig ernst, doch als sein Blick Alicias traf, lächelte er leicht. Dann schaute er runter auf seine nackten Füße, um die sich eine Pfütze gebildet hatte. Das Meerwasser strömte langsam zum Festland und kündigte die Flut an. »Wir müssen wieder zurück zum Leuchtturm.«

10. KAPITEL

»Das glaube ich jetzt nicht!«, rief Alicia, als sie erkannte, was da vor ihren Füßen im Sand lag. »Ein Karton mit nagelneuen knallroten Stöckelschuhen! Wie kommen die denn hierher?«

Liam hielt ihr die Öffnung seines blauen Müllsacks entgegen. »Da hat bestimmt ein Frachtschiff einen Teil seiner Ladung verloren. Was meinst du, was ich hier schon alles gefunden habe? Handys, Fernseher, Zahnputzbecher, Gummienten und sogar Tomatensoße in Dosen«, zählte er auf. »Aber nicht alles kommt von Schiffen, vieles wird einfach so ins Meer geworfen, als wäre es ein Riesenmülleimer.«

»Unglaublich!« Alicia beförderte den Karton mit den Schuhen kopfschüttelnd in den Müllsack.

Müll sammeln stand auf dem heutigen Tagesplan der Leuchtturm-WG, an dem sich auch Pit beteiligte, doch solche Funde hätte Alicia nicht erwartet. Lena zog einen Bollerwagen hinter sich her, in dem sie die vollen Müllsäcke mit Strandgut transportierten. Der Rest von ihnen sammelte in großen Müllsäcken die Gegenstände ein, die das Meer angespült hatte. Liam war bei der Aktion an Alicias Seite und warf ihr von der Seite immer wieder Blicke zu.

Sie bückte sich und hob den Rest eines Schlauchbootes auf. »Ich finde wir sollten einen Teil des gesammelten Strandguts aufbewahren.«

»Bist du ein Messie oder was?« Liam zog die Augenbrauen hoch.

»Quatsch!« Alicia zeigte ihm lachend einen Vogel. Langsam gewöhnte sie sich an seine forsche Art und konnte immer besser auf seine kleinen Provokationen reagieren. »Ich finde, wir sollten das Thema Meeresverschmutzung den Besuchern am Leuchtturm näherbringen. Genau so, wie wir ihnen durch Wattführungen das Leben im Watt zeigen, sollten sie sehen, welche Dinge in der Nordsee herumschwimmen, die gar nicht dorthin gehören.«

»Das hört sich interessant an. An was hast du da genau gedacht?«, hakte Pit nach.

»Eine Art Ausstellung.«

»Schade, dass wir den Sack nicht mehr haben, dessen Inhalt wir deinem Vater vor die Füße gekippt haben«, sagte Lena und sah Liam an.

»Oh ja. Das war eine coole Aktion«, meinte Fiete.

»Den Dosierbecher von dem Waschmittel aus den 70er-Jahren habe ich noch«, erwiderte Liam.

Alicia schaute ihn erstaunt an. »Aus den 70er-Jahren?«

»Jap.« Liam nickte. »Etwas zerbeult, das Plastikteil, aber sonst wie neu. Wäre bestimmt die nächsten 50 Jahre genauso durch das Meer geschwommen. Kannst dir den Becher gerne später mal angucken, wenn du willst«, sagte er fast gelangweilt und schaute dabei in den Müllsack.

Alicia lächelte. »Gern.« Ehe sie fragen konnte, was der Müll mit Liams Vater zu tun hatte, klinkte Pit sich in das Gespräch ein.

»Die Idee mit der Strandgut-Ausstellung finde ich übrigens ganz großartig. So was fehlt uns noch.«

»Meinst du, ich könnte dafür eine Ecke im Ausstellungsraum herrichten?«

»Platz genug wäre da«, sagte Fiete.

»Das wäre auch eine gute Gelegenheit, um den Raum wieder mal aufzuräumen«, fand Lena. »Eine Entstaubungskur könnte er gut vertragen und die Fenster müssten auch mal wieder geputzt werden.«

»Ich bin schon sehr gespannt auf dein erstes Projekt bei uns.« Pit zeigte ihr den erhobenen Daumen. »Vielleicht könnten wir es sogar schon auf dem Promenadenfest vorstellen, falls es schnell fertig wird.«

»Prima! Das schaffe ich.« Alicia machte mit dem Müllsammeln weiter.

»Falls du Hilfe für dein Projekt brauchst, sag Bescheid«, bot Liam ihr an.

Sie nickte und sah im Augenwinkel, wie er einen der knallroten Stöckelschuhe aus dem Karton zog und begutachtete. »Zwar nicht ideal für die nächste Wattwanderung, könnte aber deine Größe sein.«

Statt einer Antwort verdrehte Alicia die Augen. Liam war ein hoffnungsloser Spinner. Ein Spinner, der mit auffallend wenig Aufwand immer wieder ganz unerwartet ihr Herz berührte.

Am Nachmittag radelte Alicia mit Pit und dem Rest der Leuchtturm-WG zum Nationalpark-Haus nach St. Peter-Ording, wo sie den Auftritt ihres Info-Stands auf dem Sommerpromenadenfest besprechen wollten, das bald stattfinden sollte. Nachdem alles Organisatorische geklärt und Pit zurück nach Husum gefahren war, hatten sie den Rest des Tages zur freien Verfügung.

»Ich geh surfen, höre schon die Wellen rufen«, meinte Liam mit funkelnden Augen.

»Ich hätte mal wieder Lust auf einen Bummel«, sagte Lena und warf Alicia einen fragenden Blick zu.

»Oh ja, ich auch. Das ist eine tolle Idee!«

Fiete gähnte. »Ich bin müde. Ich fahre schon mal zurück nach Westerhever und ernte ein bisschen Gemüse. Vielleicht hau ich mich danach noch eine Weile aufs Ohr. Falls ihr was kaufen wollt, lass ich mein Rad mit dem Anhänger da.«

»Dann nimm du meins«, bot Liam an.

Kurz darauf machte Fiete sich mit Liams Rad auf den Weg zurück nach Westerhever. Alicia und Lena verabredeten mit Liam, sich um fünf Uhr am Dünen-Hus zu treffen, wo sie auch ihre Räder abgestellt hatten, dann brachen sie zu ihrem Shoppingtrip auf. Lena kaufte die Fortsetzung ihres Romans, den sie gerade las, und Alicia verliebte sich in ein Halstuch mit Muschel-Muster, das sie unbedingt haben musste. Bewaffnet mit einer großen Portion Eis, beobachteten sie eine Weile die Leute auf der Seebrücke, bevor sie einen Abstecher an den Strand machten. Sie kamen an Pfahlbauten und Strandkörben vorbei, und wenn sie landeinwärts schauten, hatten sie einen schönen Blick über die Salzwiesen bis zur Erlebnis-Promenade. Barfuß liefen sie durch die kühle Brandung des Meeres.

Alicia holte einen Stoffbeutel aus ihrer Tasche hervor. »Ich habe meiner Mutter versprochen, Muscheln mitzubringen. Sie dekoriert damit so gerne.«

»Das scheint eine typische Mütter-Krankheit zu sein. Meine ist genauso«, merkte Lena an. »Meine Mutter flippt völlig zur Weihnachtszeit aus. Da solltest du mal unser Haus sehen! Keine Ecke, in der nicht ein Engel oder Nikolaus steht. Sogar unsere Katze hat eine Schlafdecke mit Rentieren drauf.« Sie schüttelte lachend den Kopf.

»Vermisst du eigentlich deine Eltern?«, fragte Alicia. Sie stellte sich vor, wie sie sich an Lenas Stelle wohl fühlen würde, wenn sie so lange von zu Hause weg wäre. So ein paar Wochen ohne sie war zwar ziemlich reizvoll, aber auf Dauer würde sie an so einer Entfernung sicher zu knabbern haben. Auch wenn sie wusste, dass ihr Berufswunsch sie früher oder später von Recklinghausen und damit von ihrer Familie wegführen würde.

»Ach, es geht eigentlich. Ich war ja zu Hause auch oft alleine und hier habe ich jeden Tag so viel zu tun, dass mir gar keine Zeit bleibt, um Heimweh zu bekommen.« Lena bückte sich und hob eine Muschel auf. »Schau mal, ist die nicht schön?«

Alicia hielt den Stoffbeutel für sie auf, dann setzten sie ihren Strandspaziergang fort.

»Da ist Hanna!«, rief Lena plötzlich und winkte einem zierlichen Mädchen auf einem Pferd zu.

Sie ritt auf ihrem Fuchs auf sie zu und kam vor ihnen zum Stehen. »Hallo! Wir haben uns ja ewig nicht gesehen.« Hanna lachte sie fröhlich an.

»Stimmt.« Lena machte Alicia und Hanna miteinander bekannt.

»Und wo ist der Rest der Leuchtturm-WG?«

»Fiete ist schon zurück nach Westerhever gefahren und Liam hat sich mit dem Brett irgendwo in die Wellen geschlagen.« Lena deutete aufs Meer.

»Da wollte ich nachher auch noch hin«, sagte Hanna.

»Darf ich dein Pferd mal streicheln?«, fragte Alicia.

»Natürlich. Caruso ist lammfromm.«

»Caruso ist ein schöner Name.« Alicia klopfte ihm den Hals und fuhr dann sanft mit einer Hand über seine warmen Nüstern. Sein Fell fühlte sich seidig an. »Auf Reiten hätte ich auch mal wieder Lust. Ist schon ewig her, dass ich im Sattel saß.«

»Dann mach das doch. Meinen Eltern gehört ein großer Pferdehof am Deich.«

»Aber ob ich das noch kann?«

»Reiten verlernt man nicht. Ist wie Fahrrad fahren. Wenn du möchtest, können wir gerne mal einen Strandausritt zusammen machen«, schlug Hanna vor. »Lena konnte ich bisher nicht dafür begeistern. Sie mag Pferde nur vom Boden aus.«

»Ja, da hätte ich echt Lust drauf.« Alicia strahlte Hanna an, deren offene und spontane Art sie sogleich mochte.

»Dann komm doch einfach demnächst vorbei. Ich reite jeden Tag aus. Reitsachen kann ich dir auch ausleihen.«

»Abgemacht!«

»Prima!« Ihr Pferd stampfte ungeduldig mit einem Huf auf. »Caruso und ich müssen jetzt weiter. Bis bald!« Hanna trabte auf ihrem Pferd weiter den Strand entlang.

»Wie nett von ihr, mich zu einem Ausritt einzuladen. Obwohl wir uns gar nicht kennen«, sagte Alicia und blickte Hanna nach.

»So ist sie eben. Alles und jedem gegenüber offen und immer für spontane Dinge zu haben.«

»Woher kennt ihr euch?«, wollte Alicia wissen.

»Durch Liam. Er kennt Hanna schon ewig. Sie kommt wie er aus St. Peter-Ording und surft auch. Ihr Freund ist ein Kitesurfer, mit dem Liam allerdings regelmäßig aneinandergerät.« Lena warf einen Blick auf ihr Handy. »Es ist Zeit für den Rückweg. Liam hat zwar immer chronische Verspätung, wenn er sich vom Meer trennen muss, aber wir sollten trotzdem einigermaßen pünktlich am Dünen-Hus sein.«

Sie zogen ihre Schuhe wieder an und nahmen den Weg über den Deich zurück in den Ortsteil Bad. Wie Lena schon vermutet hatte, verspätete sich Liam. Sie mussten geschlagene 20 Minuten warten, bis er mit nassen Haaren vor ihnen auftauchte.

»Wir dachten schon, du kommst gar nicht mehr«, neckte Lena ihn.

»Die Wellen sind heute der Wahnsinn! Das musste ich ausnutzen. Ihr wisst gar nicht, was ihr verpasst habt.« Seine

Augen leuchteten vor Begeisterung. Alicia ließ sich von seiner guten Laune anstecken und lächelte ihn an.

Als sie wieder am Leuchtturm waren, wusch Alicia die gesammelten Muscheln vor dem Wohnhaus. Sie spritzte sie mit einem Schlauch ab und entfernte den Sand, der sich in den Rillen der Kalkschalen festgesetzt hatte. Zum Trocknen legte sie die Muscheln auf eine Treppenstufe, auf die die Abendsonne schien.

»Ich sag's ja, du bist ein Messie.« Liam hatte sich über das Geländer gebeugt und sah ihr bei der Arbeit zu. Er schüttelte amüsiert den Kopf.

»Haha.« Alicia drehte das Wasser ab und legte den Schlauch an die Seite. »Das sagt der, der 50 Jahre alte Plastikbecher sammelt.«

»Der ist quasi eine Rarität. Ich denke nur an die Zukunft. Wer weiß, was der in ein paar Jahren wert sein wird«, erklärte er mit ernster Miene, doch ein Zucken seiner Mundwinkel verriet ihn.

»Ja genau. Bestimmt sehr viel, wenn davon noch ein paar Tausend Becher in der Nordsee schwimmen.«

Liam zuckte mit den Achseln und zwinkerte ihr zu. »Was ist? Soll ich dir das gute Teil zeigen?«

»Klar.«

»Dann folge mir unauffällig.« Liam ging zum Geräteschuppen und öffnete die Tür. »Hereinspaziert.«

Alicia sah sich um. Überall standen allerhand Sachen rum. Schubkarren, Spaten, ein altes Tandemrad und sogar Petroleumlampen, die vermutlich schon uralt waren. In einer Ecke entdeckte sie die Säcke mit dem Strandgut, das sie gesammelt hatten.

Liam machte sich an einem Regal zu schaffen, aus dem er einen Holzkasten zog. Er stellte die Kiste auf den Boden und kramte darin herum. Nach einer Weile fand er, wonach er gesucht hatte. »Hier ist er!« In seinen Händen hielt er einen kaputten Plastikbecher.

Sie ging zu ihm. »›Fakt mit der neuen Basiskraft mit PSE‹«, las Alicia den Schriftzug auf dem Plastik laut. »Und der Becher ist wirklich schon 50 Jahre alt?«

»Ist er. Ich habe recherchiert. Die Werbung ist vom Sommer 1970.«

»Unvorstellbar, dass Plastik so lange hält.«

»In der Kiste habe ich noch mehr Fundstücke. Wenn du willst, können wir schauen, was du davon für die Ausstellung verwenden kannst.«

»Und *ich* soll der Messie sein, ja?«, hakte Alicia grinsend nach, nickte dann aber. »Gerne.«

Sie knieten sich auf den Boden und kramten zusammen in der Kiste. Neben alten Batterien, Pommes-Piksern, Plastikflaschen und Teilen von Feuerwerksraketen befand sich auch eine Sonnenbrille unter den Funden. Kleine weiße Kegel hatten sich auf den Innenseiten der Gläser festgesetzt.

»Das ist ein ganz besonderes Stück. Mit Seepockenbesatz!«, erklärte Liam amüsiert.

Alicia griff zeitgleich nach der Brille wie er. Als sich ihre Hände berührten, erstarrte sie. Sie schauten sich an und keiner von ihnen sagte ein Wort. Ihre Hände lagen zusammen auf der Sonnenbrille und Alicia spürte seine warme Haut auf ihrer. Sie konnte ihren Blick nicht von seinen Augen abwenden, die im Halbdunkeln des Schuppens tief und geheimnisvoll wirkten. Wenn Liam durch seine reine Anwesenheit schon widerstreitende Gefühle in ihr auslöste, dann tat es seine Berührung noch viel mehr. Ihr Puls beschleunigte sich. Liams Finger wanderten hauchzart über ihren Handrücken und er lehnte sich langsam zu ihr vor.

»Ach, hier seid ihr!«

Alicia sprang beim Klang von Lenas Stimme erschrocken auf. »Wir suchen gerade Fundstücke für die Ausstellung heraus«, sagte sie hastig.

»Ich wollte euch nicht unterbrechen, aber das Essen ist gleich fertig.«

»Wir waren eh fertig.« Liam stellte die Kiste zurück in das Regal.

»Stimmt«, beeilte sich Alicia zu sagen.

»Super! Dann können wir ja essen.«

»Geht ruhig schon vor, ich muss kurz noch etwas suchen«, meinte Liam.

»Alles klar! Bis gleich«, sagte Lena und verschwand zurück im Haus.

Alicia blieb kurz am Eingang des Schuppens stehen und drehte sich zu Liam um, der etwas in einem Schrank suchte. Er wirkte konzentriert und überhaupt nicht aufgewühlt, so als hätte es den Moment zwischen ihnen nie gegeben. Vielleicht hatte sie zu viel in die Situation hineininterpretiert? Dabei hätte sie gar nicht groß darüber nachdenken sollen, erinnerte sie sich an ihr Versprechen an sich selbst. Trotzdem nagte die Enttäuschung an ihr, als sie Lena ins Haus folgte.

11. KAPITEL

Die Erlebnis-Promenade an der Seebrücke war gut besucht und auch das Wetter spielte mit. Es wehte ein laues Lüftchen und am Himmel war weit und breit keine einzige Wolke in Sicht. Vom Dünen-Hus bis zum Hotel *Strand-Gut Resort* reihten sich bunte Buden aneinander. Eine Band spielte bekannte Oldies auf der Open-Air-Bühne und hier und da ergatterten Möwen unbeaufsichtigte Fischbrötchen von arglosen Touristen. In der Luft lag eine Duftmischung aus gebrannten Mandeln, Fisch und frisch gebackenen Waffeln.

In unmittelbarer Nähe der Freiluftbühne hatte die Leuchtturm-WG ihren Info-Stand aufgestellt. Lena betreute das Quiz »Muscheln und Schnecken«, Fiete und Liam informierten interessierte Besucher über die Artenvielfalt des Wattenmeeres. Alicia kümmerte sich um ihre Strandgut-Ecke, die sie in den letzten Tagen für die Veranstaltung vorbereitet hatte – ohne weitere Hilfe von Liam, der sich nach ihrer Berührung im Schuppen rar gemacht hatte.

Anfangs war sie darüber verletzt gewesen und hatte ihn nicht verstanden, doch dann hatte sie sich daran erinnert, wieso sie hier war, und sich auf ihr Projekt gestürzt. Sie war richtig stolz auf das Ergebnis. Und auch sonst hatte sie sich gut in die WG am Leuchtturm eingelebt und schnell gelernt. Mittlerweile konnte sie fast alle Vogelarten auseinanderhalten und auch selbstständig Brot backen. Die WG-Bewohner hatten sie wie selbstverständlich aufgenommen und inzwischen konnte sie viele Arbeiten allein erledigen. In wechselnden Teams arbeiteten sie jeden Tag im Naturschutzgebiet und Alicia liebte das Draußensein ebenso wie die vielfältigen Aufgaben.

»Warum haben Sie denn hier einen Haufen Schuhe ausgestellt?«, fragte eine Frau in einem geblümten Sommerkleid.

»Das ist kein gewöhnlicher Haufen Schuhe, sondern eine Schuhsammlung, die direkt aus dem Meer kommt«, erklärte Alicia ihr.

»Wieso denn aus dem Meer?«

»Schauen Sie mal, die meisten Schuhe haben kein passendes Gegenstück. Sie wurden am Strand angespült und wir haben sie eingesammelt.«

»Aber wer verliert denn Schuhe im Meer und dann gleich so viele?«, wollte die Dame wissen.

»Viele gehen bei Schifffahrten über Bord oder werden einfach am Strand vergessen und mit der nächsten Flut ins Meer gespült und tauchen an einer anderen Stelle wieder an Land auf. Besonders nach Stürmen sammelt sich viel Strandgut am Strand von St. Peter-Ording.«

Liam erschien plötzlich neben Alicia. »Manche Leute werfen ihre alten Schuhe auch absichtlich ins Meer, um sie bequem zu entsorgen, weil der nächste Mülleimer ganze fünf Meter entfernt ist«, klinkte er sich in ihr Gespräch ein.

»Das ist ja ungeheuerlich«, entrüstete sich die Frau.

»Finden wir auch«, stimmte Liam ihr zu und schob ihr ein Blatt auf einem Klemmbrett zu. »Vielleicht möchten Sie ja unsere Arbeit als Fördermitglied unterstützen und uns dadurch helfen, das Wattenmeer noch für kommende Generationen zu erhalten?«

»Und ob ich das will«, antwortete die Dame entschlossen und nahm den Kugelschreiber zur Hand, der auf dem Info-Tisch lag. Mit schwungvoller Handschrift füllte sie den Mitgliedsantrag aus.

»Das war ziemlich mutig«, sagte Alicia zu ihm, nachdem die Frau sich verabschiedet hatte.

»Wieso denn mutig?« Liam heftete den ausgefüllten Mitgliedsantrag in einem Ordner ab.

»Na ja, sie hätte auch Nein sagen können, weil du ihr was andrehen willst.«

»Hätte sie nicht. Dafür war sie viel zu aufgebracht. Das habe ich mit einem Blick gesehen.« Er stellte den Ordner zurück in ein Fach unter dem Tisch. »Lena und Fiete sind übrigens gerade was essen gegangen«, bemerkte er nebenbei. Hätte er sich die letzten Tage nicht so distanziert verhalten, Alicia hätte geglaubt, dass er ihr durch die Blume mitteilen wollte, dass sie nun alleine waren.

»Das muss ich auch dringend machen, sobald die zwei wieder da sind.«

»Hi, ihr zwei!« Hanna tauchte vor ihrem Stand auf und strahlte sie an. »Ziemlich viel los hier. Wie läuft's denn an der Umwelt-Front?«

Liam, der eben noch über ihr Auftauchen gelächelt hatte, wurde mit einem Mal schlagartig ernst, als er über Hannas Schulter schaute. »Bis gerade lief es noch gut.« Er verzog genervt das Gesicht und einen Moment später erschien ein Mann in Anzug und Krawatte am Stand. »Womit haben wir die Ehre deines Besuchs verdient? Coffee-to-go führen wir nicht.«

»Jetzt werd mal nicht frech, Liam. Ich muss dringend mit dir reden«, kam der Mann gleich zur Sache.

Liam stützte seine Hände in die Hüfte. »Ich höre.«

»Nicht hier. Komm mit.« Der Mann bedeutete Liam, ihm zu folgen, und setzte sich sogleich in Bewegung.

»Bin gleich wieder da.« Liam ging zu dem Mann, der etwas abseits neben einem weißen Zeltstand auf ihn wartete.

Stirnrunzelnd sah Alicia den beiden hinterher, wandte sich dann aber wieder Hanna zu. »Sorry, dass ich noch nicht zum Reiten vorbeigekommen bin. Aber ich hatte so viel mit der Vorbereitung der Ausstellung zu tun.«

»Kein Problem. Komm einfach, wenn du Zeit hast. Unsere Pferde laufen ja nicht weg.«

»Das stimmt. Ich freue mich auch schon sehr auf unseren Ausritt. Mal was anderes als Vogelzählung und Wattwanderung. Ich hätte nie gedacht, dass die Tage mal zu kurz sein könnten. Reitest du eigentlich jeden Tag?«, fragte Alicia.

»Ja, das bleibt nicht aus, wenn die Familie einen Reiterhof hat«, erklärte Hanna lächelnd. »Caruso muss jeden Tag bewegt werden und dann kümmere ich mich noch um zwei weitere Pferde. Drei Stunden täglich bin ich meistens im Sattel unterwegs.«

»Das klingt wie ein Traum!«, fand Alicia. »Und dann kannst du auch noch jeden Tag am Strand ausreiten.«

»Am Strand ausreiten und danach im Meer surfen gehen«, ergänzte Hanna.

»Ich würde auch gerne mal surfen lernen. Du bist bestimmt eine supergute Surferin, wenn du hier aufgewachsen bist, oder?«

»Sagen wir mal so, ich kann mich auf dem Brett halten«, erwiderte Hanna lachend. »Aber so sicher und leidenschaftlich wie Liam bin ich nicht.«

Alicia und Hanna schauten zu Liam und dem Mann. Liam hatte die Arme vor seinem Oberkörper verschränkt und wirkte alles andere als begeistert.

»Wer ist das eigentlich bei Liam?«, wollte Alicia wissen.

»Sein Vater.«

»Oh … Er scheint nicht sonderlich begeistert darüber zu sein, dass sein Vater mit ihm reden will.«

»Kein Wunder! Sie haben kein gutes Verhältnis. Seinem Vater gehört das große Sporthotel in St. Peter und er hat deswegen nie Zeit für Liam. Alles andere ist immer wichtiger als er.«

»Und was ist mit seiner Mutter?«

»Sie war Liams Ein und Alles. Aber vor zwei Jahren ist sie völlig unerwartet gestorben. Sie ist eines Morgens einfach nicht mehr wach geworden, weil eine Ader in ihrem

Kopf geplatzt ist, während sie schlief. Das war ein Riesenschock für Liam. Seitdem ist es zwischen ihm und seinem Vater extrem schwierig geworden. Sie haben sich nur noch gezofft und dann ist er nach ein paar Monaten quasi aus dem Hotel in das Haus am Leuchtturm geflüchtet, weil er es nicht mehr mit seinem Vater ausgehalten hat.«

»Oh, das wusste ich nicht«, sagte Alicia betroffen. Liams Verlust und sein schwieriges Verhältnis zu seinem Vater könnte eine Erklärung für seine rebellische Art sein. Hatte Lena beim Müllsammeln nicht irgendetwas davon gesagt, dass sie seinem Vater Müll vor die Füße gekippt hatten? Die Kluft zwischen den beiden musste wirklich groß sein, wenn er so etwas machte und sogar vor seinem Vater geflohen war.

»Er redet nicht gerne über seine Eltern. Der Tod seiner Mutter hat ihn damals total fertiggemacht und ich glaube, er ist da bis heute noch nicht drüber hinweg.« Hanna schaute wieder zu Liam und seinem Vater. Plötzlich nahm ihr Gesicht einen überraschten Ausdruck an. »Das glaube ich jetzt nicht.«

Alicia folgte ihrem Blick und sah, wie Liam und sein Vater sich mit Handschlag voneinander verabschiedeten.

Liam kam wieder zu ihnen zurück an den Stand. Alicia fiel gleich auf, dass sein Gesichtsausdruck viel entspannter aussah als am Anfang des Gesprächs mit seinem Vater.

»Habt ihr gerade etwa die Friedenspfeife geraucht?«, fragte Hanna ihn direkt.

»Irgendwie schon.« Liam griff sich mit einer Hand in den Nacken. »Mein Vater plant, eine große Surfschule am

Strand zu eröffnen und er hat mir angeboten, die Leitung zu übernehmen. Das ist mein absoluter Traumjob. Ich habe immer überlegt, wie ich das Surfen zum Beruf machen kann. Und nach St. Peter kommen so viele Leute, tatsächlich nur wegen des Surfens, dass es Zeit für eine zweite Surfschule ist.«

»Herzlichen Glückwunsch, Liam.« Hanna fiel ihm fröhlich um den Hals. »Das hast du verdient.«

Alicia fiel auf, dass seine Augen zum ersten Mal, seit sie ihn kannte, vor Freude leuchteten. »Das klingt super. Herzlichen Glückwunsch zu deinem Job.«

»Danke.«

»Ach, hier bist du. Hätte ich mir ja denken können.« Ein Typ mit zwei Eis war neben Hanna und Liam aufgetaucht. Er hatte schulterlanges blondes Haar und trug lässige Kleidung. Alicia fiel sein grimmiger Blick auf, mit dem er Liam bedachte. »Ich habe schon die ganze Strandpromenade nach dir abgesucht«, verkündete er angesäuert.

»Jetzt hast du mich ja gefunden. Danke.« Hanna küsste ihn auf die Wange und nahm ihm ein Eis ab. »Sehen wir uns demnächst beim Konzert am Strand, ihr zwei?«

»Wer spielt denn?«, fragte Liam.

»Ein paar alternative Bands aus der Gegend.«

»Denke schon«, sagte Liam, nachdem er Alicia einen fragenden Blick zugeworfen hatte.

»Dann bis später.« Hanna winkte ihnen zum Abschied, doch der Typ würdigte sie keines weiteren Blickes.

»Ziemlich unfreundlicher Kerl«, stellte Alicia fest.

»Das ist Tom, Hannas Freund«, erklärte Liam, nachdem die beiden außer Hörweite waren. »Wir können uns nicht sonderlich leiden.«

»Schade. Immerhin ist er Hannas Freund.«

Liam schüttelte den Kopf. »Ich hab versucht, mit ihm klarzukommen. Aber Tom ist ein schlechter Verlierer. Er kommt nicht damit klar, dass ich bei Surf-Wettbewerben immer mindestens einen Platz besser bin als er. Beim letzten Surf-Cup ist er sogar auf mich losgegangen, weil er meinte, ich hätte die Schiedsrichter bestochen.« Er ging hinter dem Stand in die Hocke und holte eine Flasche Apfelschorle aus einer Kühltasche und nahm zwei Gläser aus einer Kiste, in der sie Geschirr aufbewahrten.

»Hört sich wirklich nach einem sehr schlechten Verlierer an.« Alicia nahm ihm die Gläser ab und stellte sie auf den Tisch mit den Info-Blättern. »Schade, dass Hannas Freund so merkwürdig drauf ist.«

Liam füllte Apfelschorle in die Gläser. »Es gibt einige Typen aus der Surf-Clique, die echt nett sind, aber Toms Gefolge eher nicht.« Er trank einen Schluck. »Die meisten Surfer achten übrigens auch darauf, keinen Müll am Strand zurückzulassen, weil ihnen der Strand und das Meer heilig sind. Aber Ausnahmen bestätigen bekanntlich die Regel. Und davon gibt es leider auch einige Exemplare am Strand von St. Peter-Ording.«

»Als was sehen dich die Leute eigentlich? Bist du für sie eher Surfer oder Umweltschützer?«

»Ich bin beides. Eine Art Bindeglied, das in der Welt der Surfer wie auch in der der Umweltler zu Hause ist.«

»Das klingt gut. Von solchen Leuten sollte es mehr geben. Es würde schon immens helfen, wenn jeder von uns einen kleinen Beitrag leisten würde.«

»Finde ich auch.« Er lächelte sie an und ihr wurde ganz warm unter seinem Blick.

»Hallo, Liebes!« Tante Heide war am Info-Stand aufgetaucht und umarmte Alicia sogleich.

»Tante Heide! Das ist ja toll, dass du vorbeigekommen bist!«, sagte Alicia etwas überrumpelt. Für das Auftauchen ihrer Tante hätte es kein schlechteres Timing geben können. Sie hatte gerade das Gefühl gehabt, die Distanz zwischen Liam und sich überwinden zu können.

»Na, das lass ich mir doch nicht nehmen. Außerdem wollte ich dich zum Essen entführen. Falls du Hunger hast.« Sie warf Liam ein strahlenden Blick zu. »Hallo, Liam. Ihr seid ja ordentlich aktiv. Toll, dass das Umweltbewusstsein jetzt auch hier mal angekurbelt wird.«

»Hallo, Heide, lange nicht mehr gesehen. Du weißt doch, die Natur ist unsere Zukunft, die ihr uns hinterlasst.«

Tante Heide winkte fröhlich ab.

»Und wie ich Hunger habe!«, schaltete Alicia sich wieder in das Geplänkel ein, das sie belustigt verfolgt hatte. Es wunderte sie überhaupt nicht, dass Tante Heide Liam kannte. Sicher kannte sie jeden in St. Peter. »Mir hängt der Magen schon in den Kniekehlen.« Sie schaute fragend zu Liam. Eigentlich wäre sie gerne mit ihm essen gegangen, aber sie konnte ihre Tante schlecht wegschicken.

Liam nickte ihr zu. »Geh ruhig. Ich halte hier die Stellung, bis Lena und Fiete zurück sind.«

»Danke.«

»Dann mal los! An der Seebrücke werden Pfannkuchen in den verschiedensten Varianten verkauft.«

»Klingt gut.« Sie schulterte ihre Umhängetasche. »Soll ich dir was mitbringen?«

»Nicht nötig«, winkte Liam ab. »Lena und Fiete sind bestimmt gleich da.«

»Bis später, Liam«, verabschiedete sie sich, bevor ihre Tante sich bei ihr unterhakte und sie mit sich zog. Als Alicia sich noch einmal zu ihm umdrehte, trafen sich ihre Blicke. Er hatte ihr nachgeschaut. Alicia lächelte ihm zu. Er erwiderte das Lächeln mit einem Kopfnicken und wandte sich dann zu einem Mann mit einem Kind um, die an den Strand gekommen waren.

12. KAPITEL

Alicia schaute aus dem Küchenfenster. Das Wetter war über Nacht umgeschlagen und ungemütlicher Westwind fegte über die Salzwiesen. »Hoffentlich fliegt bei dem Wind Lena und Fiete das Stativ beim Vögelzählen nicht weg.«

»Das büschen Wind. Da waren wir schon bei schlimmerem Sturm draußen«, antwortete Liam und zog sich Schuhe an. »Ich muss noch mal schnell für einen Kontrollgang auf die Sandbank. Kommst du mit? Oder ist es dir zu windig?«, fragte er mit einem herausfordernden Funkeln in den Augen.

»Klar komme ich mit! So empfindlich bin ich nicht«, erwiderte Alicia empört.

»Gut.« Er ging mit der Spatengabel in den Schuppen neben dem Leuchtturm, in dem Geräte aller Art und die Fahrräder aufbewahrt wurden.

Alicia folgte ihm. »Kann ich dir bei irgendwas helfen?«

Er drehte sich zu ihr um. »Du kannst übrigens bei meiner nächsten Wattwanderung wieder mitkommen. Warst beim letzten Mal eine gute Assistentin«, sagte er und zwinkerte ihr zu.

»Du meinst, weil ich keine Kopfschmerzen bekommen habe«, scherzte sie, in Anspielung auf Lena.

»Ja genau. Keine Kopfschmerzen.« Er grinste sie schelmisch an. »Vielleicht kannst du beim nächsten Mal den Leuten dann auch ohne mich etwas über das Watt erzählen.«

»Über die Würmer und ihre sauberen Häufchen zum Beispiel? Kann es kaum erwarten.« Mittlerweile war Alicia vollgepropft mit Wissen über das Naturschutzgebiet Wattenmeer und hatte sich auch sonst zum vollwertigen WG-Mitglied gemausert. Die WG vertraute ihr und sie war sich sicher, dass sie die Aufgaben zu aller Zufriedenheit erledigen konnte, und das gab ihr ein großes Stück Selbstvertrauen.

Liam hob einen Finger. »Gut aufgepasst, meine eifrige Schülerin!« Er stellte die Spatengabel in einer Ecke ab. »Wir sollten uns beeilen, sonst müssen wir zurückschwimmen. Am besten nehmen wir die Räder mit, dann sind wir schneller.« Er nahm ein Fernglas aus einer Schublade und hängte es sich um den Hals.

Wenig später radelten sie los. Liam fuhr vor und Alicia folgte ihm. Kurz vor dem Meer stiegen sie von den Fahrrädern wieder ab. Liam schaute durch das Fernglas. »Hm, scheint alles ruhig zu sein.«

Sie liefen mit den Rädern auf die Sandbank, die an einigen Stellen schon vom Wasser überspült war.

»Wonach guckst du eigentlich?«, wollte Alicia wissen.

»Nach Idioten, die bei diesen idealen Wetterbedingungen die höchsten Wellen surfen und denen es egal ist, ob sie das an einem Surf-Spot oder im Naturschutzgebiet machen.«

»Aber du surfst doch auch.«

Er nahm das Fernglas wieder runter und schaute sie an. »Klar. Ich stand mit vier das erste Mal auf einem Brett und liebe es über alles. Aber ich surfe nur da, wo es erlaubt ist. Das ist der Unterschied.«

»Mit vier?« Alicia zog die Augenbrauen hoch. »Das ist aber ziemlich früh.«

Er schaute wieder durch das Fernglas. »Och, als echtes Nordseekind wächst man quasi auf dem Wasser auf.«

»Bist du eigentlich in St. Peter-Ording geboren worden?«, wagte Alicia einen vorsichtigen Vorstoß, um mehr über ihn und seine Vergangenheit zu erfahren. Ihr Gespräch mit Hanna ging ihr nicht mehr aus dem Kopf.

»Ja. Ich bin mit der Nordsee groß geworden. Mein Opa hat früher Wattwanderungen durchgeführt und mich schon als kleiner Junge mitgenommen. Vögel zählen, Kadaver einsammeln und Touristen das Watt erklären sind für mich kein Problem und es ist das, was uns Menschen hier am Meer ausmacht, wir können das nicht einfach als gegeben hinnehmen oder sogar ignorieren.«

»Aha, jetzt verstehe ich, warum du so viel über das Wattenmeer weißt.«

»Mist!« Liam schaute angestrengt durch das Fernglas. »Wäre ja auch zu schön gewesen, wenn es einmal nicht passieren würde.«

»Was ist?«

»Idiotenalarm!«, sagte er genervt und hielt ihr das Fernglas hin.

Alicia schaute hindurch und entdeckte zwei Lenkdrachen am Himmel, die zu zwei Surfern auf dem Wasser gehörten. »Oh! Ich kann sie sehen. Aber dürfen sie das denn nicht?« Sie gab ihm den Feldstecher zurück.

»Die Kiter haben nichts im Nationalpark zu suchen. Sie scheuchen bloß Zugvögel auf, die ihre Energie dringend brauchen, um zu rasten und zu fressen. Die Kitesurfer haben ihre Hotspots und dann wird auch niemand gefährdet.« Liam schüttelte den Kopf.

»Was machen wir jetzt?«

»Ich rufe Kollegen von der Schutzstation an, die sich darum kümmern.« Er holte ein Handy aus der Tasche. »Ich habe sogar Empfang. Wenigstens etwas.« Liam telefonierte mit den Leuten aus der Schutzstation und gab ihnen den Standort der Kitesurfer durch.

Alicia registrierte an seinem Tonfall, wie aufgebracht er über den Zwischenfall war. Scheinbar stellte Liam den Umweltschutz über seine Leidenschaft, das Surfen. Das gefiel ihr und machte ihn noch attraktiver, als sie ihn ohnehin schon fand. Ihr kam Elias in den Sinn, für den es nichts gab, das er über das Fußballspielen gestellt hätte.

»Sie kümmern sich darum«, sagte er, nachdem er das Telefonat beendet hatte.

»Hoffentlich erwischen sie die Kiter.«

»Bestimmt. Aber wir müssen uns jetzt erst einmal um uns kümmern. Es wird höchste Zeit. Das Wasser steht schon wadenhoch.«

Alicia blickte runter zu ihren Füßen in den Gummistiefeln und sah, dass das Wasser ihr tatsächlich schon bis zu den Waden stand und die Sandbank bereits komplett überspült worden war. »Ich habe gar nicht mitbekommen, dass das Wasser so schnell gestiegen ist.«

»Das ist ja das Gefährliche. Komm mit!« Er führte sie weiter hinaus aufs Meer.

Irritiert und mit einem mulmigen Gefühl im Bauch, folgte Alicia ihm. Das Schieben des Rads war nun deutlich schwieriger, durch das auflaufende Wasser. »Ist das nicht die falsche Richtung? Der Leuchtturm ist doch dahinten.« Sie zeigte nach Osten.

»Zum Leuchtturm schaffen wir es bei dem heftigen Westwind nicht mehr. Das Wasser fließt dadurch schneller. Gleich ist hier Land unter. Da vorne ist eine Rettungsbake. Siehst du?« Liam deutete auf ein hölzernes Bauwerk, das wie eine Miniatur eines Pfahlbaus aussah. »Da müssen wir hin.«

Als sie die Bake erreicht hatten, stand ihnen das Wasser schon bis zur Hüfte. Alicia erklomm die Treppen zu der rettenden Plattform, die einige Meter über dem Meeresboden gebaut worden war. Liam schleppte die Räder hoch und lehnte sie an das Geländer der Bake, an dem auch ein roter Rettungsring befestigt war. Der Wind wurde immer stürmischer und Alicia fröstelte in ihren nassen Sachen, doch mehr, als ihre Gummistiefel auszuleeren, konnte sie nicht tun.

Sie blickte von der Bake nach unten und beobachtete, wie das Wasser schnell immer höher anstieg. Liam hatte recht gehabt. Bis zum Leuchtturm hätten sie es nicht mehr geschafft. »Hoffentlich sind Lena und Fiete rechtzeitig zum Leuchtturm gekommen.«

»Na klar! Fiete ist absolut wasserscheu. Der läuft schon ins Haus, wenn er das Wort Flut nur hört.« Er bemerkte, dass sie fror. »Ist dir kalt?«

»Ein bisschen«, gab sie zu.

»Moment, das haben wir gleich.« Er öffnete einen Stahlkasten, der an der Bake angebracht war, und entnahm daraus eine Wolldecke. Er kam zu ihr und legte sie ihr um die Schultern. »Damit dürfte es gleich besser werden.«

»Danke.« Alicia mochte die fürsorgliche Geste und kuschelte sich in die Decke ein. »Aber ist dir nicht kalt?«

»Geht schon«, entgegnete er, obwohl sie sehen konnte, dass er leicht bibberte. Er schien den Helden spielen zu wollen und so stur, wie er war, würde er sich das sicher nicht ausreden lassen.

»Wie lange müssen wir eigentlich hierbleiben?«

»Nur sechs Stunden.«

»Nur sechs Stunden …«, wiederholte sie. »Habe ich eben ›nur‹ gesagt?« Sechs Stunden allein mit Liam! Alicia wusste nicht genau, ob sie das gut oder schlecht unter den Umständen finden sollte. Immerhin war es eiskalt und ziemlich ungemütlich in ihren nassen Sachen. Sechs Stunden mit ihm in der warmen Küche am Leuchtturm wären ihr lieber gewesen.

»Die vergehen auch.« Liam setzte sich auf eine Bank und deutete auf den Platz neben sich.

Alicia setzte sich zu ihm und schaute zur Seite. Sie

waren umgeben von Wasser. Das Meer rauschte und Wellen schlugen gegen die Bake. »Ein bisschen unheimlich ist es hier schon …«

»Du brauchst keine Angst zu haben. Hier sind wir sicher«, beruhigte er sie und lächelte aufmunternd. »Hast du Hunger?«

»Ein bisschen.«

Er zog den Reißverschluss seines Rucksacks auf und kramte darin herum. »Erdnuss oder Karamell?« Er zog zwei Schokoriegel hervor.

»Karamell bitte.« Sie nahm den Riegel. »Du denkst aber auch an alles.«

»Mein Notproviant, habe ich immer dabei.« Er riss das Papier auf und nahm einen herzhaften Bissen.

Alicia zögerte einen Moment. Ob der Riegel aus einem Container gerettet worden war? So ganz hatte sie sich noch nicht daran gewöhnt, entsorgte Lebensmittel zu essen. Doch das wollte sie vor Liam auf keinen Fall zugeben. Sie versuchte, möglichst unauffällig einen Blick auf das Mindesthaltbarkeitsdatum zu werfen, doch es war versteckt unter einer Papierfalte.

»Und so was werfen die Leute vom Supermarkt einfach weg. Echt unglaublich«, sagte er, als hätte er ihre Gedanken gelesen.

Obwohl sich bei seinen Worten Widerwille in ihr regte, schalt sie sich selbst. Sie sollte sich nicht so anstellen. Was sollte schon großartig passieren? Der Riegel war verpackt, da machte es keinen Unterschied, ob er aus einem Supermarktregal kam oder in einem Container gelegen hatte.

Sie gab sich einen Ruck, öffnete das Papier um den Riegel und biss ein kleines Stück ab. »Schmeckt wirklich gut«, stimmte sie zu und nahm noch einen Bissen. Dieses Mal einen größeren.

Plötzlich lachte Liam laut los.

»Was ist denn so lustig?«

»Du! Du bist lustig!«

»Wieso? Was habe ich denn gemacht?«, fragte Alicia und schob sich den Rest des Riegels in den Mund.

»Wie angeekelt du geguckt hast, bevor du in den Schokoriegel gebissen hast! Das war zu komisch!«

Alicia verdrehte die Augen. »Hab ich gar nicht!«

»Hast du wohl!«, bestand er darauf. »Aber herzlichen Glückwunsch!«

»Herzlichen Glückwunsch wofür?« Er war gerade noch so unbesorgt gewesen. Drehte er jetzt etwa doch durch, weil sie hier festsaßen?

»Du hast den Test bestanden und überlebt«, erklärte er lachend.

»Jetzt nimm mich nicht hoch! Es war nichts an dem Riegel dran. Er hat geschmeckt wie jeder andere Riegel auch.« Alicia steckte das Papier in eine Hosentasche. »Außerdem bin ich nicht so etepetete, wie du glaubst«, fügte sie ein wenig entrüstet hinzu.

»Ich glaube ja gar nicht, dass du etepetete bist.« Liam lachte immer noch und holte zwei Packungen mit weiteren Schokoriegeln aus seinem Rucksack. »Die habe ich gestern in St. Peter-Ording gekauft. Sie sind aus keinem Container. Schokoriegel findet man nur sehr selten im Müll.«

Alicia verschränkte die Arme vor der Brust und guckte von Liam weg. Sie konnte es nicht fassen, dass er sie damit auf die Probe gestellt hatte. »Du bist so ein Idiot!«

Liam zuckte grinsend mit den Achseln. »Na ja, sieh das mal so, Taten sagen mehr als Worte. Dadurch habe ich dich besser kennengelernt als durch alles, was du mir hättest erzählen können.«

»Na toll!«, sagte Alicia eingeschnappt. »Ich dachte, du würdest mich schon ganz gut kennen.«

»Na klar. Tu ich ja auch. Jetzt reg dich wieder ab.« Er knuffte sie in die Seite. »Du bist echt in Ordnung. Das wusste ich auch schon vorher.«

»Pffft«, machte Alicia und schüttelte den Kopf. Jetzt kam er auch noch mit Komplimenten um die Ecke! »Und ich muss jetzt sechs Stunden mit dir auf der Bake aushalten. Was für eine Zumutung!«

»Hey, was soll das denn heißen?«, fragte er entrüstet.

»Das soll heißen, dass du echt unmöglich bist!«

Liam wiegte den Kopf hin und her. Er konnte sich ein Grinsen nicht verkneifen. »Manchmal vielleicht.«

Alicia runzelte die Stirn. »Manchmal? Dein Ernst?«

»Hast du jetzt Kopfschmerzen?«, spielte er auf ihren Running Gag über Lena an.

»Nein!«, gab sie knapp zur Antwort.

Er grinste sie breit an. »Noch einen Schokoriegel?« Er hielt ihr die Packung unter die Nase.

»Echt unmöglich!«, wiederholte sie und konnte nicht mehr länger ernst bleiben. Sie lachte und nahm einen zweiten Schokoriegel aus der Packung. »Ist mir kalt«, bibberte sie und zog die Decke bis zur Nasenspitze hoch. Der Wind erschien ihr eisig, obwohl es mitten im Sommer war. Sie merkte, dass Liam seinen Arm um sie gelegt hatte, um sie zu wärmen, und lehnte sich in seine Umarmung.

»Du darfst jetzt nicht einschlafen. Erzähl mir mal was über das Ruhrgebiet«, forderte Liam sie auf.

»Was willst du denn wissen?«, fragte sie schlotternd und kuschelte sich an ihn.

»Alles.«

»Das ist aber eine Menge.« Je mehr sie fror, umso müder wurde sie. Ihre Augenlider konnte sie nur mit Mühe offen halten.

»Guck mich an, Alicia«, forderte er sie auf. »Also, was könnte ich mir im Ruhrgebiet angucken? Wo könnte ich zum Beispiel surfen gehen?«

»Surfen? Auf der Ruhr höchstens …«

»Ruhr? Von dem Meer habe ich noch nie was gehört.« Alicia konnte nicht sagen, ob er sie gerade hochnahm oder der Kommentar ernst gemeint war. »Die Ruhr ist ein Fluss.«

»Ein Fluss? Und darauf soll man surfen können?«, fragte er skeptisch.

»Ja. Dort werden sogar Surf-Kurse angeboten.«

»Okay, also surfen geht schon mal nicht – nicht so, wie ich es mir vorstelle. Dann weiter. Gibt es an der Ruhr wenigstens einen Leuchtturm?«, fragte Liam weiter.

»Quatsch! Die gibt's doch nur am Meer.«

»Stimmt nicht! Es gibt auch Leuchttürme auf dem Binnenland. Am Bodensee zum Beispiel, in Lindau.«

»Davon habe ich noch nie etwas gehört. Im Ruhrgebiet gibt's jedenfalls keine. Dafür haben wir Zechentürme oder das Gasometer in Oberhausen«, erzählte sie, während sie immer wieder darum kämpfte, die Augen offen zu halten.

»Aha. Das ist doch schon was.«

Liam rubbelte über ihren Arm und verwickelte sie weiter in ein Gespräch. Am Ende konnte sie nicht sagen, wie er es geschafft hatte, aber sie war nicht eingeschlafen.

»Die Flut ist weg. Wir können jetzt zurück.« Liam stand auf und streckte ihr seine Hände entgegen, um ihr hochzuhelfen.

Den Rückweg zum Leuchtturm nahm sie wie durch einen dicken Nebel wahr. Ihre Sinne kehrten erst allmählich zurück, als sie heiß geduscht hatte und mit einer Wärmflasche im Bett lag.

Lena kam wenig später mit einer Tasse heißer Suppe zu ihr. »Du machst ja Sachen. Ich habe einen mächtigen Schrecken bekommen.«

Alicia nahm die Tasse mit der dampfenden Suppe an. »Was meinst du?«

»Als ihr zurückkamt, waren deine Lippen blau vor Kälte und du hast gezittert wie eine Fahne im Sturm. Du warst total unterkühlt. Gut, dass du nicht eingeschlafen bist.«

»Das ging gar nicht.« Sie nippte an der Suppe. »Liam hat mich die ganze Zeit vollgequatscht.«

»Das hat er gut gemacht, es hätte sonst ganz anders ausgehen können. Aber jetzt erhol dich erst einmal. Wenn du was brauchst, ich bin in der Küche.« Lena verließ das Zimmer.

Alicia trank in kleinen Schluck von der Suppe und genoss die Wärme, die durch ihren Körper strömte. Es klopfte wieder. Wahrscheinlich hatte Lena etwas vergessen. »Komm ruhig rein.«

Doch es war nicht Lena. Liam steckte seinen Kopf zu ihrem Zimmer rein. »Hey.«

»Hey.« Alicia setzte sich gerade im Bett hin.

»Ich wollte nur mal nachsehen, wie es dir geht.« Er blieb an der Tür stehen.

»Langsam besser. Meine Hände und Füße sind immer noch kalt, aber das wird sich bestimmt bald legen.« Sie lächelte ihn zaghaft an.

»Ich werde ein paar Handschuhe und Wollsocken für dich auf der Bake deponieren. Falls du da noch mal stranden solltest.« Er grinste.

»Wie nett von dir«, erwiderte sie spöttisch.

»So bin ich.« Sein Grinsen wurde noch breiter.

Alicia musste zugeben, dass sie es mochte, wenn er so frech war. Dann fragte sie sich immer, ob es vielleicht seine Art war, mit ihr zu flirten. »Und wie geht es dir?«

»Mir geht es gut. So schnell haut mich die Nordsee nicht um«, sagte er heldenhaft und zwinkerte ihr zu. »Dann erhol dich mal gut.« Er wandte sich zum Gehen.

»Liam?«, rief sie.

»Ja?«

»Danke. Dass du dich um mich gekümmert hast und so.«

»Da nicht für«, sagte er, ohne sich zu ihr umzudrehen, und zog die Tür hinter sich zu.

Als sie wieder allein in ihrem Zimmer war, begriff sie erst allmählich, was eigentlich in den letzten Stunden passiert war – und dass Liam ihr mit seiner Quatscherei höchstwahrscheinlich das Leben gerettet hatte. Der Gedanke wärmte sie mehr, als es jede Suppe vermocht hätte.

13. KAPITEL

Alicia versuchte, eine ausgewachsene Strandkrabbe einzuholen, und war froh, dass sie von der Erschöpfung von ihrem gestrigen Abenteuer nichts mehr spürte. Der gepanzerte Krebs hielt beide offenen Scheren nach oben, während er flink im Seitwärtsgang über den Meeresboden lief.

»Du musst vorsichtig sein, sonst zwickt dich die Krabbe!«, rief ihr ein Mädchen mit geflochtenen blonden Zöpfen hinterher.

Doch davon ließ sich Alicia nicht beirren. Sie bekam die Krabbe seitlich an ihrem Panzer zu fassen und zeigte sie der Gruppe. »Keine Sorge! Ich halte die Krabbe extra so fest, da kann sie mich gar nicht mit ihren dicken, großen Zangen kneifen, weil sie nicht bis an meine Hand kommt.«

»Aber achtet lieber auf eure Füße.« Liam zeigte auf die Füße der Kinder, die im Schlick des Meeresbodens steckten. »Strandkrabben sind gut vorbereitet auf Begegnungen mit nackten Zehen.«

Die Kinder gaben entsetzte Laute von sich und zogen erschrocken ihre Füße aus dem Schlammboden. Gleichzeitig wichen sie ein Stück vor Alicia zurück, die die Krabbe festhielt.

Liam zwinkerte Alicia zu, die wiederum bloß ihre Augen verdrehte. Mittlerweile kannte sie seinen speziellen Humor zur Genüge, den aber nicht jeder verstand. Sie fühlte sich am Westerhever Leuchtturm in der WG wie zu Hause und kam erstaunlich gut ohne ihre Eltern klar. Sie hatte noch kein einziges Mal Heimweh gehabt und fühlte sich mittlerweile viel selbstständiger als noch vor dem Praktikum.

Außerdem hatte sie in kurzer Zeit eine Menge über den Nationalpark Wattenmeer erfahren. Besonders Liam hatte ihr vieles über die Tiere und Pflanzen, die dort lebten und wuchsen, beigebracht. Ihre Strandgut-Ausstellung kam gut bei den Besuchern des Leuchtturms an und viele von ihnen kamen aus dem Staunen darüber nicht heraus, was alles im Meer herumschwamm. Zwischen ihr und Lena hatte sich eine schöne Freundschaft entwickelt und Fiete war für sie zu einem guten Kumpel geworden. Ihre anfängliche Distanz Liam gegenüber hatte sich spätestens seit dem Vortag auf der Bake gelegt. Bei Wattwanderungen ergänzten sie sich sogar perfekt, weil Alicia inzwischen wusste, was er erzählte, und sie das entsprechend ergänzen konnte.

»Ihr braucht keine Angst zu haben. Liam hat bloß einen Witz gemacht. Hier kneift euch keine Strandkrabbe«, beschwichtigte sie die Kinder und lenkte ihre Aufmerksamkeit wieder auf das Tier, das sie nach wie vor zwischen ihren Fingern hielt. »Schaut euch mal die Zangen an. Fällt euch was auf?«

Die Kinder kamen zaghaft wieder näher und schauten genauer hin.

»Eine Zange ist dünner und länger als die andere«, stellte ein Junge mit rotem Lockenkopf fest.

»Ganz genau. Das ist die Greifschere. Mit ihr schnappt die Krabbe sich ihre Beute und steckt sie sich in den Mund. Mit der dickeren Zange knackt sie Schalen von Muscheln und kleinen Krebsen auf.«

»Wow! Dann essen Krabben ja auch mit Messer und Gabel wie Menschen!«, rief ein weiterer Junge.

Alicia nickte. »Stimmt! Sie tragen ihr Essbesteck praktisch immer bei sich.«

»Die Weibchen von ihnen fressen übrigens am liebsten Würmer, was ziemlich langweilig ist«, schaltete sich Liam ein. »Doch die Männchen haben etwas stärkere Scheren und mögen deswegen auch ganz gerne Muscheln oder sie fressen sogar schwächere Artgenossen auf.«

Die Kinder verzogen angewidert ihre Gesichter. »Das ist ja ekelig!«

»Wie bei den Kannibalen«, meinte das Mädchen mit den blonden Zöpfen.

»So ist es.«

»Du sollst die Kinder nicht verschrecken«, zischte Alicia ihm zu und musste sich zusammenreißen, um ernst zu bleiben. Liam antwortete ihr mit einem entwaffnenden Lächeln, das sie für einen Moment ein wenig aus dem Konzept brachte.

»Warum laufen die Krabben denn seitlich?«, fragte eine der Betreuerinnen.

»Krabben können sich nur schnell fortbewegen, wenn sie seitlich laufen, weil ihre Beine sehr dicht beieinanderliegen«, übernahm Liam die Erklärung, als sie keine Anstalten machte zu antworten. »Nach vorne können sie nur langsam trippeln, aber im Seitwärtsgang sind sie ziemlich flott unterwegs. Auf Friesisch werden sie deswegen auch Dwarslöper genannt. Das heißt übersetzt Querläufer.«

»Wie spannend! Heute habe sogar ich was Neues gelernt«, sagte Alicia zu den Kindern, um Liams Blick auszuweichen. Hoffentlich dachte er nicht zu viel über ihren kurzen Aussetzer nach. »Ich entlasse die Krabbe mal besser wieder in die Freiheit. Sie strampelt schon ganz ungeduldig.« Sie ging ein paar Meter von der Gruppe weg, um den gepanzerten Krebs auf dem Meeresboden abzusetzen, und beeilte sich dann, die Gruppe wieder einzuholen, die sich bereits auf den Rückweg Richtung Festland gemacht hatte.

»Gut, dass du nicht noch erzählt hast, dass Krabben gerne von Möwen gefressen werden und sie die Krebse dabei aus der Luft auf den Boden werfen«, raunte sie Liam zu.

»So ein Mist! Das habe ich ganz vergessen. Aber ich könnte es noch nachholen und am Ende der Führung erzählen.«

»Untersteh dich! Die Kinder kriegen sonst Albträume von deinen Kannibalen-Krabben und Mörder-Möwen ... ah!« Alicia war mit einem Gummistiefel im Schlick stecken geblieben. Sie ruderte verzweifelt mit ihren Armen, um die Balance zu halten. Doch keine Chance. Sie verlor das Gleichgewicht und kippte zur Seite. Instinktiv kniff sie die Augen zusammen, aber statt ein Schlammbad zu nehmen, spürte sie, wie mit einem Mal starke Arme ihren Oberkörper umschlossen und sie festhielten.

Als sie ihre Augen wieder öffnete, war Liams Gesicht ihrem gefährlich nah. Sie konnte seinen Atem auf ihrer Haut spüren und riechen, dass er heute nach einer Mischung aus frischer Pfefferminze und Kokoswasser duftete. Ihr war leicht schwindelig und sie spürte ein Kribbeln im Bauch. Für einen Moment schien die Zeit stehen zu bleiben und es gab nur sie zwei. Es wäre nur eine kleine Bewegung nötig, um ihn zu küssen …

»Das war knapp«, unterbrach er ihre Überlegungen und richtete sie wieder gerade auf.

»Danke«, sagte sie atemlos und räusperte sich. »Du scheinst ja neuerdings immer da zu sein, um mir das Leben zu retten.« Alicia strich sich verlegen eine Strähne aus dem Gesicht und zog dann vorsichtig ihr Bein mit dem stecken gebliebenen Gummistiefel aus dem morastigen Boden.

Liam zuckte die Schultern und lächelte sie an. »Keine Ursache. Am besten gehst du beim nächsten Mal einfach barfuß. Dann muss ich nicht dein Leben retten.« Er blickte zu der Kindergruppe und ihren Betreuern, die schon ein Stück weiter Richtung Deich gelaufen waren, ohne ihre Abwesenheit zu bemerken. »Komm, wir müssen uns beeilen.« Er griff wie selbstverständlich nach ihrer Hand und zog sie hinter sich her.

Gischt spritzte an den Beinen der Pferde empor, als sie am späten Nachmittag durch die Brandung am Böhler Strand galoppierten. Hanna ritt mit ihrem Fuchs am Anfang der Abteilung und Alicia folgte auf ihrem Apfelschimmel gleich hinter ihr. Sie war froh, endlich Zeit gefunden zu haben, und genoss den Ausritt. Sie fühlte sich frei wie der Wind und konnte sich kaum an der Schönheit des Meeres und den blühenden Salzwiesen sattsehen. St. Peter-Ording war ein kleines Paradies und tat ihrer Seele unendlich gut.

Trotz des wunderschönen Strandausritts schweiften ihre Gedanken immer wieder zu Liam ab. Zu den Stunden mit ihm auf der Bake, wie er sich um sie gekümmert hatte, und zu dem Augenblick im Watt, wo er sie aufgefangen hatte und fast … ja, was eigentlich? Alicia war verwirrt. Sie wusste nur eins sicher: dass sie ständig an ihn denken musste. In seiner Gegenwart spürte sie eine prickelnde Aufregung. Alles kam ihr mit Liam unendlich leicht vor. Außerdem vermisste sie ihn, wenn sie nicht in seiner Nähe sein konnte. Am liebsten hätte sie jede freie Minute mit ihm gebracht. Verdammt, was war nur aus ihrem Vorsatz geworden, sich von Jungs fernzuhalten?

Hanna verfiel auf ihrem Pferd in einen leichten Trab. »Los, Alicia!«, rief sie ihr zu. »Lass uns ein Wettrennen machen.«

»Okay! Dann los!« Alicia trieb Rommé an und galoppierte hinter Hanna durch die Brandung. Sie war eine gute Reiterin, doch Hanna hatte sie nichts entgegenzusetzen. Sie flog auf Caruso nahezu über den Strand.

Doch auch Alicia fühlte sich, als würde sie fliegen – und es tat ihr gut, wie der Wind ihr um die Ohren wehte und ihre verwirrenden Gedanken mit sich nahm.

»Gewonnen!«, jubelte Hanna nach einer Weile und reckte eine Hand in die Luft.

»Haushoch! Gegen dich habe ich keine Chance!«

Sie drosselten das Tempo und parierten in den Schritt. Ihre Pferde schnaubten und an ihren Mäulern hatte sich Schaum gebildet.

»Wie herrlich es ist, am Strand zu reiten«, sagte Alicia atemlos und strahlte Hanna an.

»Ein Traum, den ich gegen nichts in der Welt eintauschen würde«, stimmte Hanna ihr zu.

»Was machst du eigentlich lieber? Reiten oder surfen?«

»Hm.« Hanna dachte kurz nach. »Reiten. Definitiv. Aber sag das nicht Tom. Er glaubt, dass alle Mädchen irgendwann von ihrem Pferdetrip runterkommen. Aber ich liebe die Arbeit mit Pferden, das wird sich nie ändern.«

»Dann lassen wir ihn mal in dem Glauben«, lachte Alicia. »Finde ich gut, dass du dich für ihn nicht verbiegen willst.«

Sie bogen mit den Pferden rechts auf einen Weg ab, der durch die Salzwiesen zurück zum Hof von Hannas Eltern führte.

Nachdem Alicia ihr Pferd abgesattelt und versorgt hatte, zog sie sich in der Sattelkammer um. Sie legte die ausgeliehene Reiterkleidung in ein Schrankfach, schulterte ihren Rucksack und ging zu Hanna, die ihrem Pferd neben dem Stall die Beine abspritzte. »Das hat echt Spaß gemacht. Danke, dass ich mitreiten durfte.«

Hanna drehte den Wasserhahn zu und legte den Schlauch an die Seite. »Gerne. Du kannst, wann immer du möchtest, zum Reiten kommen. Ich würde mich freuen.«

»Super! Danke für das Angebot.« Sie umarmte Hanna.

»Wenn du willst, kannst du noch zum Grillen bleiben. Wir haben genug eingekauft und meine Mutter könnte dich später zurück nach Westerhever fahren«, schlug Hanna vor.

»Das ist superlieb, aber das schaffe ich heute zeitlich leider nicht. Vielleicht nächstes Mal? Ich wollte noch meine Tante besuchen und später treffe ich mich mit den anderen vom Leuchtturm an der Dünen-Therme«, erklärte sie.

»Ach so. Ja, dann das nächste Mal. Oder wir gehen zusammen ins Kino? Demnächst läuft der neue Ostwind.«

»Auja. Ich liebe Kino! Und die Ostwind-Filme ganz besonders!«, freute sich Alicia. »Ich musste immer warten, bis die als Blu-Rays rauskamen, weil keiner mit mir ins Kino wollte.«

»Ich melde mich bei dir, sobald der Film läuft. Aber wir sehen uns ja auch demnächst beim Strandkonzert. Du kommst doch?«

»Ja, natürlich! Ich freue mich schon! Danke noch mal für den tollen Ausritt!«

Nachdem sie sich von Hanna und Caruso verabschiedet hatte, fuhr Alicia mit dem Rad bis zur nördlichen Strandspitze von St. Peter-Ording. Sie stellte das Rad im Garten ihrer Tante ab und entdeckte sie auf einer Leiter, die an einem großen Kirschbaum lehnte. Auf der Leiter stand ein Eimer, in dem ihre Tante die gepflückten Kirschen sammelte. Sie war so in ihre Arbeit vertieft, dass sie Alicias Kommen gar nicht bemerkt hatte.

»Hallo, Tante Heide«, machte sie auf sich aufmerksam.

»Ach, Alicia. Hallo!« Ihre Tante wischte sich die Hände an der Schürze ab, die sie trug, und kletterte die Leiter runter. »Ich habe dich gar nicht bemerkt. Schön, dass du mich besuchen kommst. Willst du ein paar Kirschen essen?« Sie nahm den Eimer und hielt ihn Alicia hin.

»Danke.« Alicia nahm eine Handvoll und probierte sie. »Mhm, schmecken schön süß.«

»Dieses Jahr habe ich so viele Kirschen. Ich weiß schon gar nicht mehr, wohin damit. Heute Mittag habe ich Kirschkuchen gebacken und nachher koche ich Marmelade. Möchtest du vielleicht reinkommen und ein Stück Kuchen essen? Ich könnte Schlagsahne dazu machen.«

»Ja gerne. Ich finde es zwar toll, dass wir uns in der WG selbst versorgen, aber hab auch nichts dagegen, mal wieder ein bisschen verwöhnt zu werden«, antwortete Alicia und ging mit ihrer Tante ins Haus.

In der Küche schlug Tante Heide eine Schüssel mit frischer Schlagsahne, von der sie reichlich auf Alicias Kuchen verteilte.

»Danke.« Alicia griff gleich zur Gabel. »Schmeckt wunderbar! Du machst einfach den besten Kuchen, Tante Heide.«

»Lass das nicht deine Mutter hören«, erwiderte sie und lachte.

»Die backt nicht. Wir kaufen den Kuchen immer beim Konditor.«

»Wie dem auch sei.« Sie setzte sich zu Alicia. »Schön, dass du mich von der Arbeit abgehalten hast. Eine kleine Pause kann ich gut vertragen.«

»Hast du viel zu tun?«

»Das Haus ist voll mit Feriengästen. Glücklicherweise sind alle sehr nett. Aber die Arbeit bleibt trotzdem die gleiche.«

»Dann halte ich dich gerne davon ab«, sagte Alicia vergnügt.

»Du siehst übrigens richtig gut aus«, stellte Tante Heide fest. »Hat sich dein Elias etwa gemeldet und ich habe recht behalten?«

»Elias? Nein!« Sie schüttelte den Kopf. »An Elias denke ich gar nicht mehr«, sagte sie. Zu ihrem Erstaunen fiel ihr auf, dass sie tatsächlich schon lange nicht mehr an ihren Ex-Freund hatte denken müssen. Sie kannte natürlich den Grund. Liam. Aber davon wollte sie ihrer Tante nichts erzählen. Noch nicht. Um nicht weiterreden zu müssen, schob sie sich das nächste Stück Kuchen in den Mund.

Tante Heide verstand den Wink, und während sie aßen, plauderten sie über andere Dinge.

»Ich komme bald mal wieder vorbei und halte dich von der Arbeit ab. Versprochen«, meinte Alicia, während sie zusammen aus dem Haus gingen.

»Da bitte ich drum. Beim nächsten Mal kannst du auch gleich ein paar Gläser von der Marmelade mitnehmen für deine WG.«

»Das mache ich. Ich wollte noch ein paar Fotos vom Strand machen, ist es okay, wenn ich mein Rad hierlasse?«

»Natürlich. Viel Spaß beim Fotografieren. Mach ruhig

ein paar Leute neidisch, dass du am schönsten Strand der Welt bist.«

Tante Heide winkte ihr, als Alicia den Garten verließ. Sie stieg die Treppen zum Deich herauf und folgte dann einem Sandweg, der über einen Steg und durch Dünen bis an den Strand führte, von wo aus sie in der Ferne den Westerhever Leuchtturm erkennen konnte. Außer ihr war niemand auf dem Strandabschnitt unterwegs.

Sie zog ihre Stoffschuhe aus und lief zum Meer. Dort spazierte sie eine Weile entlang. Die kühle Brandung umspülte schäumend ihre Füße. Sie spürte den nassen, weichen Sand unter ihren Sohlen und vereinzelt trat sie auf kleine Muscheln, die im Spülsaum lagen. Nachdenklich schaute sie zu dem rot-weißen Leuchtturm und dachte dabei an Liam. Er ging ihr nicht mehr aus dem Kopf. Sie fragte sich, ob der Moment im Watt vielleicht mehr zu bedeuten hatte. Aber hätte er die Gelegenheit dann nicht genutzt und sie geküsst?

Ein bisschen erschrak sie über ihre Gedanken. Immerhin war sie gerade frisch von Elias getrennt und der eigentliche Plan war gewesen, sich in der nächsten Zeit nur auf ihre Träume zu konzentrieren und sich nicht den Kopf über Jungs zu zerbrechen. Aber sie konnte nicht anders, als an Liam zu denken und sich langsam einzugestehen, dass er ihr Herz berührte. Auf eine Art und Weise, wie es Elias nie getan hatte.

Sie seufzte und schüttelte den Kopf. Das ganze Nachdenken brachte sie keinen Schritt weiter, sondern stiftete nur zusätzliche Verwirrung. Alicia zog ihr Handy aus dem

Rucksack und machte ein paar Aufnahmen vom Strand und dem Meer, die sie später an Clara schicken wollte, wenn sie Empfang hatte. Wieso hatte sie nur ihre Kamera zu Hause vergessen? Damit hätte sie so viel bessere Fotos machen können.

Wenigstens spendete die späte Nachmittagssonne perfektes Fotolicht. Sie konnte einige schöne Strandaufnahmen machen und versuchte, so nah es ging, an den Westerhever Leuchtturm heranzuzoomen. Auf einmal stutzte sie, weil sie meinte, in einiger Entfernung vor sich auf dem Strandabschnitt etwas gesehen zu haben, was sich bewegte. Vielleicht ein Hund, der ausgebüxt war? Immerhin befand sie sich auf dem Hundestrand von St. Peter.

Sie zoomte mit ihrem Handy näher an die Stelle heran. Vielleicht war es auch bloß Strandgut gewesen, das durch die Brandung bewegt wurde. Alicia blickte konzentriert auf ihr Handy und erkannte schemenhaft eine Robbe auf der Sandbank. Ihr Herz schlug schneller. Endlich! Was für ein Glück sie hatte! Obwohl sie schon häufiger welche aus nächster Nähe beobachtet hatte, waren solche unverhofften Begegnungen für sie jedes Mal ein absolutes Highlight, das sie in vollen Zügen genoss.

Alicia drückte ein paar Mal auf den Auslöser, um den besonderen Augenblick festzuhalten. Aber die Bilder wurden durch die große Entfernung nicht besonders scharf, stellte sie bedauernd fest. Wie gerne hätte sie bessere Fotos von ihrer Robbensichtung gemacht, doch sie wusste auch, dass sie sich dem Tier nicht nähern durfte. Hätte sie vorher gewusst, dass sich eine Robbe auf dem Strandabschnitt aufhielt, hätte sie Tante Heide gefragt, ob sie ihr ihre Kamera ausleihen könnte. Jetzt zurück zu ihrer Tante zu laufen, würde vermutlich nichts bringen. Höchstwahrscheinlich wäre die Robbe längst im Meer verschwunden, wenn sie wieder zum Strand käme. Wie ärgerlich! Es blieb ihr nichts anderes übrig, als die Sichtung aus der Ferne zu genießen.

Eine Weile beobachtete sie noch die Robbe, bis sie zurück ins Meer glitt und verschwand. Alicia warf einen Blick auf die Uhranzeige ihres Handys. Für sie wurde es auch höchste Zeit, zurück zu ihrem Rad zu gehen, wenn sie pünktlich an der Dünen-Therme sein wollte.

Lena war schon an der Dünen-Therme, als Alicia ankam.

»Wartest du schon lange?«, fragte Alicia.

»Erst seit ein paar Minuten. Wie war dein Ausritt mit Hanna?«

»Superschön! Danach war ich noch bei meiner Tante zum Kuchenessen und später am Strand. Stell dir vor, ich habe eine Robbe beobachtet. Damit habe ich gar nicht gerechnet.« Alicia zeigte Lena die Fotos auf ihrem Handy.

Lena legte den Kopf schräg. »Leider erkennt man nicht viel.«

»Ich weiß. Mit einer richtigen Kamera hätte ich bessere Fotos machen können, aber die liegt leider zu Hause in Recklinghausen.«

»Fiete ist übrigens schon zum Leuchtturm vorgefahren, weil er noch ein Scharnier am Gatter reparieren wollte«, erwähnte Lena.

»Fehlt also noch Liam«, stellte Alicia fest und blickte sich nach ihm um.

Lena warf einen Blick auf ihr Handy. »Liam hat immer chronische Verspätung, wenn er sich vom Surfen trennen muss, weißt du doch. Das kann dauern.«

Sie sollte recht behalten. Wie sie schon vermutet hatte, verspätete sich Liam wieder und tauchte fast eine halbe Stunde später auf. »Wir dachten schon, du bist nach Helgoland gesurft«, neckte Lena ihn.

»Jetzt bin ich ja da!«

»Dann sei mal froh, dass du uns nicht verpasst hast. Wir wollten doch noch Lebensmittel besorgen.«

Liam schob seine Hände in die vorderen Hosentaschen seiner Jeans. »Kein Problem, ich kümmere mich schon drum. Ihr könnt schon mal zurück zum Leuchtturm fahren.«

»Bist du sicher?«, fragte Lena. »Deswegen haben wir uns doch hier getroffen.«

»Klar. Das schaffe ich auch ohne euch, ihr habt wegen mir schon genug Zeit verloren.«

»Gut. Ich reiße mich eh nicht darum, in die stinkenden Container zu klettern.« Lena stieg auf ihr Rad.

»Ich möchte mitkommen«, sagte Alicia entschlossen. Sie wollte ihm zeigen, dass sie nicht nur eine Praktikantin in der Leuchtturm-WG war, die nach ein paar Wochen wieder abreiste. Sie hatte das dringende Bedürfnis, ganz zum Team dazuzugehören und ihm zu beweisen, dass sie sich zum Containern nicht zu schade war.

Alicia schaute Liam fragend an.

Er bedachte sie zwar mit einem skeptischen Blick, doch nickte dann. »Na gut! Lass uns losziehen.«

An einer Kreuzung hatten sich ihre Wege getrennt. Lena war nach Westerhever geradelt und Alicia mit Liam zu einem Gelände, das zu einem Supermarkt gehörte. In sicherer Entfernung stellten sie ihre Fahrräder ab. Der Laden hatte bereits geschlossen.

»Siehst du, da vorne stehen ganz viele leere Gemüsekisten.« Liam zeigte auf eine Ecke neben einem großen Container. »Davon nehmen wir uns gleich jeder eine.«

Alicia nickte. »Alles klar.« Sie spürte, dass ihr Herz schneller schlug und Adrenalin durch ihren Körper pumpte.

»Die meisten Sachen sind verpackt und völlig in Ordnung. Bananen kannst du immer einpacken, solange sie nicht komplett braun sind.«

Ein Mann trat aus dem Supermarkt und stieg in einen schwarzen Mercedes ein. Als er vom Parkplatz gefahren und um die nächste Straßenecke gebogen war, schaute sich Liam um. »Das war der Geschäftsführer. Die Luft müsste jetzt rein sein. Los, komm!«

Leicht geduckt liefen sie zu dem Container und griffen nach den Gemüsekisten, in denen sie die Lebensmittel verstauen wollten. Liam zog die Containerklappe nach oben und sprang hinein. Alicias Herz schlug nun bis zum Hals. Sie wollte es ihm gleichtun, doch Liam bedeutete ihr, vor dem Container stehen zu bleiben.

»Planänderung. Bleib du draußen und halte die Gemüsekisten fest. Ich werfe die Lebensmittel rein.«

Liam hatte Übung, das merkte Alicia gleich. In einer rasanten Geschwindigkeit beförderte er etliche Bananen, sieben Brokkoli, abgepackte Tomaten und Paprika, Schachteln mit Heidelbeeren und Aprikosen sowie drei Flaschen Olivenöl in die erste Kiste. In der zweiten Kiste landeten Tetrapaks mit Milch, ein Netz Orangen und zwei Packungen Trinkschokolade.

Plötzlich hielt Liam inne. »Was war das?«

»Was meinst du?«

»Ich habe irgendwas gehört.« Er legte einen Finger auf die Lippen und lauschte. Dann sprang er mit einem Satz heraus. »Wir müssen sofort weg hier.«

»Was ist denn los?«

»Der Sicherheitsdienst ist da!« Er griff nach einer Gemüsekiste. »Nimm du die andere! Und jetzt weg!«

Kaum hatte er die Warnung ausgesprochen, schlug ein Hund an und Alicias Herzschlag setzte für einen Moment aus. Ein dicklicher Mann in schwarzer Dienstkleidung bog um die Ecke. »Hey, ihr da! Sofort stehen bleiben!«, brüllte der Mann mit dem Hund und rannte auf sie zu.

Sie flüchteten, so schnell sie konnten, über den Platz zu ihren Rädern, der Sicherheitsmann war ihnen dicht auf den Fersen. Sie warfen die Gemüsekisten regelrecht in den Bollerwagen und traten kräftig in die Pedale.

»Fahr hinter mir her!« Liam fuhr einen rasanten Zickzackkurs durch kleine Straßen, wobei er das Wunder vollbrachte, nichts von ihrer Ausbeute unterwegs zu verlieren. Schließlich bog er auf einen Garagenhof ein und Alicia folgte ihm.

»Das war ganz schön knapp«, sagte er außer Atem.

»Kann man wohl sagen«, keuchte Alicia. Obwohl sie entkommen waren, raste ihr Herz noch immer.

Liam fing mit einem Mal zu lachen an. »Hast du gesehen, dass das Gesicht des Typen schon knallrot war, nachdem er bloß ein paar Meter hinter uns hergerannt ist?«

Alicia sah ihn kurz überrascht an, dann fiel sie in sein Lachen ein und die Anspannung in ihr löste sich langsam auf. Sie hatte zwar ganz schön Schiss gehabt, aber die Aktion war auch ziemlich aufregend gewesen. »Ich konnte sein Schnaufen in meinem Nacken spüren.«

»Vermutlich hat sich der Hund tierisch darüber aufgeregt, dass sein Herrchen so eine lahme Ente ist.«

»Wo sind wir hier eigentlich?« Alicia schaute zu dem großen Gebäude, das hinter den Garagen in die Höhe ragte.

»Das ist ein Hotel.«

»Oh, dann sollten wir wohl leise sein, nicht dass wir von dem Hotel-Personal verscheucht werden«, gab Alicia zu bedenken. »Wir sehen mit unseren Gemüsekisten nicht gerade vertrauenerweckend aus.«

»Das wird nicht passieren«, meinte Liam.

»Was macht dich da so sicher?«

»Man kennt mich hier. Das Hotel gehört meinem Vater«, erklärte er ohne jede Regung in seinem Gesicht.

»Ach so.« Das war also das besagte Hotel. Alicia warf noch einen Blick auf das Gebäude.

»Ist aber nicht so interessant.« Er lächelte und kam mit seinem Rad näher zu ihr rüber. »Viel wichtiger ist, du und ich, wir sind nicht nur im Watt ein Topteam.«

Alicia schluckte. »Ich stand ja nur Schmiere«, sagte sie hastig und konnte ihren Blick nicht von seinen Augen abwenden.

»Ich finde es echt gut, dass du bei uns im Leuchtturm bist, Alicia. Auch wenn es bloß für ein paar Wochen ist. Und ich hätte echt nicht gedacht, dass man mit dir sogar containern gehen kann. Ich mag dich. Wirklich.«

»Ich mag dich auch«, brachte sie mühsam heraus.

Liam kam noch ein Stück näher.

Alicias Herz raste. Sie hatte das Gefühl, es würde gleich zerspringen. Würde er sie gleich küssen? Sie hielt den Atem an.

Liam wich plötzlich zurück. »Oh! Entschuldige. Ich rieche wahrscheinlich wie ein … Container.« Er verzog den Mund. »Sogar gegen den Wind.«

»Das macht doch nichts.« So ein Mist, fast hätte er sie geküsst!

»Standest du eigentlich schon mal auf einem Surfbrett?«, fragte er auf einmal. Er fuhr sich mit einer Hand durch die Haare und lächelte verlegen.

Alicia runzelte die Stirn. Anders als sie wirkte er nicht enttäuscht. Hatte sie die Signale vielleicht einfach falsch gedeutet? »Nein. Wieso fragst du?«

Liam neigte den Kopf zur Seite und sah sie herausfordernd an. »Dann wird es höchste Zeit für eine Privatstunde.«

Ihr Herz überschlug sich fast in ihrer Brust, genau wie ihre Worte. »Bei dir?«

»Morgen haben wir keine Führungen. Perfektes Timing, würde ich sagen. Hast du Lust?«

Und ob sie das hatte! Nicht nur, dass sie schon immer surfen lernen wollte, die Surfstunde bedeutete auch, mehr Zeit mit Liam zu verbringen.

»Supergerne!«, sagte sie.

Er grinste sie an und ließ seinen Blick über ihre Ausbeute gleiten. »Dann lass uns die wertvolle Fracht mal zum Turm bringen.«

Sie stiegen wieder auf die Räder und fuhren Richtung Westerhever. Während Liam vorausfuhr, starrte Alicia auf seinen Rücken und hing ihren Gedanken nach. Liam mochte sie! Er hätte sie vorhin bestimmt geküsst, hätte sie nicht den Atem angehalten. Wieso hatte sie das nicht gleich richtiggestellt oder einfach ihn geküsst? Würde er jetzt noch mal versuchen, sie zu küssen? Vielleicht morgen, während der Surfstunde? Dass er seinen freien Tag mit ihr verbringen wollte, bedeutete ihr auf jeden Fall sehr viel.

Alicia seufzte. Dieser Tag war aufregend und verwirrend gleichermaßen gewesen. Sie konnte es nicht erwarten, im Leuchtturm anzukommen – auch wenn sie wusste, dass an Schlaf nicht zu denken war.

14. KAPITEL

»Blau steht dir gut«, sagte Liam. Sein Blick war so intensiv, dass Alicias Knie ganz weich wurden.

Sie schaute an sich herunter und betrachtete den Neoprenanzug, in den sie sich gequält hatte. »Ist ein komisches Gefühl auf der Haut. Ich fühle mich wie eine Wurst in der Pelle.«

Liam zwinkerte ihr zu. »Das soll so sein. Da gewöhnt man sich dran. Irgendwann wird so ein Anzug zu einer zweiten Haut.«

Alicia rieb mit einer Hand über ihren Arm. »Im Moment juckt die zweite Haut ziemlich.« Sie blinzelte gegen das Sonnenlicht und schaute raus aufs Meer. Die Wellen perlten schön gleichmäßig an den Strand. Aus der Sicht eines richtigen Surfers waren sie vermutlich viel zu flach, aber für einen Anfänger wie sie genau richtig. Sie wusste nicht, ob sie sich sonst aufs Brett getraut hätte.

»Dann lass uns mal starten«, sagte er, zeigte auf die Surfboards mit Segeln im Sand vor sich und erklärte ihr geduldig und mit ruhiger Stimme die Surf-Basics.

Nach ein paar Trockenübungen tastete Alicia sich langsam mit dem Brett im flachen Wasser vor und paddelte zunächst bäuchlings ein paar Meter.

Liam trieb auf seinem Board etwas weiter vor ihr, und obwohl er völlig lässig darauf saß, die Beine zu beiden Seiten im Wasser, schien sein Körper bei jeder noch so sanften Welle geschmeidig mitzugehen. »Das Gleichgewicht zu halten, ist immens wichtig, aber das können wir nicht am Strand üben. Versuch mal, aufzustehen und dich auf dem Brett zu halten. Am besten gehst du zuerst auf die Knie und stemmst dich dann hoch. Mach es langsam.«

Alicia hatte zwar so ihre Zweifel, ob ihr das gelingen würde, aber mehr als nass werden konnte sie zum Glück nicht. Sie folgte seinen Anweisungen und stand tatsächlich kurze Zeit später auf dem Board, die Hände an dem Gabelbaum. »Ich hab's geschafft!«, rief sie und suchte Liams Blick.

Er lächelte sie an. »Du bist ein Naturtalent. Und jetzt versuch das Gleichgewicht zu ha…« Seine Worte gingen in ihrem Schrei unter, als Alicia zur Seite kippte und mit einem Platsch im Wasser landete.

Kalt stürzte das Wasser über ihrem Kopf zusammen, ehe sie prustend auftauchte. Zum Glück hatten sie an einer nicht zu tiefen Stelle geübt, sodass sie sich nur aufrichten musste und schon wieder neben ihrem Board stand.

»Hab mich wohl nicht richtig konzentriert«, erklärte sie und strich sich die nassen Haare aus dem Gesicht.

Liam nickte nur und dabei huschte ein breites Grinsen über sein Gesicht. »Scheint so.«

Lachend schlug Alicia aufs Wasser, um ihn nass zu spritzen. »Jetzt tu mal nicht so, als hättest du das im Schlaf gelernt. Du bist sicher auch mehr als einmal vom Board gefallen!«

»Stimmt. Aber ich habe dabei nicht so ein süßes Quietschen ausgestoßen.«

»Ich habe *nicht* gequietscht!«, rief Alicia.

»Wenn du meinst …«

Sein Grinsen geriet keine Sekunde ins Wanken. *Na warte.*

»Wer hat dir eigentlich das Surfen beigebracht?«, fragte sie, während sie sich mit ihrem Board langsam neben ihn treiben ließ.

»Meine Mutter. Sie hat mich schon als kleines Kind zum Surfen mitgenommen. Mein Vater hat hingegen noch kein Surfbrett in seinem Leben bestiegen. In seinen Augen war das immer Quatsch. Doch meine Mutter konnte ohne das Surfen nicht leben. Wahrscheinlich habe ich das Surfer-Gen von ihr. Auch sonst waren wir uns sehr ähnlich und standen uns näher als mein Vater und ich …«

Er war so in seine Erzählung versunken, dass er nicht gemerkt hatte, dass Alicia auf einmal direkt neben ihm schwamm. Und dann war es bereits zu spät – mit einem ebenso breiten Grinsen hob Alicia sein Board an und fing seinen überraschten Blick auf, ehe er auch schon wie ein nasser Sack ins Wasser plumpste.

Anstatt direkt wieder aufzutauchen, schwamm er unter dem Brett zu ihr und tauchte dicht vor ihr wieder auf. »Wofür war denn diese hinterhältige Aktion, hm?«

Seine blauen Augen funkelten sie amüsiert an und sein Haar hing ihm tropfend ins Gesicht. Alicia konnte nur schwer dem Drang widerstehen, es zur Seite zu streichen. Für einen Moment war sie ganz in seinen Anblick versunken, sodass sie erst merkte, dass sie ihm noch eine Antwort schuldete, als sein Blick fragend wurde.

»Wollte nur mal sehen, ob du nicht doch *quietschst*. Leider hast du mich enttäuscht und tatsächlich die Wahrheit gesagt«, neckte sie ihn. Er stand viel zu nah an ihr dran, aber sie bewegte sich keinen Zentimeter.

»Ich weiß nicht, ob ich jetzt sauer sein oder wiedergutmachen soll, dass ich dich enttäuscht habe.« Gespielt nachdenklich, neigte Liam den Kopf zur Seite und sah sie prüfend an.

Sein Blick jagte Hitze durch ihren ganzen Körper. Ehe Alicia etwas erwidern konnte, begann er, sie nass zu spritzen, und schon lieferten sie sich eine Wasserschlacht, bei der sie sich gegenseitig nichts schenkten. Alicia lachte so heftig, dass sie Wasser schluckte und husten musste.

Sofort hörte Liam auf, aber das herausfordernde Funkeln in seinen Augen blieb. »Ich würde sagen, das ist ein Gleichstand.«

»Na gut. Vorerst. Vielleicht schlage ich dich ja beim Surfen«, erwiderte sie, wie berauscht von seiner Nähe und dem Moment. Sie wandte sich um, schwamm zu ihrem Board und zog sich darauf.

»Wir werden sehen. Jetzt schau mir erst mal zu«, forderte Liam sie auf. Er stand bereits wieder auf seinem Board. »Ich zeige dir mal den Schotstart.« Das Board lag quer zum

Wind auf Halbwindkurs und sein Segel befand sich auf der vom Wind abgewandten Seite. Er hatte seine Füße rechts und links vom Mastfuß aufgestellt. Liam ging in die Knie und zog mit beiden Händen an der Startshot, wobei er das Rigg aus dem Wasser und an sich heranzog. »Siehst du? Ganz einfach!«

Alicia lachte auf. »Ganz einfach?«

Er nickte. »Jetzt bist du dran.«

»Du Scherzkeks. Das schaffe ich nie!«, erklärte sie kopfschüttelnd. Trotzdem versuchte sie es, rief sich in Erinnerung, was Liam auf dem Surfbrett gemacht hatte, und versuchte, seine Bewegungsabläufe, so gut es ging, nachzumachen. Sie streckte die Beine, griff mit einer Hand über die andere und zog das Rigg heran. Die hinterste, untere Spitze des Segels kam dabei aus dem Wasser frei und pendelte sich im Wind aus.

»Wow! Nicht schlecht!«, rief Liam. »Du bist echt ein Naturtalent, wenn du konzentriert bist.«

»Ich habe nur das gemacht, was du mir gezeigt hast«, versuchte sie, ihre Verlegenheit zu überspielen. In Wirklichkeit ging ihr Liams Kompliment runter wie die Meerwassertropfen, die an ihrem Neoprenanzug abperlten.

»Dann lass uns mal zusammen ein paar Wellen reiten«, sagte er herausfordernd.

Verwirrt beobachtete Alicia ihn, während er sein Surfboard an den Strand schleppte und dann zurück zu ihr ins Wasser watete, bis er neben ihr stand. »Halt dich gut fest, ich stelle mich hinter dich.«

»Wir zwei auf einem Surfbrett?«, fragte Alicia.

»Na klar.« Er zog sich hinter ihr aufs Brett und richtete sich mühelos auf. Irgendwie schaffte Alicia es, das Gleichgewicht zu halten und sie beide nicht direkt ins Wasser zu befördern.

»Halt dich gut fest, gleich wird es wellig.« Seine Stimme war ganz nah an ihrem Ohr und seine Arme griffen um ihren Körper herum an den Gabelbaum. Er stand so eng hinter ihr, dass sie seinen Atem in ihrem Nacken fühlen konnte. Ein wohliger Schauer lief über ihren Rücken.

Ihre Hände umschlossen fest den Gabelbaum. Hoffentlich würde sie nicht wie ein Sack Kartoffeln in die Nordsee plumpsen. Der Wind im Segel trieb sie über die Wellen. Wasser spritzte an ihrem Körper empor und ein salziger Geschmack lag auf ihren Lippen. Zu ihrer eigenen Überraschung hatte sie gar keine Angst, als sie gemeinsam über das Wasser glitten, sondern enormen Spaß. Zusammen mit Liam auf dem Board fühlte es sich so vertraut an, als hätten sie nie was anderes getan. Alicias Herz war erfüllt mit einer Freiheit, die sie zuvor noch nie gespürt hatte.

Sie hätte ewig so weiter mit Liam über das Meer gleiten können, doch irgendwann lenkte Liam sie wieder in flachere Gewässer. »Ich glaube, das reicht für heute. Du musst nachher ja noch fit für die Party sein.«

Nachdem sie das Board aus dem Wasser an den Strand gezogen hatten, fühlte sich Alicia, als würde sie schweben. »Das war richtig toll, danke. Jetzt habe ich wenigstens ein Gefühl dafür bekommen, wie es gehen soll. Du bist ein hervorragender Surflehrer.«

»Dann hat mein Vater sich ja den richtigen für seine

Surfschule ausgesucht«, erwiderte er und schien ein kleines bisschen stolz zu sein. »Wenn du nichts dagegen hast, drehe ich noch eine weitere Runde.«

»Nein, alles gut«, winkte sie ab und ließ sich auf das Surfboard sinken. »Ich bin total k.o. und bleibe hier einfach liegen, bis ich wieder laufen kann.« Sie streckte sich auf dem Brett aus.

»Zur Not trage ich dich zurück zum Leuchtturm«, sagte er und griff nach seinem Surfbrett, das neben ihrem im Sand lag. Dann verschwand er auch schon in den Wellen, die etwas höher waren als zu Beginn ihrer Surfstunde. Der Wind hatte ebenfalls aufgefrischt.

Atemlos beobachtete Alicia seinen anmutigen Wellenritt vom Strand aus. Mit rasender Geschwindigkeit glitt er durchs Wasser, zerschnitt Wellen mit seinem Board und ließ Gischt aufspritzen. Bei den waghalsigen Sprüngen blieb ihr kurz das Herz stehen, doch das Meer, das Board und er bildeten eine perfekte Einheit. Es war, als gehörte er genau dorthin. Er wirkte so frei, als zähle für ihn nichts mehr als dieser Moment, und Alicia bereute, ihr Handy im Leuchtturm gelassen zu haben. Sie hätte diesen Moment so gerne in einem Foto festgehalten.

Sie wurde nicht müde, ihn zu beobachten, und vergaß auch völlig ihre Erschöpfung. Liam war auch so schon unglaublich attraktiv, aber ihn völlig losgelöst zu sehen, ließ eine Flut an Gefühlen über Alicia hereinbrechen. Sie konnte sich nicht länger etwas vormachen: Liam ging ihr viel mehr unter die Haut, als sie wollte.

Als er zu ihr an den Strand zurückkam, applaudierte sie

und hoffte, dass man ihr nichts von dem Gefühlsaufruhr in ihrem Inneren anmerkte. »Bravo!«

Liam ließ das Surfbrett in den Sand fallen und setzte sich neben sie. »War heute ja kaum Wind.«

»Mir hat der Wind gereicht«, erwiderte sie und schüttelte sich.

Er verzog den Mund zu einem Grinsen und beugte sich über sie. Dabei fielen Wassertropfen aus seinem Haar auf ihr Gesicht. Er war ihr nun ganz nah. Alicia musste schlucken.

»Das war echt toll. Man versteht erst, was Freiheit ist, wenn man auf einem Surfbrett gestanden hat und eins mit den Wellen geworden ist, finde ich.«

Seine blauen Augen strahlten und Alicia drohte sich in ihnen zu verlieren, so wie er sich in den Wellen, die ihn immer wieder riefen. »Ja, das war echt unglaublich … Ich verstehe jetzt, wieso du das Surfen so liebst«, flüsterte sie.

»Ich liebe es einfach, in diesen Momenten zu leben. Es fühlt sich an, als wäre ich unendlich. Es war schön, dass du diesen Moment mit mir geteilt hast.«

Wie gebannt starrte Alicia auf seine Lippen, während er sprach. Sie spürte ein Ziehen in ihrem Körper und hätte gerne ihre Lippen auf seine gepresst. Doch die Bedeutung seiner Worte ließ sie regungslos verharren. Er war ihr so nah und er hatte etwas mit ihr geteilt, was ihm so wichtig war wie wohl sonst nichts auf dieser Welt – das bedeutete ihr unglaublich viel.

»Das nächste Mal«, sagte Liam und seine Stimme klang seltsam heiser, »gehen wir surfen, wenn es echte Wellen gibt.«

Alicia nahm seine vom Wasser kalte Hand und drückte sie fest. Der Blick, den er ihr daraufhin zuwarf, war fast so gut wie ein Kuss.

»Da seid ihr ja!« Hanna kam ihnen entgegen, als sie Alicia, Lena, Liam und Fiete entdeckte. Sie umarmte sie nacheinander. »Toll, dass ihr gekommen seid. Wir sind da vorne.« Sie zeigte auf eine Clique, die im Kreis in der Nähe eines Pfahlbaus am Ordinger Strand zusammensaß. Die Sonne stand schon tief über dem Meer und tauchte die Küste in warmes Licht. Auf der Bühne spielte eine Band aus der Gegend Alternative Rock.

Alicia konnte Hannas Freund unter ihnen ausmachen. »Hast du gesehen? Tom ist auch da. Ob das zwischen ihm und Liam gut geht?«, raunte sie Lena zu, als sie sich der Gruppe näherten.

»Wird schon schiefgehen«, flüsterte Lena zurück, doch Alicia konnte ihr anmerken, dass sie selbst nicht sicher war.

»Das ist Alicia«, stellte Hanna sie der Clique vor, nachdem sie zur Begrüßung alle der Reihe nach umarmt hatte. »Und das sind Torge, Magnus, Ludo, Fips, Beeke und Sina.«

»Hi.« Alicia nickte in die Runde und setzte sich im Schneidersitz mit Lena dazu. Sie fragte sich, ob sie von den Leuten ebenfalls in die Gruppe aufgenommen werden würde, so wie es die Leuchtturm-WG getan hatte, oder ob sie das fünfte Rad am Wagen bleiben würde. Jedenfalls wünschte sie sich, hier ebenfalls so nett aufgenommen zu werden. Liam gesellte sich mit Fiete zu Magnus und Ludo, die am weitesten von Tom entfernt saßen. Die beiden

Streithähne würdigten sich keines Blickes, was vermutlich auch besser so war. Hanna setzte sich zu Liam und unterhielt sich angeregt mit ihm.

»Hab schon gehört, dass du neu in der Turm-WG bist.« Beeke, die neben Lena saß, lächelte sie freundlich an und zog dabei leicht ihre Nase kraus. »Hältst du es da gut aus mit den Chaoten?«

»Es geht gerade noch«, meinte Alicia und lachte. Das war doch schon mal ein guter Anfang, um in der Clique anzukommen. »Und falls nicht, flüchte ich in die Pension meiner Tante.«

»Nur fürs Protokoll – wenn sie solche Maßnahmen ergreifen muss, liegt das an den Jungs, nicht an mir«, warf Lena grinsend ein.

»Natürlich, Lena, wissen wir doch. So eine Fluchtmöglichkeit zu haben, ist praktisch.« Beeke zwinkerte Alicia zu. »Wo hat deine Tante denn ihre Pension?«

»Hier in Ording.«

»Ah. Ording ist so schön. Und woher kommst du?«, fragte Beeke.

»Aus dem Ruhrgebiet.«

»Oh, cool! Ist bestimmt spannend, da zu leben.«

Alicia zuckte die Achseln. »Ich kenne es nicht anders. Aber stimmt schon, dadurch dass so viele Städte an einem Ort sind, hat man natürlich viele Möglichkeiten. Man kann gut shoppen, es gibt mehrere Zoos, viele Kinos und so weiter.«

»Hört sich prima an! Obwohl mich ja nichts aus St. Peter wegbekommt. Es ist einfach der schönste Ort an der

Küste. So einen traumhaften Strand gibt es nirgendswo. Noch nicht mal auf Maui«, sagte Beeke begeistert.

»Ihr habt das ganze Jahr Urlaub«, stimmte Alicia ihr zu.

»Nach der Schule oder der Arbeit auf jeden Fall!«

»Warst du denn schon mal an einem anderen Meer? Ich meine, zum Beispiel auf Mallorca, an der Adria oder sonst wo?«, erkundigte sich Alicia.

»Wer will denn dahin?«, klinkte Sina sich ins Gespräch ein und bedachte Alicia mit einem leichten Kopfschütteln.

Alicia hatte das Gefühl, etwas Dummes gefragt zu haben. »Hätte ja sein können«, sagte sie hastig.

»Ich war mal mit meinen Eltern auf Ibiza, in den Sommerferien«, sorgte Beeke für Entspannung der Situation. »War auch schön, aber nach den zwei Wochen hatte ich Heimweh nach St. Peter und unseren leckeren Fischbrötchen.«

Alicia lachte. »Gab es dort keine?«

»Nein. Nur Paella. Und ich mag keinen Reis.« Beeke rümpfte die Nase.

Hanna kam zu ihnen und setzte sich neben Alicia. »Hab gerade von Liam gehört, dass du deine Feuertaufe bestanden hast. Respekt. Ich weiß nicht, ob ich den Mumm hätte, containern zu gehen.«

»Das war gar nicht so wild«, stapelte Alicia tief und errötete ein wenig. In Wirklichkeit freute sie sich darüber, dass Liam Hanna davon erzählt und über sie gesprochen hatte. »Liam hat die meiste Arbeit gemacht. Ich stand nur Schmiere.«

»Da hat er mir gerade aber was anderes erzählt.«

Alicia blickte zu Liam rüber, der sich mit den Jungs unterhielt. »Zum Glück hat man uns nicht erwischt. Das war ziemlich knapp.«

»Du scheinst auf jeden Fall in diese verrückte WG reinzupassen«, stellte Beeke fest, drückte ihr eine Cola in die Hand und prostete ihr zu.

Eine Weile saßen sie gemütlich beisammen, redeten über alles Mögliche und genossen die lauen sommerlichen Temperaturen. Langsam wurde es immer dunkler und später und ein DJ übernahm die musikalische Unterhaltung auf der Bühne. Er legte die neuesten Songs des Sommers auf und die Leute kamen schnell in Party-Laune.

»Lasst uns tanzen gehen«, rief Beeke gut gelaunt.

»Au ja!«, stimmte Lena zu.

Alicia sprang aus dem Schneidersitz auf. »Da bin ich dabei!«

Lena, Hanna, Beeke und sie liefen bis ein paar Meter vor die Bühne und begannen zu tanzen. Hanna zog als Erste ihre Schuhe aus und streckte sie wie eine Siegestrophäe in die Luft. Alicia, Lena und Beeke taten es ihr gleich und tanzten wild durch den weichen Sand, der immer noch angenehm warm von der Sonne war.

Liam, Fiete und Magnus mischten sich ebenfalls unter die Tanzwütigen. Alicia warf Liam zwar immer wieder Blicke über die Köpfe der anderen hinweg zu, aber hielt sich weiter bei den Mädels auf und tanzte eng mit ihnen zusammen. Sie vermischten mehrere Tanzstile, alberten herum und grölten sich gegenseitig Zeilen der gespielten Songs zu. Bald schon vergaß Alicia alles andere um sich herum. Erst als ihre Kehle vom Mitsingen ganz heiser war, löste sie sich aus der Gruppe und wandte sich in die Richtung, in der ihre Sachen lagen.

Sina, Fips, Tom und Ludo standen abseits des Geschehens mit ihren Getränken in der Hand und beobachteten die tanzende Meute. Alicia warf ihnen einen Seitenblick gerade in dem Moment zu, als Tom und Ludo ihre leeren Bierflaschen auf den Strand warfen.

Alicia drängte sich wieder zu den anderen durch und trat an Lena heran. »Hey, Tom und dieser Ludo haben ihre Flaschen einfach in den Sand fallen lassen. Das ist doch wegen der Glassplitter total gefährlich!«, rief sie über die Musik hinweg.

»Spinnen die?« Lena runzelte die Stirn und schaute zu ihnen rüber. »Es ist immer dasselbe mit denen!«

»Was machen wir jetzt?« Alicia beobachtete, wie Sina, Tom, Ludo und Fips zu einem Getränkestand gingen, um Nachschub zu besorgen.

»Erst einmal sammeln wir die Flaschen auf.« Lena lief auf die Stelle zu, wo die vier zuvor gestanden hatten.

»Warte!« Alicia lief hinter ihr her. Sie zogen ihre Schuhe wieder an, damit sie sich nicht verletzten, falls sie in Glasscherben traten. Gemeinsam durchfurchten sie mit ihren Füßen den Sand, bis sie auf die weggeworfenen Glasflaschen stießen, die der Wind in der Zwischenzeit mit Sand bedeckt hatte. Sie sammelten sie ein und stellten sie in eine Leergutkiste, die auf den Stufen eines Pfahlbaus bereitstand.

»So, und jetzt können die was erleben!«, sagte Lena und

marschierte entschlossen auf Sina, Tom, Ludo und Fips zu, die an einem Tisch vor der Getränkebude standen.

Lena blieb vor ihnen stehen und stemmte die Hände in die Hüften. »Alicia und ich haben gerade euren Müll weggeräumt.«

Tom zuckte die Schultern und grinste überheblich. »Erwartet ihr jetzt ein Danke? Wir haben euch nicht darum gebeten.«

»Wir holen mal Nachschub.« Ludo und Fips machten sich mit den leeren Flaschen aus dem Staub. Offensichtlich hatten sie keine Lust auf eine derartige Diskussion.

Lena schnappte nach Luft. »Ich glaube, es hackt! Wisst ihr eigentlich, wie gefährlich kaputte Glasflaschen auf dem Strand sind?«

Tom lachte bloß. »Du bist ja richtig süß, wenn du dich aufregst«, sagte er spöttisch.

Seine herablassende Art brachte Lena weiter auf die Palme. »Du hast sie ja wohl nicht mehr alle! Was ist eigentlich dein Problem?«

»Was ist *dein* Problem?«, fragte Sina abschätzig. »Spiel dich mal bloß nicht so auf, du Öko-Tussi.«

Lena schaute sie mit offenem Mund an.

»Wie schnell kann sich jemand an Glasscherben im Sand verletzen! Schon mal daran gedacht?«, sprang Alicia ihr zu Seite. Sie konnte nicht fassen, dass Tom und Sina so verantwortungslos waren und sich dann auch noch so aufführten.

»Bist du jetzt die neue Strandpolizei oder was?«, machte Tom sich über Alicia lustig.

»Was geht denn hier ab?« Liam war neben Alicia und Lena aufgetaucht.

»Sie haben mal wieder den Strand als Mülleimer für ihre Flaschen benutzt«, empörte sich Lena.

»Ihr lernt es wohl nie, was? Euer Verhalten ist extrem uncool und komplett respektlos den Leuten gegenüber, die sich daran verletzen könnten.«

Tom verdrehte die Augen. »Jetzt spiel dich mal nicht als Ober-Öko auf.«

»Passt doch, Ober-Öko und Öko-Tussi«, ätzte Sina.

»Du kapierst auch gar nichts!«, fauchte Lena zurück.

»Das hat nichts mit Aufspielen zu tun.« Liams Tonfall war schärfer geworden und Alicia konnte förmlich spüren, dass die Stimmung zwischen ihm und Tom immer brenzliger wurde. »Im Gegensatz zu euch benutze ich meinen Verstand. Aber entschuldigt, ich vergaß, ihr könnt ja nichts dafür. Wo nichts ist, kann auch nichts benutzt werden.«

»Hier seid ihr.« Hanna, Beeke, Magnus und Fiete kamen zu ihnen.

Liam und Tom starrten einander wortlos an. Sina hatte genervt die Lippen gekräuselt und schaute demonstrativ zur Seite.

»Was ist hier los?« Hanna blickte Alicia und Lena fragend an.

»Tom und die anderen haben den Strand für ihre leeren Flaschen als Mülleimer benutzt«, klärte Lena sie auf.

Hanna schüttelte den Kopf und hob abwehrend die Hände. »Das fasse ich nicht!«

»Dafür habe ich auch null Verständnis!«, meinte Beeke.

»Das ist echt unter aller Sau!«, sagte Fiete erbost und Magnus nickte beipflichtend.

»Ach, die übertreibt doch total. Wir hätten die Flaschen schon noch aufgehoben«, versuchte Tom, Hanna zu beschwichtigen.

»So wie immer.« Hanna vergrub ihre Hände in den Hosentaschen ihrer kurzen Jeans. »Du weißt schon, dass ich fast jeden Tag mit den Pferden auf dem Strand unterwegs bin?«

»Ja. In Böhl. Nicht hier in Ording.«

»Das ist doch so was von egal, wo ich reite«, blieb Hanna hart. »Wenn ein Mensch oder ein Tier in Glasscherben tritt, bloß weil du mal wieder zu faul warst, die Flaschen in die Leergutbox zu stellen, dann gibt es dafür keine Entschuldigung.«

»Wieso stellst du dich eigentlich auf seine Seite?« Tom zeigte anklagend auf Liam.

»Vielleicht weil ich nicht so ein Idiot bin wie du?«, nahm Liam ihr die Antwort vorweg und brachte damit das Fass endgültig zum Überlaufen. Ohne Vorwarnung stürzte Tom auf Liam zu und warf sich auf ihn. Beide stürzten zu Boden und bald war eine handfeste Schlägerei im Gange.

Alicia schlug sich vor Schreck die Hand vor den Mund. Sie zuckte zusammen, als ein Fausthieb Liam am Kiefer traf und er Tom den nächsten Schlag aufs Auge verpasste. Aus dem Augenwinkel nahm sie Sinas zufriedenen Gesichtsausdruck wahr, als Tom Liam ebenfalls am Auge traf. Sie schien sich köstlich über die Prügelei zu amüsieren. Waren denn hier alle komplett verrückt geworden?

»Das reicht jetzt! Kommt mal wieder runter!« Fiete und Magnus gingen zwischen die beiden Streithähne. Wenig später kamen Fips und Ludo mit den Getränken zurück und halfen ihnen. Die vier Jungs konnten Liam und Tom nur mit Mühe trennen.

»Das wirst du mir noch büßen!«, zischte Tom aufgebracht.

»Ich kann's kaum erwarten!«, brüllte Liam ihm entgegen. Fiete und Magnus zogen ihn Richtung Bühne, auf der mittlerweile eine andere Rockband spielte.

»Seid mir nicht böse, aber ich gehe lieber nach Hause, bevor sich die zwei noch einmal prügeln. Der Abend ist eh gelaufen.« Beeke verabschiedete sich von ihnen und verschwand in der Menschenmenge.

Alicia und Lena folgten den Jungs.

»Eigentlich hat sie recht«, meinte Alicia seufzend. »Willst du noch länger hierbleiben? Mir ist die Lust auf das Strandkonzert, ehrlich gesagt, auch vergangen.«

»Geht mir genauso.«

»Hey, wartet!« Hanna kam hinter ihnen hergelaufen. »Mir tut es so leid! Ich weiß auch nicht, warum sich Tom manchmal wie ein Hinterwäldler benimmt.«

Liam presste eine Hand gegen die linke Augenbraue. »Du kannst ja wohl nichts für sein Verhalten.« Er lächelte sie ein wenig gequält an.

Alicias Augen weiteten sich entsetzt. »Ist das etwa Blut an deinen Fingern? Zeig mal!«

Liam ließ seine Hand sinken und gab die Sicht auf eine Platzwunde über seinem Auge frei.

»Oh, das sieht gar nicht gut aus!« Alicia kramte in ihrer Tasche nach Taschentüchern.

Lena riss die Augen auf. »Damit musst du sofort zum Arzt!«

»Das tut mir so leid«, sagte Hanna bestürzt.

»Mann, warum hast du denn nichts gesagt?! Wir bringen dich ins Krankenhaus«, bestimmte Fiete.

Magnus nickte. »Soll ich ein Taxi rufen?«

»Quatsch! Wegen so einer Schramme fahre ich doch nicht ins Krankenhaus!«, wehrte Liam schroff ab.

»Drück damit fest auf die Wunde.« Alicia gab Liam drei Taschentücher und versuchte, Liams Reaktion zu verstehen. Warum wollte er die Wunde nicht wenigstens kurz checken lassen? »Ich kann Liam mit zu meiner Tante nehmen. Sie hat hier gleich am Deich eine Pension und ist gelernte Krankenschwester. Sie kann ihn versorgen.«

Alicia war erleichtert, dass Liam diesem Kompromiss zustimmte. Immerhin so viel Fußballerfahrung hatte sie in der Zeit mit Elias bekommen, dass mit solchen Platzwunden und Kopfverletzungen nicht zu spaßen war.

Lena und Fiete begleiteten Alicia und Liam bis zu Tante Heides Pension am Norderdeich. Fiete schob Liams Fahrrad. Als sie vor der Pension an der Nordspitze von Ording stehen blieben, lehnte er es neben Alicias gegen den Gartenzaun.

»Fahrt ruhig schon mal zurück zum Leuchtturm. Wir kommen klar«, sagte Alicia.

»Bist du sicher? Wir können auch gerne warten. Oder, Fiete?«

»Kein Ding!«

»Nicht nötig. Wir werden meiner Tante alle keine große Hilfe sein.«

»Fahrt ihr mal. Ist ja bloß ein Kratzer«, nuschelte Liam. Mittlerweile hatten sich die Taschentücher vor seinem Auge mit Blut vollgesogen.

Lena und Fiete fuhren schließlich zurück zum Leuchtturm und Alicia klingelte an der Haustür. Wenige Augenblicke später wurde die Tür geöffnet. »Oh, hallo, Alicia!«, begrüßte ihre Tante sie überrascht. »Je später der Abend, desto netter die Gäste. Ist alles in Ordnung?«

»Sorry, dass ich so spät bei dir reinplatze. Wie gut, dass du noch wach bist. Aber das ist ein Notfall. Liam hat sich verletzt, und da du doch Krankenschwester warst, dachte ich …«

Tante Heides Blick glitt zu Liam, der halb hinter Alicia stand. »Dann kommt mal schnell rein. Das haben wir gleich.«

Sie winkte sie herein, holte ihren Arzneikoffer und stellte keine unnötigen Fragen, während sie Liam verarztete. Sie reinigte konzentriert seine Wunde und legte dann eine sterile Kompresse auf, die sie mit zwei Lagen Mullbinde befestigte. Zum Schluss drückte sie ein Verbandspäckchen darauf, das sie mit dem Rest der Mullbinde fixierte. »So, das dürfte gut sein für heute Abend«, sagte sie. »Die Wunde ist zwar klein, aber lass morgen früh vorsichtshalber noch einen Arzt draufgucken. Sollte es heute

Nacht allerdings wieder stärker bluten, dann musst du sofort ins Krankenhaus. Verstanden?«

»Aye, aye, Captain. Es tut auch fast gar nicht mehr weh«, sagte Liam tapfer.

»Wie ist das eigentlich passiert?«

»Kleine Meinungsverschiedenheit unter Surfern«, winkte Liam ab. »Nichts Wildes. Vielen Dank für deine Hilfe.«

Tante Heide zog skeptisch die Augenbrauen hoch. »Na, ich glaube schon, dass es da eher wild zugegangen ist, aber das müsst ihr jungen Leute vielleicht auch unter euch klären. Gern geschehen.« Sie umarmte Alicia fest zum Abschied. »Fahrt vorsichtig.«

»Ich komme dich bald mal wieder besuchen, zu einer normalen Tageszeit«, versprach sie ihrer Tante, bevor sie zu den Rädern gingen und den Rückweg antraten.

Nach ein paar Metern stoppte Liam plötzlich. »Können wir noch einen Abstecher zum Strand machen? Ich möchte noch nicht zurück zum Leuchtturm. Ich muss erst den Kopf wieder freikriegen.«

»Ja sicher. Wenn es dir besser geht …«

Sie ließen die Räder gegen den steilen Deich fallen und gingen über die Treppe und den Sandweg, durch die Dünen und über den kleinen Steg, der direkt zum nördlichen Strand führte. Eine Weile liefen sie schweigend nebeneinanderher.

»Danke, dass du mich zu deiner Tante mitgenommen hast«, sagte Liam unvermittelt.

»Das war doch selbstverständlich.«

Er schüttelte den Kopf. »War es nicht.«

Alicia lächelte ihn an. »Für mich schon. Außerdem habe ich mir Sorgen gemacht, dass sich deine Wunde entzünden könnte oder doch genäht werden müsste. Tante Heide hätte da kein Nein akzeptiert und dich vermutlich persönlich in der Notfallambulanz abgeliefert.«

Liam lachte auf. »Bestimmt!« Er schaute über den Strand. »Jetzt sind wir ganz in der Nähe, wo mein Vater die Surfschule bauen möchte.«

»Ja? Wo genau denn?«, fragte sie.

»Da drüben.« Liam zeigte auf einen Strandabschnitt, der vor ihnen lag.

»Echt? Da habe ich vor ein paar Tagen eine Robbe beobachtet«, stellte Alicia fest.

»Eine Robbe?« Liam schüttelte den Kopf. »Das kann eigentlich nicht sein. An diesem Strandabschnitt wurden schon sehr lange keine Robben mehr gesehen. Bist du dir ganz sicher, dass es eine war? Das wäre ja fast eine kleine Sensation.«

»Na, hör mal, ich kenne vielleicht immer noch nicht so viele Vogelarten wie ihr Leuchtturm-Senioren, aber eine Robbe erkenne ich schon, wenn ich eine sehe. Ich habe sogar ein paar Fotos mit meinem Handy gemacht.« Alicia zeigte ihm die Aufnahmen. »Sie sind zwar etwas unscharf, aber man kann die Robbe erkennen, wenn man weiß, dass es eine ist.«

»Hm, das ändert alles«, sagte Liam nachdenklich. »Wir müssen deine Sichtung unbedingt gleich morgen melden. Unter diesen Umständen kann mein Vater hier allerdings auf keinen Fall eine Surfschule bauen.«

»Wieso bist du dir so sicher?«

»Das ist ganz einfach: Wo eine Robbe ist, sind auch mehr«, erklärte er.

Alicia war überrascht, wie schnell er seinen Traum beiseiteschob, wenn es um das Wohl von Tieren ging. »Aber die Surfschule ist doch auch dein großer Traum«, gab sie zu bedenken.

Liam winkte ab. »Und wennschon! Ich habe mehrere Träume. Dann klappt eben dieser nicht. Aber dafür ein anderer.«

Ohne nachzudenken, berührte sie ihn an der Schulter. »Weißt du eigentlich, dass du ein unheimlich toller Mensch bist?« Von ihrer spontanen Reaktion selbst überrascht, zog sie schnell wieder ihre Hand zurück.

Liam lächelte und legte den Kopf schräg. »Das Kompliment kann ich nur zurückgeben. Du bist auch … ziemlich toll.« Er schaute ihr tief in die Augen. Ihr Herz pochte bis zum Hals und sie hatte das Gefühl, man könnte es über den ganzen Strand schlagen hören. Liam hob die Hand zu ihrem Gesicht.

Alicia schluckte und blickte auf ihr Handy. »Oh, schon so spät. Wir sollten langsam zurück zum Leuchtturm«, schlug sie ein wenig überhastet vor, bevor die Lage völlig außer Kontrolle geriet. Heute Abend war ganz schön viel passiert und gerade wusste Alicia gar nicht, was sie eigentlich wollte. Nur eines wusste sie sicher, einfach jeder Moment mit Liam war schön.

»Okay, lass uns zurückfahren.« Nach ein paar Metern lachte Liam unvermittelt auf. »Ich sehe bestimmt wie eine

Mumie aus, mit dem ganzen Verband. Jetzt wirken meine Erzählungen von den Kannibalen-Krebsen und Mörder-Möwen bestimmt noch authentischer.«

Alicia schaute ihn von der Seite an und musste grinsen, erleichtert darüber, dass er so unbefangen war. »Untersteh dich, noch mehr Leute zu schocken.«

Als sie später in ihrem Bett lag, starrte sie an die Decke und ließ die Ereignisse des Tages vor ihrem inneren Auge noch einmal ablaufen. Tom konnte sie absolut nicht leiden, das stand fest. Was Hanna an ihm fand, war ihr schleierhaft. Und wieso war Sina eigentlich so biestig und schadenfroh gewesen? Das konnte sie überhaupt nicht verstehen.

Aber am meisten beschäftigte sie der Spaziergang mit Liam am Strand. Wie er sie angeguckt hatte! Allein wenn sie daran dachte, wurde ihr heiß und kalt zugleich. Und was wohl passiert wäre, wenn sie mutiger gewesen wäre und nicht zum Aufbruch nach Westerhever gedrängt hätte? Hätten sie sich dieses Mal wirklich geküsst? Oder bildete sie sich das alles bloß ein? Was für ein Chaos!

Sie zuckte zusammen, als ihr Handy klingelte. Clara rief über WhatsApp an. Natürlich, bei ihr in Florida war es durch die Zeitverschiebung fünf Stunden früher.

»Hey, Clara!«

»Hi, du! Ich fass es nicht, du hast Handyempfang!«

»Der Wind scheint gut zu stehen.«

»Scheint so. Was gibt's Neues bei dir?« Im Hintergrund waren lateinamerikanische Klänge zu hören. Vermutlich saß Clara in einer Strandbar.

Alicia erzählte ihrer Freundin die Kurzfassung davon, was in den letzten Tagen passiert war, und die lange Version, was sie am heutigen Abend erlebt hatte.

»Wow! Bei dir ist ja richtig was los«, stellte Clara fest. »Hast du ein Foto von ihm?«

Alicia prustete los. Das war typisch Clara. »Nein. Zufällig nicht.«

»Schade. Ich checke nachher mal, ob er bei Facebook und Co unterwegs ist.«

»Ach, Clara, sag mir lieber, was ich jetzt machen soll.«

»Kommt drauf an, was du willst.«

»Das ist es ja, ich weiß es nicht.« Alicia fuhr sich mit einer Hand durch die Haare. »Ich bin hin- und hergerissen zwischen dem, was mir mein Kopf sagt, und dem, was mein Herz fühlt.«

»Was sagen denn dein Kopf und dein Herz?«

»Mein Kopf sagt, ich sollte mich von Jungs fernhalten und dass ich mit Liam eh keine Chance habe. Vielleicht sieht er mich ja auch nur als eine Art Urlaubsflirt.«

»Aha. Weißt du das oder vermutest du das bloß?«, hakte Clara nach.

»Es ist bestimmt so!«

»Also weißt du es nicht.«

»Nein.«

»Hör mal. Magst du ihn?«

»Ja. Das ist ja das Problem.«

»Dann solltest du herausfinden, ob er dich genauso mag, bevor du dich total verrückt machst.«

»Und was ist, wenn er mich nicht so mag wie ich ihn?

Oder wenn er sich später als egoistischer Mistkerl entpuppt? Die scheine ich ja anzuziehen.«

»Eine hundertprozentige Sicherheit kann dir niemand geben. Aber frag dich doch mal, was ist, wenn du nicht mal versuchst herauszufinden, wie er zu dir steht und du euch nie eine Chance gibst. Ich weiß, dass Elias dich verletzt hat, aber nicht jeder ist wie er. Versag dir nicht selbst dein Glück, nur weil er ein Arschloch ist.«

15. KAPITEL

»Ich glaube, meine Lungen platzen gleich«, stöhnte Alicia außer Atem, als sie das neunte Stockwerk des Leuchtturms erreicht hatte. »Das waren doch jetzt bestimmt 500 Stufen.«

»Nur 157 Treppenstufen, um genau zu sein«, korrigierte Heinrick Dircksen, der kein bisschen außer Puste war. Er war der letzte Leuchtturmwächter auf Westerhever gewesen, bevor dieser außer Betrieb genommen wurde, und hatte Alicia an diesem Tag vor Beginn der offiziellen Führungen mit auf den Turm genommen, worüber sie froh war. Während Lena und Fiete zum Kartieren losgezogen waren und Liam vorsichtshalber doch noch zu einem Arzt gefahren war, konnte sie auf dem Leuchtturm auf andere Gedanken kommen und sich sortieren.

Das Telefonat mit Clara hatte sie nachdenklich gestimmt. Sollte sie wirklich alles auf eine Karte setzen und auf ihr Herz hören? Sie wusste es nicht, aber es war ganz klar, dass sie sich unwiderruflich zu Liam hingezogen fühlte.

»Und Sie sind früher wirklich jeden Tag hier rauf- und runtergelaufen?« Alicia beugte sich leicht nach vorn und stützte ihre Hände auf den Oberschenkeln ab.

»Bestimmt sechs bis sieben Mal pro Tag.«

»War das für Sie denn gar nicht anstrengend?« Alicia bekam langsam wieder Luft. Sie bewunderte den ehemaligen Leuchtturmwärter, der schon über 80 Jahre alt sein musste und dem das Treppensteigen kein bisschen was ausmachte. Wie machte er das bloß?

Herr Dircksen zuckte die Achseln. »Einen Fahrstuhl gab es nicht. Da blieb mir nur das Treppensteigen. Und heute werde ich auch noch fünf Führungen machen. Das hält mich fit. Ein besseres Herz-Kreislauf-Training gibt es nicht.« Er bedeutete ihr, ihm auf die Galerie zu folgen.

»Das ist ja umwerfend!« Alicia bot sich eine klare Sicht mit einem unbeschreiblichen Weitblick vom höchsten Punkt des Leuchtturms. In 41 Metern Höhe herrschte böiger Wind. Sie erspähte Touristen, die auf dem Weg durch die Salzwiesen unterwegs waren und alle früher oder später am Leuchtfeuer ankommen würden.

»Von hier kannst du über weite Teile von Eiderstedt blicken und sogar bis zu den Inseln und Halligen rüber. Bei gutem Wetter kannst du den Leuten auf dem Leuchtturm von Pellworm zuwinken.«

»Es ist wirklich wunderschön hier oben!« Alicia zückte ihr Handy und machte einige Fotos. »Warum ist eigentlich Ihr Beruf ausgestorben, Herr Dircksen?«

»Tja, das kam durch den Fortschritt der Technik. Seit 1979 wird alles automatisch von Tönning aus gesteuert.

Aber ich habe trotzdem weiter ein Auge auf den Turm, damit hier alles reibungslos läuft. Ganz früher haben die Leuchtturmwärter sogar mit ihren Familien im Turm gewohnt und dafür Sorge getragen, dass das Leuchtfeuer zur richtigen Zeit brannte. Aber das ist schon sehr lange her.« Während seiner Erzählungen hatten sich Lachfältchen um seine Augenwinkel gebildet und sie konnte sich vorstellen, dass er in Gedanken gerade bei seinem jüngeren Ich war.

Alicia steckte das Handy wieder ein und genoss einen Augenblick die unglaubliche Aussicht. Von hier oben betrachtet, erschienen ihre Probleme plötzlich ziemlich unbedeutend. Vielleicht hatte Clara wirklich recht und sie sollte mehr auf ihr Herz hören und nicht alles so weit zerdenken, bis sie mögliche Probleme gefunden hatte, die sie von schönen Dingen abhielten. Hätte sie die 157 Stufen hierherauf nicht bezwungen, hätte sie niemals diesen schönen Anblick genießen können. Die brennenden Muskeln und Lunge waren es auf jeden Fall wert gewesen – vielleicht sollte sie also wirklich ein paar mehr Risiken in Kauf nehmen, um nichts im Leben zu verpassen.

Sie blickte vom Leuchtturm auf eine Gruppe Touristen herab, die sich vor der Turmtür versammelt hatten. »Ich glaube, Ihre erste Gruppe wartet schon.«

Als am Mittag der Rest der WG wieder am Leuchtturm eingetroffen war, kam das Gespräch beim Essen schnell auf Alicias Robbensichtung und die geplante Surfschule.

»Und das ist wirklich die gleiche Stelle, an der dein Vater die Surfschule geplant hat?«, erkundigte sich Fiete.

»Exakt. Aber ich denke, wir sind uns alle einig darüber, dass da keine Surfschule gebaut werden darf«, erwiderte Liam.

»Natürlich! Wir müssen den Bau mit allen Mitteln verhindern«, stimmte Lena zu.

Liam nickte und strich mit einer Hand über das große Pflaster, das ihm der Arzt auf die Platzwunde geklebt hatte. »Ich war nach dem Arztbesuch noch mal am Strand, weil ich gehofft hatte, zufällig eine Robbe zu sehen und vielleicht ein besseres Foto machen zu können. Ich hatte zwar kein Glück, aber das ist egal. Selbst wenn an diesem Strandabschnitt seit Jahren keine Seehunde mehr gesichtet worden sind, kann sich das in der Zwischenzeit wieder geändert haben.«

»Wisst ihr, was? Ich werde die Sache in die Hand nehmen«, verkündete Alicia voller Tatendrang. Sie war wild entschlossen, für die Rechte der Robben zu kämpfen.

Lena, Liam und Fiete schauten sie überrascht an.

»Was denn? Schließlich habe ich die Robbe gesehen und fotografiert.«

»Was hast du vor?« Liam schaute sie interessiert an.

»Ich werde mit deinem Vater reden und ihm von meiner Robbensichtung berichten. Dann wird er einsehen, dass er dort keine Surfschule bauen kann«, verkündete sie.

Liam lachte los. »Das wird meinen Vater nicht interessieren. Selbst wenn da plötzlich alle Robben der Nordsee auftauchen würden, würde er seine Pläne nicht rückgängig machen. Ich kenne ihn, geht es ums Geschäft, lässt er sich nicht so leicht von einem Projekt abbringen. Schon gar nicht von einer Robbe. Das muss schon von einer offiziellen Stelle kommen.«

»Okay, an wen könnte ich mich dann wenden?«

»Am besten rufst du als Erstes Hanna an«, schlug Lena vor. »Ihr Vater arbeitet in der Tourismuszentrale und kann dir bestimmt helfen, schnell einen Termin bei jemandem vom Amt zu bekommen. Er kennt alle wichtigen Leute.«

»Du musst natürlich auch Pit Bescheid sagen. Er kann deine Seehundsichtung dann an andere Stellen melden«, sagte Fiete.

Liam schob seinen leeren Teller von sich weg. »Wir müssen auf jeden Fall alles versuchen, damit mein Vater mit der Surfschule keine Chance hat. Da muss schon was richtig Heftiges passieren, damit er klein beigibt.«

Lena stützte ihr Kinn auf einer Hand ab. »Was zum Beispiel?«

»Killer-Krabben-Aliens oder so was in der Art müssen St. Peter erobern.« Liam lachte.

Alicia verschränkte die Arme vor der Brust. »Gut, dann werde ich zu einem Killer-Krabben-Alien.«

Liams Blick brannte in ihrem Gesicht, auch wenn sie ihn nicht deuten konnte.

Nach dem Essen nahm Alicia die Sache sogleich in die Hand und telefonierte zunächst mit Hanna, die versprach, ihren Vater sofort anzurufen. Kurz darauf meldete er sich bei ihr. Alicia erzählte ihm von der Robbe und er sicherte ihr seine volle Unterstützung zu. Danach rief sie im Büro in Husum an, wo Pit die meiste Zeit arbeitete. Sie berichtete ihm ebenfalls von der Robbensichtung und auch er versprach, mit den zuständigen Leuten beim NABU zu sprechen.

»Jetzt heißt es warten«, sagte sie zu den anderen, nachdem sie aufgelegt hatte.

»Ach was, warten. Dafür haben wir gar keine Zeit. Es gibt viel zu tun. Oder hast du etwa vergessen, dass heute unsere Nachtwattwanderung ansteht?«, fragte Lena.

»Stimmt. Das hatte ich ja gar nicht mehr auf dem Schirm.«

»Wir tragen während der Wattwanderung auch Gedichte und kurze Geschichten vor. Ich bin gespannt, welche du dir aussuchen wirst.« Lena griff nach drei Büchern, die auf einer Anrichte lagen, und drückte Alicia die dicken Schmöker in die Hand, die so speckig und abgegriffen waren, dass vermutlich schon frühere Leuchtturmwärter und ihre Familien darin gelesen hatten.

Ein wenig überrumpelt, schaute sie auf die Bücher. »Danke …«

»Falls du Hilfe brauchst, ich bin im Gemüsebeet.«

»Und ich muss den Zaun davor reparieren.« Fiete hob die Hand und verließ zusammen mit Lena die Küche.

Liam und Alicia blieben allein zurück. Keiner von ihnen sagte ein Wort. Das machte sie nervös. Seit dem gestrigen Abend hatten sie nicht mehr ungestört miteinander geredet.

Alicia setzte sich mit den Büchern an den Küchentisch und blätterte darin herum. Liam sammelte das benutzte Geschirr ein und stellte es in die Spüle. Er kehrte ihr den

Rücken zu und ließ Wasser ins Spülbecken laufen. Nach einer Weile hob Alicia den Blick. Die Stille zwischen ihnen war ohrenbetäubend. Das hielt sie nicht länger aus.

»Tut deine Wunde eigentlich noch weh?«, fragte sie, um irgendetwas Unverfängliches zu sagen, was das Schweigen zwischen ihnen beendete.

Liam drehte das Wasser ab. Er blickte über seine Schulter zu ihr und verzog die Mundwinkel zu einem angedeuteten Lächeln. »Als der Doc einen halben Liter Desinfektionsmittel auf die Platzwunde geklatscht hat, hat es ziemlich gebrannt. Aber er meinte, ich komme durch.«

»Da bin ich aber erleichtert.« Alicia sah ihm eine Weile beim Abwasch zu und überlegte, ob sie ihn wegen gestern ansprechen sollte. Doch sie kam zu dem Schluss, dass es nicht der richtige Zeitpunkt dafür war. Liam war zwar bereit, den Bau der Surfschule zu verhindern, aber sie war nicht sicher, ob ihn die Sache nicht trotzdem beschäftigte.

»So, fertig.« Liam putzte sich die Hände an einem Trockentuch ab und ging Richtung Flur. »Ich gehe dann mal raus und helfe Fiete mit dem Zaun.«

»Viel Spaß.« Alicia schaute ihm nach. Ein bisschen enttäuscht war sie schon, musste sie sich eingestehen. Liam war so wechselhaft wie das Wetter an der Nordsee. Da kam sie nicht mit. Alicia schüttelte den Kopf und vertiefte sich mit aller Macht in das Buch, das vor ihr lag. Einige Minuten später fand sie ein Gedicht, das ihr gefiel.

»Was ich dir noch sagen wollte.« Liam hatte den Kopf zur Küche hineingesteckt.

Alicia blickte auf. Ihr Herz klopfte schneller. »Ja?«

»Such dir nichts von Störtebeker aus. Darauf hat Lena ein Abo. Das liest sie jedes Mal vor.«

»Danke für die Info. Ich habe das Gedicht *Meeresstrand* von Theodor Storm ausgewählt.«

Er nickte ihr zu. »Gute Wahl. Dann bis später.«

»Bis später«, sagte sie, obwohl er bereits wieder nach draußen verschwunden war. Sie seufzte. Wenn der richtige Zeitpunkt da war, würde sie all ihren Mut zusammennehmen und ihr Herz sprechen lassen.

Die Sonne war schon fast untergegangen, als sie mit zehn Teilnehmern zu ihrer Nachtwattwanderung aufbrachen. Ein frischer Wind wehte über das Meer ans Festland und der Himmel hatte sich teilweise mit Wolken zugezogen. Alicia war froh, dass sie wohlweislich einen dicken Pullover und eine warme Jacke mit an die Nordsee genommen hatte, denn diese Kleidung konnte sie nun gut brauchen.

Fiete ging mit einer Lampe voran und führte die Gruppe zunächst durch die halbdunklen Salzwiesen. Vor dem Deich machte er einen Moment halt, damit die Teilnehmer die besondere Abendstimmung genießen konnten. Die Strahlen des Leuchtturmlichts strichen über die Küste und das Meer und verliehen der Landschaft etwas Mystisches.

Lena las als perfekte Untermalung aus der Sage von Klaus Störtebeker vor. Kurz darauf ging es weiter durch die Dünen bis zum Strand. Dort wanderten sie am Spülsaum entlang, sahen ferne Lichter und lauschten dem Meeresrauschen.

Als Alicia das Gedicht von Theodor Storm vortrug,

hielt Fiete seine Lampe so, dass der Lichtkegel direkt auf das Buch fiel. Während ihres Vortrags fühlte sie sich von der Schönheit der Nacht wie berauscht. Am Ende des Textes schaute sie vom Buch auf. Liams und ihre Blicke trafen sich. Er stand schräg gegenüber von ihr und hatte die Hände in seinen Jackentaschen vergraben. Seine Augen glänzten im Schein des Lichts und Alicia meinte, ihn lächeln zu sehen. Vielleicht war der richtige Zeitpunkt, um mit ihm über alles zu reden, näher, als sie gedacht hatte.

Nach der Wanderung war Alicia viel zu aufgekratzt, um ans Schlafen zu denken. Den anderen schien es genauso zu gehen. Fiete beantwortete E-Mails und Lena kochte in der Küche eine große Kanne Tee, während Alicia ihren Eltern ein kurzes Lebenszeichen mit einem Foto vom Strand sendete.

»Möchtest du auch etwas Tee?«, fragte Lena.

»Ja gerne.« Alicia legte ihr Handy auf den Tisch und holte eine Tasse aus dem Küchenschrank. Durch das Küchenfenster entdeckte sie Liam. Er hockte auf einer Bank vor dem Haus und las im Schein einer Außenlampe in einer Zeitschrift. Kurzerhand nahm sie eine zweite Tasse heraus. »Ich bringe Liam auch einen Tee.«

Lenas wissendes Grinsen ignorierend, goss sie Tee in die zwei Tassen und ging raus zu Liam.

»Ach, du bist es. Ich dachte schon, Pit will auf einmal nach dem Rechten sehen«, empfing Liam sie und ließ das Magazin in seinen Händen sinken.

Alicia blieb vor ihm stehen. »Wieso sollte Pit auf einmal

damit anfangen, uns zu kontrollieren? Ich habe dir Tee gebracht. Wenn du Gesellschaft willst …«

»Danke.« Er nahm die Tasse an, legte das Magazin auf seinen Schoß und deutete neben sich. »Deine Gesellschaft will ich immer.«

Alicia setzte sich zu ihm. Sie achtete darauf, nicht zu nah an ihn heranzurücken, denn nach diesen Worten raste ihr Herz bereits wieder. Seine Nähe hätte es nur schlimmer gemacht.

»Und, wie fandest du die Nachtwanderung?«, erkundigte er sich und nahm einen Schluck Tee.

»Ganz cool. Es war eine echt besondere Stimmung. Ganz anders als bei den Wanderungen tagsüber.« Sie schaute ihn von der Seite an. »Es muss toll sein, hier zu leben und so was ständig machen zu können. Hier am Leuchtturm wohnt man ja fast am Strand.«

»Nicht nur hier am Leuchtturm. Jeder in St. Peter lebt fast am Strand. Was meinst du wohl, warum das hier der schönste Ort Deutschlands ist?«

»›Schönster Ort in Deutschland‹, das sagt meine Tante auch immer.«

»Deine Tante ist ja auch sehr weise.« Er lächelte sie an.

Alicia lachte. »Das ist sie. Und sie weiß es auch. Das gefällt aber nicht jedem, zum Glück gibt Tante Heide nichts darauf, was andere von ihr denken.«

Sie genoss es, so unbefangen mit ihm zu reden. Das war genauso schön, wie von ihm geneckt zu werden und die ernsten Gespräche mit ihm. Mit Liam war all das möglich und Alicia ertappte sich dabei, wie sie sich wünschte, in

St. Peter-Ording zu bleiben und mit ihm zusammen zu sein. Vielleicht war das der richtige Zeitpunkt, um ihre Gefühle zu gestehen. Doch noch musste sie ihren Mut sammeln.

»Was hast du gerade gelesen?«, fragte sie, um Zeit zu gewinnen.

»Ein Windsurfing-Magazin.« Er blätterte darin herum und zeigte ihr einen Bericht auf einer Doppelseite, auf deren Fotos sich Surfer an einem Strand in türkisblaue Wellen stürzten. »Ist das nicht der Wahnsinn?«

Alicia legte ihren Kopf schräg. »Sieht aus wie der Ordinger Strand.«

»Pffft! Von wegen Ordinger Strand. Das ist der Bondi Beach in Sydney!«, erklärte er. »Eines Tages möchte ich nach Australien auswandern und jeden Tag dort am Bondi Beach surfen gehen. Das ist mein großer Traum. Vielleicht schon nach der Zeit am Leuchtturm, da das mit der Surfschule ja wohl nichts wird.« Seine Augen strahlten, während er sprach. »Dort ist es immer Sommer!«

»Das hört sich toll an«, erwiderte Alicia hohl. Sie richtete ihren Blick nach vorn aufs Meer, denn sie hatte das Gefühl, dass ihr gerade all ihre Gesichtszüge entglitten waren. »Aber ist nicht die Surfschule in St. Peter dein großer Traum?«

»Ja auch. Aber Australien ist ein noch viel größerer Traum. Ein Obertraum sozusagen.« Er lachte. »Zur Surfschule hier kann ich immer zurück. Aber ich muss mal raus in die Welt.«

»Verstehe.« Seine Worte bohrten sich wie Splitter in ihr

Herz. Liams Traum schloss sie eindeutig aus. Hätte er nicht anders gesprochen, würde er auch etwas für sie empfinden? Während in Alicia alles danach schrie, hierbleiben zu wollen, wollte er weg? Gab es für ihn keinen Traum von einem »Uns«? Liam hatte so unbeschwert geklungen, als wäre ihm dieser Gedanke nicht einmal gekommen.

Alicias Kehle war wie zugeschnürt. Auch wenn sie nicht wie Elias sein wollte, der seine eigenen Wünsche und Träume über die anderer stellte, brachte sie es gerade nicht über sich, so zu tun, als wäre alles in Ordnung.

»Wir machen noch Mitternachtsspaghetti!«, rief Fiete aus dem Küchenfenster. »Wollt ihr auch welche?«

»Na klar! Ich sterbe vor Hunger!« Liam sprang auf und rollte die Zeitschrift in seinen Händen zusammen. »Kommst du mit?«

»Geh schon mal vor, ich möchte noch einen Moment hier sitzen«, sagte Alicia.

»Okay, bis gleich.« Gut gelaunt verschwand Liam im Haus.

Dass er nicht merkte, was in ihr vorging, versetzte Alicia einen weiteren Stich. Sie biss sich fest auf die Unterlippe, um die aufsteigenden Tränen zurückzuhalten. Sich zu verlieben, war nicht in ihren Plänen für den Sommer vorgekommen, und doch war es passiert, hatte Liam sich Stück für Stück mehr in ihr Herz geschlichen. Wie gut, dass sie ihm nichts von ihren Gefühlen erzählt hatte, denn scheinbar erwiderte er diese nicht. Wie blöd sie ausgesehen hätte.

Alicia fühlte sich wie ein Stück Treibgut, das verloren im Meer umherschwamm und von den Wellen immer wieder unter Wasser gezogen wurde. Dabei hatte sie gerade erst wieder Land gesehen – und nun schien Liam ähnlichen sportlichen Ehrgeiz zu haben wie Elias, wobei eine Freundin wahrscheinlich erst an zweiter Stelle kam, wenn überhaupt.

Aber sosehr diese Erkenntnis auch schmerzte, immerhin wusste sie jetzt, woran sie war. Und konnte das Schlimmste vielleicht noch verhindern und sich nicht genauso Herz über Kopf in eine Beziehung mit Liam stürzen wie damals mit Elias. Ab sofort musste sie Liam als das sehen, was er auch in ihr sah. Einen Kumpel.

16. KAPITEL

Alicia kniete neben ihrem Fahrrad und hatte Flickzeug in der Hand. Bei ihrer letzten Tour mit dem Rad musste sie in etwas Scharfes gefahren sein. Der Reifen war platt wie eine Flunder. Sie zog den Schlauch aus dem Mantel und entdeckte einen etwa zwei Zentimeter langen Riss, der sich durch den Schlauch zog. Sie bearbeitete das Loch mit Sandpapier und verstrich dann die Paste für den Kleber großzügig um den Riss.

»Alicia?«, erklang Lenas Stimme von draußen.

»Bin im Schuppen!« Sie löste eine Metallfolie und drückte den Flicken fest auf die beschädigte Stelle.

Lena tauchte im Eingang auf. »Hannas Vater ist am Telefon. Er will dich sprechen.«

»Super! Danke fürs Bescheidsagen.« Alicia sprang auf und eilte zum Südhaus. Auf dem Weg dorthin putzte sie ihre dreckigen Hände an einem Tuch ab. Falls der Flicken nicht hielt, musste sie nach dem Telefonat noch etwas nacharbeiten. Aber das Gespräch ging eindeutig vor. Sie war gespannt darauf, was Hannas Vater ihr zu sagen hatte.

Hoffentlich hatte er was erreichen können. »Moin, Herr Thomas. Hier ist Alicia.«

»Moin, Alicia. Ich habe gerade mit meinem Chef, dem Tourismus-Direktor, über dich gesprochen«, kam er gleich zur Sache. »Er möchte gerne die Fotos von deiner Robbensichtung sehen.«

»Ja gerne. Wann soll ich vorbeikommen?«

»Am liebsten so schnell es geht! Mein Chef ist übrigens auch gleichzeitig der Bürgermeister von St. Peter-Ording. Bei ihm bist du mit deinem Anliegen an der richtigen Adresse.«

Ein Termin beim Bürgermeister! Das war Musik in Alicias Ohren. »Ich flicke gerade den Reifen meines Fahrrads, könnte aber mittags in St. Peter sein.«

»Sagen wir so gegen zwölf Uhr?«, schlug Herr Thomas vor.

»Ja, das schaffe ich.«

Nachdem das Loch geflickt war, machte Alicia sich mit dem Rad auf den Weg nach St. Peter-Ording. Lena, Liam und Fiete hatten ihr angeboten, sie zu begleiten, doch das hatte sie abgelehnt. Diese Sache wollte sie ganz alleine regeln. Jedoch musste sie versprechen, gleich im Leuchtturm anzurufen, wenn das Gespräch mit dem Bürgermeister vorbei war.

Sie musste nicht lange vor dem Büro des Bürgermeisters warten. Er empfing sie sogar persönlich. »Moin! Kommen Sie nur rein in die gute Stube.«

»Guten Morgen.« Alicia folgte dem Mann in sein Arbeitszimmer.

Der Bürgermeister bot ihr einen Sitzplatz vor seinem wuchtigen Schreibtisch an. »Das sind ja abenteuerliche Geschichten, die Herr Thomas mir da erzählt hat«, begann er das Gespräch.

»Ja, ich war auch überrascht, dass meine Robbensichtung etwas so Außergewöhnliches ist«, gab Alicia zu.

»Sind Sie sich ganz sicher, dass es eine Robbe war? Ich meine, manchmal spielt uns unsere Wahrnehmung auch einen Streich. Auf dem Strandabschnitt hat es nämlich seit Jahren keinerlei Sichtungen gegeben.«

»Ich bin mir ganz sicher«, bestätigte sie und holte ihr Handy aus der Tasche. »Schauen Sie selbst, das sind die Fotos, die ich gemacht habe.«

»Hm«, machte der Bürgermeister, während er die Fotos betrachtete und gab ihr schließlich das Handy wieder zurück. »Die Aufnahmen sind sehr unscharf. Man braucht viel Fantasie, um auf den Fotos eine Robbe zu erkennen.«

»Aber sie war wirklich da! Das müssen Sie mir glauben!«

»Ich glaube Ihnen das gerne, aber das müssen auch andere Leute tun. Um in diesem Fall weiterzukommen, müssen wir eindeutige Beweise vorlegen. Ich fürchte, dafür reichen diese unscharfen Fotos nicht«, bedauerte der Bürgermeister. »Zumal auch nicht eindeutig erkennbar ist, an welchem Strandabschnitt die Bilder entstanden sind. Es könnten theoretisch Aufnahmen von jedem x-beliebigen Strand sein.«

»Dann sind die Fotos wertlos?«, fragte Alicia enttäuscht.

Er faltete die Hände auf der Tischplatte und nickte.

»Leider ja. Wir brauchen gestochen scharfe Fotos von dem Tier und gleichzeitig muss erkennbar sein, dass die Robbensichtung genau an der Stelle war, an der die Surfschule errichtet werden soll.« Und nach einem kurzen Blick auf sie fügte er hinzu: »Und eigentlich müsste das ein Experte dokumentieren.«

Geknickt verließ Alicia das Büro des Bürgermeisters. Das Gespräch hatte sie sich ganz anders vorgestellt. In ihrer Fantasie hatte sie der WG die freudige Botschaft, dass der Bau der Surfschule abgeblasen wurde, am Telefon schon verkündet. Und nun das! Sie suchte sich ein ruhiges Plätzchen in einem Café, wo sie guten Empfang hatte, und bestellte eine Tasse Kakao. Dann wählte sie die Nummer vom Leuchtturm. Sie musste nicht lange warten, bis Lena dranging. Die schaltete das Gespräch auf laut, damit Liam und Fiete mithören konnten. Nachdem Alicia von ihrer Pleite berichtet hatte, herrschte einen Moment Stille am anderen Ende der Leitung.

»Dann gibt es nur eine Möglichkeit, um den Bau zu verhindern«, unterbrach Liam das Schweigen. »Ich muss meinen Vater davon überzeugen, dass er keine Surfschule bauen darf, wo sich Robben aufhalten.«

»Wann willst du mit ihm reden?«, fragte Alicia hoffnungsvoll.

»Heute noch. Ich mache mich gleich auf den Weg nach St. Peter.« Er machte eine Pause und dann wurde seine Stimme ganz weich: »Danke, Alicia, dass du es versucht hast. Das hätte nicht jede gemacht.«

Alicias Herz klopfte wie wild.

Anderthalb Stunden später traf sich Alicia mit Lena, Liam und Fiete vor der Bushaltestelle in der Nähe des Hotels. Sie alle wollten Liam bei dem Gespräch als moralische Stütze beistehen und hatten dafür ihre anderen Arbeiten aufgeschoben.

»Da wären wir«, sagte Liam, als sie vor dem Hotelkomplex ankamen, den Alicia schon von der Rückseite kannte.

Sie stellten ihre Räder in dafür vorgesehene Boxen ab und traten durch eine Schiebetür in die Eingangshalle. An der Rezeption telefonierte eine Frau, die wie ein Model aussah. Sie hatte eine perfekte Figur, lange schwarze Haare und war dazu noch bildhübsch.

»Moin, Liam«, begrüßte sie ihn mit einem leichten französischen Akzent, nachdem sie das Telefonat beendet hatte.

»Moin, Colette. Ist mein Vater da?«

Alicia, Lena und Fiete hielten sich im Hintergrund. Ein Pärchen mit Tennisschlägern ging an ihnen vorbei, gefolgt von einer Dame, die neben Designermode auch offensichtlich ihren teuren Schmuck ausführte. Das war eine ganz andere Welt als die am Leuchtturm, dachte Alicia. Und hier hatte Liam gewohnt? Das konnte sie sich nicht vorstellen.

»Er ist im Büro. Soll ich …«

»Danke. Nicht nötig«, fiel ihr Liam ins Wort. »Soll ein Überraschungsbesuch werden.« Er stürmte den Gang entlang und Alicia, Lena und Fiete beeilten sich, mit ihm Schritt zu halten.

Vor einer Tür blieb Liam letztendlich stehen. Er wartete einen Augenblick, bevor er sie, ohne anzuklopfen, öffnete.

Liams Vater saß über Aktenordner gebeugt am Schreibtisch. Er blickte verwundert über seine Brillengläser auf. »Du kannst nicht einfach so reinplatzen. Ich habe wichtige Dinge zu erledigen«, fuhr er Liam in einem scharfen Ton an.

»Moin, Paps. Ich freue mich auch, dich zu sehen«, erwiderte Liam ironisch.

Sein Vater erhob sich aus seinem Schreibtischstuhl und gestikulierte mit einem Stift in seiner Hand. »Jetzt werd mal nicht unverschämt! Was willst du überhaupt und wen hast du da mitgebracht?«

»Das sind die Leute, mit denen ich am Leuchtturm wohne.«

Alicia, Lena und Fiete grüßten höflich, doch Liams Vater schenkte ihnen keine weitere Beachtung. »Also? Ich höre.«

Alicia beobachtete das Gespräch mit einer Art von ungewollter Faszination. Auch wenn Liam und sein Vater nicht gegensätzlicher in ihren Ansichten hätten sein können, so waren sie sich doch unheimlich ähnlich. Beide hatten die gleiche rebellische und kämpferische Art an sich und gingen für ihre Überzeugungen mit dem Kopf durch die Wand.

Liam ging zum Schreibtisch seines Vaters und stützte seine Hände darauf ab. »Paps, du kannst die Surfschule nicht in Ording bauen.«

»Was soll das denn heißen? Natürlich kann ich das! Alle Genehmigungen sind bereits unterschrieben, die Baufirma und das Material sind auch bestellt.«

»Es hat sich in der Zwischenzeit etwas geändert. Dort gibt es Robben«, erklärte Liam eindringlich.

»Was denn für Robben? Plastikrobben zum Aufblasen vielleicht!« Sein Vater lachte auf, als hätte er einen besonders guten Witz gemacht.

»Alicia, zeig meinem Vater bitte die Fotos, die du gemacht hast.«

Sie reichte Liams Vater ihr Handy. Er wischte mit zwei Fingern über das Display, ohne eine Miene zu verziehen, und gab Alicia das Handy kommentarlos zurück. »Und jetzt?«

»Verstehst du es nicht? An dem Strandabschnitt gibt es Robben«, wiederholte Liam. »Eine Surfschule und Robben an derselben Stelle, das funktioniert nicht.«

»Du glaubst doch nicht im Ernst, dass ich mein Bauvorhaben wegen angeblichen Robbensichtungen aufgeben werde! Weißt du eigentlich, wie teuer das wäre, wenn ich jetzt der Baufirma absagen würde, und wohin sollte ich mit dem ganzen Baumaterial? Der dunkle Fleck auf den Fotos kann doch alles sein. Ihr habt keine stichfesten Beweise dafür, dass es überhaupt Seehunde am Ordinger Strand gibt.« Er setzte sich wieder. »So, und jetzt lasst mich weiterarbeiten. Ich kann mich nicht den ganzen Tag mit so einem Blödsinn beschäftigen.«

»Blödsinn?« Liam schlug seine Faust mit so einer Wucht auf die Tischplatte, dass der Kaffee seines Vaters in der Tasse überschwappte.

Alicia zuckte zusammen und bemerkte im Augenwinkel, dass sie nicht als Einzige erschrocken war. Lena sah mit großen Augen zu Liam und beobachtete angespannt die Szene, während Fiete mit verschränkten Armen neben ihr stand. Langsam dämmerte ihr es, warum das Zusammenleben zwischen Liam und seinem Vater nicht funktioniert hatte.

»Robben stehen unter Naturschutz!«, rief Liam wütend.

»Schön für die Robben! Am Ordinger Strand gibt es aber keine! Also, Schluss jetzt mit dem Theater!«

»Du willst weiterbauen, trotz der Fotos?« Liams Frage hörte sich eher wie eine Drohung an.

Sein Vater zuckte mit den Schultern. »Ja selbstverständlich! Was denn sonst?«

»Dann kenn ich dich nicht mehr«, sagte Liam so leise, dass Alicia es kaum verstand.

Ohne auf eine Entgegnung seines Vaters zu warten, stürmte er aus dem Büro raus und Alicia, Lena und Fiete hinterher.

»Verstehst du jetzt, warum Liam im Leuchtturm wohnt?«, raunte ihr Lena zu.

»Oh ja! Ich dachte schon, die zwei prügeln sich gleich.«

Vor einem Fahrstuhl blieb Liam stehen. »Wartet hier, ich bin gleich wieder da.«

Sie setzten sich in weiche Sessel, die in der Lobby des Hotels standen.

»Ich wusste, dass es so endet«, sagte Fiete. »Das war klar.«

»Das wusste ich auch.« Lena griff nach einer Zeitschrift, die vor ihr auf dem Tisch lag. »Ich hätte mir für ihn trotzdem einen anderen Ausgang gewünscht.«

»Vielleicht kann er ja noch einmal zu einem anderen Zeitpunkt mit seinem Vater reden«, überlegte Alicia laut.

»Keine Chance«, antworteten Lena und Fiete gleichzeitig.

Ein paar Minuten später öffnete sich die Fahrstuhltür und Liam erschien in der Lobby. In seinen Händen trug er eine voll bepackte Kiste. Er sah etwas verloren aus und Alicia hätte ihn am liebsten in den Arm genommen, traute sich aber nicht. Liam tat unbekümmert. »Das sind die restlichen Sachen, die ich noch in meinem Zimmer hatte. Lasst uns gehen.«

Bevor sie die Drehtür erreicht hatten, hörten sie die Stimme von Liams Vater hinter ihnen. »Jetzt sei doch mal vernünftig und mach hier nicht so einen Aufstand.« Er kam zu ihnen und wollte Liam die Kiste aus den Händen nehmen.

Doch der hielt sie fest. »Du wirst keine Surfschule bauen. Verlass dich drauf.« Mit einem Ruck entriss er seinem Vater die Kiste und setzte seinen Weg fort.

»Damit kommst du nicht durch. Ich bin dein Vater!«, schrie er ihm hinterher.

Liam drehte sich noch einmal um. »Das ändert aber nichts daran, dass du das Falsche tust!«

»Mein Vater hat taube Ohren, wenn es darum geht, eine Geschäftsidee einfach fallen zu lassen«, sagte Liam, nachdem er erzählt hatte, was zwischen ihm und seinem alten Herren vorgefallen war.

Die Leuchtturm-WG hatte sich am Abend zusammen mit Hanna und ein paar umweltbewussten Surfern um ein Lagerfeuer am Strand versammelt. Alicia saß neben Liam und musste sich sehr auf das Gespräch konzentrieren, weil Liam und sie sich ständig berührten. War das Absicht oder bildete sie sich das ein?

»Eins muss man dir lassen. Du bist konsequent«, meinte Magnus anerkennend. »Ich weiß nicht, ob ich das gebracht hätte.«

»Hättest du, wenn mein Vater deiner wäre«, sagte Liam ungerührt und nahm einen tiefen Schluck aus einer Wasserflasche und wieder berührte dabei sein Knie Alicias. Sie musste schlucken.

»Und was wird jetzt? Wie willst du eigentlich den Bau stoppen?«, wollte Hanna wissen.

»Wir haben immer noch Alicias Fotos.«

»Kann ich die mal sehen?« Hanna beugte sich zu Alicia, die neben ihr saß. Sie wischte über das Display des Handys. »Hm, wirklich etwas unscharf.«

Alicia war langsam tatsächlich ein bisschen genervt von diesem Hinweis. Die Fotos sollten ja nur ihre Aussage stützen, aber ihren Worten schien niemand zu glauben. Ohne die Fotos hätte ihr niemals jemand zugehört.

»Da kommen wir wohl gerade richtig zur Fotosession!« Tom und Sina waren zu ihnen gestoßen. Hannas Freund setzte sich zu ihr und Sina ging rüber zu den Jungs.

»Zeig mal.« Tom nahm seiner Freundin das Handy aus der Hand und drehte es hin und her. »Was soll das denn sein? Eine Mülltüte auf dem Mond?«

»Hör auf mit dem Quatsch!« Hanna gab das Handy an Alicia zurück.

Alicia verdrehte die Augen. »Deine Mülltüte auf dem

Mond ist zufällig eine Robbe am Ordinger Strand!« Sie erzählte ihnen von der Bewandtnis der Fotos und erklärte, warum sie so wichtig waren.

Tom schüttelte verständnislos mit dem Kopf. »Und deswegen macht ihr so ein Geschiss? Das ist doch lächerlich! Du wirst es nie schaffen, den Bau der Surfschule zu verhindern, Liam.«

»Wie auch?«, fragte Sina spöttisch.

Liam zuckte nur mit den Schultern. »Es gibt Möglichkeiten, wie das Recht durchgesetzt werden kann. Auch gegen meinen Vater. Mit Geld kann er sich nicht alles kaufen, wie er denkt.«

Alicia schaute Liam von der Seite an. Sie bewunderte ihn für seinen Mut, sich gegen seinen Vater zu stellen und dabei ihre Beziehung zu riskieren. Dabei fiel ihr Blick auch auf Sina, die Hanna giftige Blicke zuwarf, als sie einen Arm um Toms Schultern legte und ihm etwas zuflüsterte. Diese Sina war schon merkwürdig, überlegte sie, dachte aber nicht weiter darüber nach.

»So, nun lasst uns aber ein bisschen Spaß haben!« Hanna war aufgesprungen und warf Tom einen eindringlichen Blick zu, fast wie eine stumme Warnung. Alicia war froh, dass sie da war, denn wegen Hanna schien Tom sich tatsächlich zurückzuhalten.

Hanna machte einen Gettoblaster an, zog erst Alicia und dann Lena auf die Füße und hüpfte tanzend durch den Sand. Alicia, die vom heutigen Tag ziemlich frustriert war, ließ sich von Hannas Unbeschwertheit nur zu gern anstecken. Lachend tänzelte sie zu ihr.

Als das Lagerfeuer fast runtergebrannt war, bliesen die ersten Leute langsam zum Aufbruch. Liam und Fiete löschten das Feuer mit Sand, bis die letzte Glut erstickt war. Lena und Alicia sammelten die leeren Flaschen ein, die sie in einer Kühlbox verstauten.

Bevor sie wieder zurück zum Leuchtturm fuhren, sprach Hanna Alicia an. »Hast du Lust, morgen Abend ins Kino zu gehen? Ostwind läuft seit gestern.«

»Morgen passt gut. Ich bin ab Mittag bei meiner Tante und dann eh schon in SPO. Wann und wo sollen wir uns treffen?«

»20 Uhr vor dem Kino Nordlicht?«

»Perfekt! Ich werde da sein! Bis morgen«, sagte Alicia und drückte sie zum Abschied.

17. KAPITEL

»Willst du noch eine Portion?« Tante Heide schob einen Pfannenwender unter das Essen in der Auflaufform.

In der gemütlichen Wohnküche roch es nach überbackenen Nudeln und frisch gekochtem Schokopudding. Alicia war mit dem Rad zu ihrer Tante nach Ording gefahren, nachdem sie am Morgen mit Lena Vögel gezählt hatte.

»Nein danke! Es war total lecker, aber noch einen Bissen und ich platze.«

»Hauptsache, es hat dir geschmeckt und ich konnte dich mal wieder ein bisschen verwöhnen. Ich bekomm dich ja fast nie zu Gesicht, so viel wie du da arbeitest.« Tante Heide stellte den restlichen Nudelauflauf in den Kühlschrank, dann setzte sie sich wieder zu ihr. »Was hast du denn nun vor, wegen der Robbe?«

Während des Essens hatte Alicia ihrer Tante alles über die Robbensichtung und die Pläne von Liams Vater erzählt. »Ich möchte auf keinen Fall einfach kampflos aufgeben, dafür liegen mir die Tiere zu sehr am Herzen.«

Tante Heide nickte. »Damit habe ich gerechnet.«

»Ich möchte alles in meiner Macht Stehende tun, damit der Strandabschnitt geschützt wird. Deswegen wollte ich dich fragen, ob du mir deinen Fotoapparat ausleihen kannst. Ich habe meine Kamera leider zu Hause liegen lassen und mein Handy macht nicht so gute Bilder. Deshalb haben wir ja jetzt dieses Problem.«

»Ah, du willst dich also auf die Lauer legen?« Tante Heides Augen blitzten unternehmungslustig auf. Alicias Plan schien ganz nach ihrem Geschmack zu sein.

»Genau.«

»Gute Idee. Ich würde das Gleiche tun!« Tante Heide lachte auf. »Was sage ich da? Ich habe sogar mal das Gleiche getan.«

»Was?« Alicia sah sie mit großen Augen an.

Tante Heide nickte. »Das ist schon über 30 Jahre her«, erzählte sie. »Damals sollte für die Kurgäste eine Art Tanzcafé am Strand gebaut werden. Meine Freundin Hetti und ich haben es damals verhindert, weil wir am besagten Strandabschnitt auch Robben gesichtet haben. Ende der 80er gab es nämlich ein großes Robbensterben, musst du wissen. Da konnten wir natürlich nicht zulassen, dass man den armen Tierchen weiteren Lebensraum wegnimmt.«

»Krass!«

»Jaja, Geschichte wiederholt sich. Du kommst eben ganz nach mir«, sagte sie stolz.

»Bist ja auch meine Lieblingstante.«

»Und du meine Lieblingsnichte. Deshalb wirst du auch erfolgreich sein, wenn du nur beharrlich bleibst.« Tante

Heide stand vom Tisch auf. »Ich hole dir eben meine Kamera. Aber eine Bedingung habe ich.«

Alicia runzelte die Stirn. Hoffentlich verlangte sie nicht, dass sie ihren Eltern Bescheid sagte. »Ja?«

»Du musst mich über alles auf dem Laufenden halten.«

Erleichtert lachte Alicia auf. »Natürlich! Du kriegst von mir alle brandheißen Infos!«

»Sehr gut!« Tante Heide grinste und verschwand ins Wohnzimmer. Kurz darauf legte sie den Fotoapparat vor Alicia auf den Tisch. »Jetzt gibt es noch Schokopudding zur Stärkung, ehe du losziehst, um Robben zu retten.«

Eine Stunde später legte Alicia sich am Strand auf die Lauer. Sie breitete eine Decke auf dem Sand aus, die ihre Tante ihr mitgegeben hatte, und machte es sich darauf bequem. Ungefähr hier war sie auch beim letzten Mal gewesen, als sie die Robbe entdeckt hatte. Es wäre doch gelacht, wenn sie keine zweite Robbe vor die Linse bekommen würde. Dieses Mal würde sie nichts dem Zufall überlassen und gestochen scharfe Fotos machen. Außerdem wollte sie möglichst den Westerhever Leuchtturm oder einen anderen auffälligen Punkt im Hintergrund mitfotografieren, der erkennen ließ, wo genau das Tier aufgetaucht war.

Sie schaute durch den mitgebrachten Feldstecher zu der Stelle, wo Liams Vater seine Surfschule bauen wollte. Tante Heides Kamera lag griffbereit neben ihr. Doch als so leicht stellte sich ihr Plan nicht heraus. Obwohl sie mehrere Stunden am Strand ausgeharrt hatte, war keine Robbe aufgetaucht. Als die Sonne schon tiefer stand, packte sie ihre Sachen zusammen. Sie war ein bisschen enttäuscht, nahm sich aber vor, es gleich morgen noch mal zu versuchen. Was Tante Heide in den 80ern geschafft hatte, würde sie auch hinbekommen!

Nun musste sie sich aber beeilen, um zum Kino zu kommen. Sie wollte Hanna nicht warten lassen.

Auf dem Rückweg zu ihrem Rad lief sie über den Weg durch die Dünen. Sie hatte Handyempfang und nutzte die Gelegenheit, um Clara eine Nachricht zu schreiben. Mit dem Blick auf ihrem Smartphone, wäre sie fast in zwei Männer gelaufen. Kurz vorher machte sie eine Vollbremsung. »Oh!«

»Beim Gehen schaut man besser nach vorne und nicht aufs Handy, junge Dame.« Vor ihr stand kein Geringerer als Liams Vater, in Begleitung eines Mannes, der eine Kladde von einer Baufirma in einer Hand hielt.

»Entschuldigung.« Sie war ein wenig von der Rolle durch die unerwartete Begegnung.

»Moment mal, wir kennen uns doch. Du bist doch auch eine von den Leuchtturm-Leuten. Das Mädchen mit den Fotos«, erinnerte er sich.

»Ja, bin ich«, antwortete sie knapp, weil sie keine große Lust hatte, mit Liams Vater zu reden.

»Die junge Frau hat angeblich eine Robbe auf unserem Baugebiet gesehen«, sagte er zu dem Mann von der Baufirma und lachte abschätzig. »Stellen Sie sich das mal vor!«

»Ziemlich unwahrscheinlich.«

»Meine Rede.«

Alicia hob ihr Kinn. »Ich weiß, was ich gesehen habe.«

»So? Wo sind denn jetzt deine ganzen Robben?«, fragte er. »Ich würde sie zu gerne sehen.«

»Das werden Sie schon noch«, gab sie selbstbewusst kontra.

»Dann müssen sich deine Robben aber beeilen. Hier wird nämlich demnächst gebaut.«

Alicia schaute ihn trotzig an und stapfte dann ohne ein weiteres Wort an ihm vorbei. Sein ätzendes Verhalten bestärkte sie nur noch mehr in ihrem Plan, die Surfschule zu verhindern. Jetzt erst recht! Für die Robben und für Liam, der sofort bereit gewesen war, seinen Traum für den Schutz der Tiere aufzugeben.

Hanna wartete bereits vor dem kleinen Kino, als Alicia ankam. Sie kauften Tickets und Popcorn und suchten sich Plätze in der vorletzten Reihe. An einem so schönen Tag waren außer ihnen bloß fünf weitere Leute anwesend.

»Was machen die Robben?«, fragte Hanna.

»Die verstecken sich gerade ziemlich gut. Ausgerechnet jetzt!« Sie erzählte Hanna von ihrer Begegnung mit Liams Vater. »Irgendwie habe ich schon ein bisschen Angst, dass keine Robbe mehr rechtzeitig auftaucht. So glaubt mir ja keiner und Liams Vater scheint genug Einfluss zu haben, um sein Vorhaben in die Tat umzusetzen.«

»Mach dir keine Sorgen! Ich glaube dir, und wenn da eine Robbe war, lässt sich bestimmt bald noch eine blicken«, sprach Hanna ihr Mut zu.

»Und was, wenn nicht?« Alicia seufzte und griff in die Tüte mit Popcorn.

»Dann wird uns schon noch was anderes einfallen. Ich habe mir übrigens Tom vorgeknöpft, so eine Nummer zieht er kein zweites Mal ab.«

Das Licht ging im Kinosaal aus und die Werbung begann.

»Danke«, flüsterte Alicia. »Ich hoffe, ihr hattet keinen zu großen Streit wegen der Sache.«

Sie versuchte, den Film zu genießen und sich auf die Handlung einzulassen. Doch ihre Gedanken schweiften immer wieder ab, was zur Folge hatte, dass sie kaum was vom Film mitbekam und am Ende nicht halb so aufgelöst war wie Hanna.

»Ich bin total fertig. Ich habe so mitgefiebert und mitgelitten. Das war der beste Ostwind-Film!«, sagte Hanna, als sie das Kino verließen. »Wie fandest du ihn?«

»War wirklich sehr emotional und die Pferde waren einfach toll«, stimmte sie Hanna zu.

»Oh ja, das stimmt!« Sie gingen zu ihren Rädern, die sie vor dem Kino an Boxen angekettet hatten. »Fährst du jetzt noch zurück nach Westerhever?«

»Nee. Ich übernachte heute bei meiner Tante in Ording und fahre erst morgen nach dem Frühstück zurück.«

Sie liefen gemeinsam ein Stück und schoben die Räder nebeneinanderher. An einer Eisdiele kauften sie sich ein paar Kugeln im Hörnchen und beobachteten die Leute, die auf der Terrasse eines gegenüberliegenden Restaurants aßen und tranken. Dabei gaben sie ihnen Namen und dichteten ihnen komische Geschichten an.

»Und der Typ mit der roten Kappe und den braunen

Löckchen hat in Wirklichkeit eine Glatze. Das ist aber sein großes Geheimnis, weil er nämlich Friseur ist.«

»Das passt zu ihm«, prustete Hanna los. »Ach, Alicia, ich würde echt gerne noch etwas länger mit dir hier stehen und Leute beobachten, aber ich muss leider los. Ich muss morgen ganz früh aufstehen, weil ich meinem Vater versprochen habe, ihm zu helfen.«

»Kein Problem, ich sollte ja auch weiter zu Tante Heide fahren.«

»Dann komm gut nach Ording.« Hanna umarmte sie. »Und komm bald wieder zum Reiten vorbei, ja?«

»Bestimmt.«

Hanna fuhr die Straße nach Süden und Alicia in nördlicher Richtung hoch. Ungefähr auf der Höhe des Sporthotels wäre sie fast in eine Gestalt gerauscht, die einen dunklen Kapuzenhoodie trug. Alicia machte eine Vollbremsung und hatte Mühe, dabei nicht zu stürzen. Im letzten Moment konnte sie sich noch abfangen. Die Gestalt fluchte und für einen Moment meinte Alicia, Sinas Stimme erkannt zu haben. Doch bevor sie sich davon vergewissern konnte, war die Person mit der Kapuze schon in der Dunkelheit verschwunden.

18. KAPITEL

Eine Touristengruppe kam Alicia auf ihrem Rückweg entgegen. Schon von Weitem sah sie dahinter Lena, Liam und Fiete draußen vor dem Leuchtturm und ein Lächeln schlich sich auf ihre Lippen. Es war zwar schön gewesen, mal wieder ein wenig Zeit mit Tante Heide zu verbringen, aber Alicia war dennoch froh, zurück zu sein. Sie genoss die Zeit in der Leuchtturm-WG und wollte so viel wie möglich davon auskosten.

Lena stand im Gemüsebett und winkte ihr fröhlich zu.

»Moin! Du hast ein perfektes Timing«, begrüßte Liam sie grinsend. »Kannst gleich die matschigen Gummistiefel abspritzen.«

»Ich freu mich auch, dich zu sehen«, entgegnete sie und streckte ihm die Zunge raus. »Hi, ihr.«

»Moin! Wie war der opulente Pferdestreifen?«, fragte Fiete skeptisch.

»Geht so. Die Pferdeaufnahmen waren toll, aber ich steh wohl gerade einfach mehr auf Robben.« Sie brachte das Rad in den Schuppen und stellte ihre Tasche auf den

Treppen vor dem Südhaus ab. Danach reinigte sie die matschigen Gummistiefel und funkelte Liam an, als sie seinen amüsierten Blick auffing. Idiot, dachte sie und schüttelte grinsend den Kopf.

Sie war gerade fertig, als zwei Polizisten den Weg zum Leuchtturm hochkamen.

Alicia ging ihnen entgegen. »Guten Tag. Kann ich Ihnen irgendwie helfen?«, fragte sie. Sie konnte sich nicht erklären, was die Polizei bei ihnen am Leuchtturm zu suchen hatte, außer … Ein mulmiges Gefühl breitete sich in ihr aus. Hatte der Wachmann des Supermarkts sie erkannt? Ging es um das regelmäßige Containern der WG? Wie sollten sie sich da rausreden?

»Guten Tag. Das hoffen wir doch«, sagte einer der Polizisten. »Wir sind auf der Suche nach der WG, die hier lebt.«

Alicias Herzschlag beschleunigte sich. »Zu der gehöre ich. Um was geht es denn?«

»Das würden wir Ihnen gerne zusammen mitteilen«, meldete sich der andere Polizeibeamte nun zu Wort.

Alicia führte die Polizisten ins Haus und holte dann den Rest der WG, die nicht minder über den Besuch der Polizisten überrascht waren.

»Was ist denn los? Haben wir was verbrochen?«, fragte Liam mit einem Grinsen.

»Sagen Sie es uns. Was haben Sie alle gestern Abend gemacht?«

»Wird das etwa ein Verhör?« Liam verschränkte die Arme vor der Brust.

»Nur eine Befragung.« Einer der Polizisten holte ein Schreiben hervor. »Gegen Sie liegt der Verdacht der Sachbeschädigung vor. Deswegen müssen wir Sie bitten, uns zum Revier zu begleiten, damit wir Ihnen ein paar Fragen stellen können.«

»Sachbeschädigung?«, fragte Lena ungläubig.

»Was sollen wir denn beschädigt haben?«, wollte Fiete wissen.

»Das erfahren Sie dann auf der Wache. Sind sie alle volljährig?«

»Nein, ich bin noch 17«, sagte Alicia.

»So?« Einer der Polizisten musterte sie. »Dann sind Sie von der Befragung erst mal befreit. Da müssten wir uns dann später die Genehmigung Ihrer Eltern holen, aber vielleicht reichen die Aussagen der anderen ja.«

»Darf ich trotzdem mitkommen?« Alicia sah von den Polizisten zu ihren Freunden. Sie würde das auf jeden Fall mit ihnen zusammen ausstehen, selbst wenn die Polizei sie für den Moment vom Haken ließ.

»Na schön. Aber sie brauchen keine Aussage machen«, klärte sie der andere Beamte auf.

Die Polizisten nahmen sie mit zur Polizeistation und der Ältere von ihnen kam gleich zum Punkt. »Auf dem Gelände des Sporthotels wurden in der letzten Nacht mehrere Autos mit Sprühfarbe vollgeschmiert und auf dem Parkplatz wurde das Wort ›Robbenmörder‹ gesprayt.« Der Polizist legte ihnen Beweisfotos vor. »Kommt Ihnen das bekannt vor?«

»Nein«, sagte Lena knapp.

Fiete zuckte die Achseln. »Ich weiß von nichts.«

Alicia schüttelte automatisch den Kopf, obwohl dies nichts zur Sache tat.

»Wieso sollte es uns bekannt vorkommen?«, fragte Liam nach.

»Wie ich schon gesagt hatte: Weil Sie alle unter dringendem Tatverdacht stehen«, erklärte einer der Polizisten.

»So ein Schwachsinn!«, regte sich Liam auf.

»Keineswegs. Sie haben ein klares Motiv«, hielt der Polizist dagegen.

»Wir haben kein Motiv für Sachbeschädigung«, sagte Lena verärgert.

»Ihnen wird eine mögliche Schikane gegen den Hotelinhaber vorgeworfen, um den Bau einer Surfschule am Ordinger Strand zu verhindern.«

Liam sprang auf. »Hat das etwa mein Vater gesagt?«

»Beruhigen Sie sich junger Mann.« Er bedeutete Liam, sich wieder zu setzen.

Im Nebenraum der Dienststelle klingelte das Telefon. »Einen Moment, da muss ich hin.« Einer der beiden Beamten nahm das Gespräch entgegen und der andere wartete draußen auf dem Flur. Nach einer Weile wurde die Tür von außen geschlossen.

Alicia, Lena, Liam und Fiete schauten sich irritiert an.

»Das war doch keiner von uns?«, fragte Alicia.

»Du spinnst wohl!« Lena zeigte ihr einen Vogel.

»Natürlich nicht«, bekräftigte Fiete ihre Aussage.

»Jetzt bleibt mal locker. Wir waren es nicht und deswegen können auch keine Beweise gegen uns vorliegen«, versuchte es Liam mit Logik. »Wahrscheinlich hat mein Vater irgendeinen blöden Kommentar fallen lassen und die nehmen das jetzt für bare Münze.«

»Wahrscheinlich«, stimmte Lena ihm zu.

»Das klärt sich bestimmt schneller auf, als wir glauben«, sagte Liam optimistisch.

Als die beiden Polizeibeamten wieder ins Dienstzimmer kamen, machten sie ernste Mienen. »Bei uns hat sich gerade eine Zeugin gemeldet, die die Taten in der vergangenen Nacht beobachtet hat.«

»Ja super! Dann ist ja alles klar.« Liam sprang wieder auf. »Können wir dann jetzt gehen?«

»Sie bleiben sitzen«, herrschte einer der Polizisten Liam an. »Die anderen können gehen.«

»Was soll das denn?« Liam setzte sich wieder hin.

»Die Zeugin hat ausgesagt, Sie beobachtet zu haben, wie Sie sich allein auf dem Hotelgelände zu schaffen gemacht haben.«

»Das kann sie gar nicht beobachtet haben, weil ich es nicht gewesen bin«, protestierte Liam.

»Dann bestreiten Sie, dass Sie gestern Nacht auf dem Gelände des Hotels Ihres Vaters waren?«

»Natürlich bestreite ich das!«

»Wo haben Sie sich gestern Abend und in der Nacht aufgehalten?«

»Abends war ich in den Salzwiesen vor Westerhever spazieren, dann haben wir zu dritt lange in der Küche Karten gespielt. Danach bin ich schlafen gegangen.«

»Kann das jemand bestätigen?«, fragte der Polizist.

Lena und Fiete hoben ihre Hände. »Wir.«

»Sie waren zur Tatzeit bei dem Verdächtigen?«

»Ja«, bestätigten sie.

Die Polizisten warfen sich vielsagende Blicke zu. »Ich muss Sie darauf aufmerksam machen, dass eine Falschaussage von Ihnen auch zu einer Strafe führen kann.«

»Wir sagen aber die Wahrheit«, beharrte Lena.

»Warum glauben Sie der angeblichen Zeugin mehr als uns?«, wollte Fiete wissen.

»Die junge Dame hat angegeben, dass sie mit Ihnen befreundet ist und Sie die Tat am Abend vorher angekündigt hätten.«

»Was?«, fragte Liam fassungslos.

»Angeblich wollten Sie es Ihrem Vater heimzahlen, dass er gegen Ihren Willen die Surfschule eröffnet.«

»Blödsinn!«

»Bestreiten Sie, dass Sie dies geäußert haben?«

»Ich habe nie gesagt, dass ich meinem Vater irgendetwas heimzahlen möchte.«

»Sondern?«

»Ich habe gesagt, dass es Wege gibt, das Recht durchzusetzen.«

»Aber ist das nicht auch eine Drohung?«, bohrte der Polizist weiter. »Auch wenn Sie es mit anderen Worten ausgedrückt haben, kommt es auf das Gleiche raus. Und was Sie für Wege gemeint haben, ist reine Auslegungssache.«

Liam schnappte nach Luft. »Wer ist denn diese Zeugin?«

»Sina Farmsen.«

Alicia riss die Augen auf. Ausgerechnet Sina! Sie dachte an den Fast-Zusammenstoß gestern Abend, aber sie hätte nicht mit Sicherheit sagen können, dass die Gestalt mit der Kapuze Sina gewesen war. Deswegen hielt sie sich zurück. Außerdem hätte ihre Aussage eh nicht gezählt, dachte sie frustriert. Vielleicht konnte sie herausfinden, ob es sich tatsächlich um Sina gehandelt hatte, und wenn ja, was sie wirklich am Hotel beobachtet hatte.

»Ich kann es nicht glauben. Gerade die!«, entfuhr es Liam.

»Die spinnt doch komplett«, schimpfte Lena.

»Unfassbar. Das ist eine dreiste Lüge«, meinte Fiete.

»Sie bleiben dabei, dass Sie dem Beschuldigten ein Alibi für die Tatzeit geben können?«, fragte der Polizist.

»Natürlich«, sagten Lena und Fiete, ohne mit der Wimper zu zucken. »Wir waren bis spät in die Nacht zusammen, haben zusammen Karten gespielt. Deswegen kann Liam nicht für die Sachbeschädigung auf dem Hotelgelände verantwortlich sein.«

Die Polizisten wirkten nicht überzeugt von ihrem Alibi. Trotzdem ließen sie sie gehen, weil keine eindeutigen Beweise gegen Liam vorlagen.

»Warum erzählt Sina so einen Blödsinn?«, fragte Fiete, als sie an der Haltestelle auf den Bus warteten.

»Das ist doch offensichtlich. Mit dieser gezielten falschen Behauptung sollen wir mundtot gemacht werden«, kombinierte Lena.

Liam nickte. »Ich habe meinem Vater echt viel zugetraut, aber das nun doch wieder nicht. Dass er so weit gehen würde, bloß um seine blöde Surfschule zu bauen …«

»Wie meinst du das?«, fragte Alicia.

»Offensichtlich ist es doch so, dass er Sina gekauft hat, damit sie diese Falschaussage macht und mich in Schwierigkeiten bringt. Doch davon lass ich mich nicht abschrecken. Jetzt erst recht nicht mehr!«

»Wir werden weiterhin gemeinsam für die Robben kämpfen. Und ich habe auch schon eine Idee, wie wir am besten vorgehen«, erklärte Alicia.

Liam schaute sie gespannt an. »Du meinst, du hast einen Plan?«

»Die Idee für einen Plan«, sagte sie geheimnisvoll. Der Bus hielt vor der Haltestelle und die Türen öffneten sich. »Den Rest können wir ja während der Busfahrt austüfteln.«

Lena und Fiete stiegen ein.

Liam hielt Alicia am Arm zurück. Er lächelte sie an und seine Augen strahlten dabei. »Alicia Schumann, weißt du eigentlich, dass es mit dir nie langweilig wird?«

»Sagt der Hauptverdächtige der Polizei«, gab sie grinsend zurück und griff nach seiner Hand, um ihn in den Bus zu ziehen.

19. KAPITEL

Im Restaurant *Gosch* herrschte Hochbetrieb. Durch den Nieselregen wollte niemand draußen auf der Terrasse sitzen und deswegen waren alle Tische belegt.

Alicia sprach eine Frau hinter der Theke an. »Entschuldigen Sie bitte, ich bin mit Herrn Robert Timmer verabredet. Er sagte, ich soll an der Theke nach ihm fragen.«

»Sehen Sie dort drüben den Mann mit dem karierten Hemd? Das ist Robert Timmer.«

Alicia bedankte sich bei ihr und ging zu dem Mann, den ihr die Kellnerin gezeigt hatte. »Hallo, Herr Timmer? Ich bin Alicia Schumann.«

»Moin! Setzen Sie sich doch.«

»Danke.« Alicia setzte sich ihm gegenüber und musterte den Mann, in den sie all ihre Hoffnungen legte. Als sie den Redakteur der *Strandpost* vorhin angerufen hatte, war er sofort neugierig auf ihre Story gewesen. Jetzt musste sie ihn nur noch davon überzeugen, an der Sache dranzubleiben und sich nicht so schnell von unscharfen Beweisfotos abschrecken zu lassen.

Nachdem sie eine Apfelschorle bestellt hatte, erzählte sie ihm noch mal ausführlich von ihrer Robbensichtung, der geplanten Surfschule und dem heutigen Verhör auf der Polizeiwache. Sie zeigte ihm die Fotos auf ihrem Handy und erklärte ihm, wo sich die Robbe am Strand befunden hatte.

»Also, ich kann eine Robbe auf den Fotos erkennen. Dass unser Bürgermeister so verhalten reagiert hat, hängt vermutlich auch damit zusammen, dass eine weitere Surfschule eine interessante Bereicherung für den Strand ist und interessierte Sportler anlockt«, erklärte Herr Timmer. »Und dann noch die Lage. Weit genug von der anderen Surfschule entfernt, dürfte eine Konkurrenz ausgeschlossen sein. Natürlich weiß er auch, dass dadurch mehr Geld nach St. Peter-Ording kommt.«

Alicia seufzte entmutigt. »Immer dreht sich alles nur ums Geld. Wahrscheinlich haben wir da überhaupt keine Chance. Dabei möchte ich doch nur den Lebensraum der Tiere schützen.«

»Das möchte ich auch. Deswegen werde ich Ihnen dabei auch helfen.«

»Wirklich?« Alicias Herz machte einen freudigen Hüpfer.

Der Reporter nickte. »Vor ein paar Wochen hat mir übrigens hier bei *Gosch* eine Touristin von einer Robbensichtung genau an dieser Stelle erzählt.«

Alicia riss überrascht die Augen auf. »Ehrlich? Hat sie auch Fotos gemacht?«

»Leider nein. Aber durch deine Schilderung weiß ich

jetzt, dass an den Sichtungen was dran ist. Ich könnte deinen Bericht noch in die morgige Ausgabe reinnehmen, wenn ich mich gleich ransetze. Du müsstest mir nur die Fotos per E-Mail zuschicken.« Er schob ihr eine Visitenkarte zu.

»Das wäre ja fantastisch.« Wie gut, dass es hier WLAN gab. Alicia stellte sogleich eine Verbindung her und schickte Herrn Timmer ihre Fotos.

Der Reporter nahm ein Notebook aus der Tasche. »Die Fotos sind da. Jetzt kann es losgehen.«

»Ohne Sie hätten wir echt schlechte Karten. Könnten Sie in den Artikel vielleicht auch noch reinschreiben, dass wir morgen Nachmittag eine Mahnwache vor dem Strandabschnitt abhalten?« Die Idee war ihr spontan auf dem Weg zu dem Treffen gekommen. Eine Mahnwache hatte den Vorteil, so gut wie keinen Organisationsaufwand zu haben, und konnte ziemlich spontan abgehalten werden, wie Alicia von ihrer Beteiligung bei Fridays for Future wusste. So konnten sie endlich mehr tun, als sich mit geschäftstüchtigen Erwachsenen auseinanderzusetzen, und sogar auf rege Beteiligung von Touristen und Einheimischen hoffen.

Nachdem sie sich von dem hilfsbereiten Journalisten verabschiedet hatte, fuhr Alicia zur Pension ihrer Tante, wo sie auf der Schlafcoach übernachten würde. Ihre Tante war gerade in ein Gespräch mit einem Gast verwickelt, deshalb rief sie gleich im Leuchtturm an und berichtete Lena von ihrem ersten kleinen Erfolg. Liam und Fiete waren noch auf einem Kontrollgang vor der Warft.

»Wir treffen uns dann morgen um 15 Uhr am Strand, wo Liams Vater bauen will. Bringt Transparente mit. Ich male morgen früh auch noch eins zusammen mit Tante Heide.«

»Genial, was du so spontan auf die Beine gestellt hast«, sagte Lena noch einmal. »Du bringst echt frischen Wind in die WG. Liam und Fiete werden begeistert sein.«

»Hoffentlich. Grüß die beiden. Bis morgen dann.« Alicia legte auf und blieb einen Moment in dem alten Ohrensessel ihrer Tante sitzen. Es fühlte sich richtig an, was sie tat, und sie spürte, wie sich eine Woge der Zufriedenheit in ihr ausbreitete.

Trotz des Artikels auf der ersten Seite mit dem auffälligen Titel **RETTET DIE ROBBEN! HEUTE GROSSE MAHNWACHE AM ORDINGER STRAND!** bangte Alicia, ob wohl genug Leute an der Mahnwache teilnehmen würden. Diese Aktion würde viel mehr Aufmerksamkeit erregen, wenn sich mehr einfänden als nur die Leuchtturm-WG. Um der Robben willen hoffte sie es so sehr, denn eine Menschenmenge konnten weder der Bürgermeister noch Liams Vater einfach so ignorieren oder mundtot machen, wie sie es bei Alicia und ihren Freunden versucht hatten.

Um halb drei nachmittags verabschiedete sie sich von ihrer Tante, die wegen der Gäste leider nicht dabei sein konnte, und lief mit ihrem Plakat zum Strand. Dort warteten tatsächlich schon die ersten Leute darauf, dass es endlich losging. Alicias Herz machte einen freudigen Hüpfer.

Als die Mahnwache losging, zählte Alicia über 50 Teilnehmer. Viel mehr, als sie gehofft hatte. Dem Aufruf in der *Strandpost* waren neben Einheimischen auch viele Touristen gefolgt.

»Nicht zu fassen, was hier los ist.« Lena hielt zusammen mit Fiete ein Transparent hoch, auf dem sie den Erhalt des Lebensraumes der Robben forderten.

»Das ist der absolute Oberhammer!«, freute sich Liam.

Eine Frau kam mit ihrem Mann auf sie zu. »Wir kommen schon seit über 20 Jahren jeden Sommer hierher und freuen uns immer, wenn wir eine Robbe sehen«, erzählte die Frau ihnen. »Und das soll auch so bleiben. Es ist super, was ihr hier macht!«

Es herrschte eine fröhliche und friedliche Stimmung unter den Teilnehmern der Mahnwache. Alle waren sich darüber einig, dass der Lebensraum der Tiere geschützt werden musste.

Herr Timmer war auch zugegen und machte Fotos. »Das ist ein toller Erfolg! Herzlichen Glückwunsch, Alicia.«

»Ihnen haben wir es überhaupt zu verdanken, dass so viele Leute gekommen sind«, winkte sie ab. »Ohne Ihren Artikel wäre das alles nicht möglich gewesen.«

Herr Timmer runzelte die Stirn. »Ich glaube, gleich wird es hier etwas ungemütlich.«

Alicia folgte seinem Blick und sah, was er meinte. Liams Vater hatte den Strand mit Leuten von der Baufirma betreten. Er wurde von einem Pfeifkonzert empfangen, doch davon ließ er sich nicht beeindrucken. »Ihr könnt so viel pfeifen, wie ihr wollt. Hier wird trotzdem gebaut.«

»Sie können doch nicht einfach den Strand zubauen!«, schrie eine Frau.

»Einfach zubauen? Wissen Sie eigentlich, wie schwer es ist, überhaupt eine Genehmigung für ein Gebäude auf dem Strand bekommen? Das wird hundert Mal geprüft«, widersprach er ihr.

»Wie kann man nur so skrupellos sein?!«, rief ein älterer Mann aufgebracht.

»Guter Mann, Sie bezeichnen mich als skrupellos? *Ich* halte mich an die Vorschriften und Gesetze. Aber leider kann ich für meinem Sohn nicht die Hand ins Feuer legen, dass er es auch tut.« Er blickte zu Liam. »Es ist nämlich nicht ausgeschlossen, dass er für die Schmierereien an den Autos auf meinem Hotelparkplatz verantwortlich ist. Bloß um mich daran zu hindern, eine offiziell genehmigte Surfschule zu bauen, die er im Übrigen auch leiten sollte. Mit Verlaub, *das* ist skrupellos, meine Damen und Herren.« Liams Vater setzte seinen Weg mit den Bauleuten fort, begleitet von lauten Pfiffen der Protestierenden.

»Unglaublich!« Liam hatte eine Hand zur Faust geballt. »Mein Vater schafft es immer wieder, seinen Machenschaften eine neue Krone aufzusetzen.«

»Das tut mir leid«, sagte Alicia mitfühlend. Es musste schrecklich sein, wenn der eigene Vater so über sein Kind sprach. »Egal, was er gesagt hat, die Leute konnte er damit nicht überzeugen«, versuchte sie, ihn aufzuheitern.

»Kopf hoch, Liam.« Fiete schenkte ihm ein aufmunterndes Lächeln.

»Ich glaube, Herr Timmer hat für die nächste Ausgabe

der *Strandpost* schon eine neue Story«, bemerkte Lena. »Er hat geknipst wie ein Weltmeister, als dein Vater hier seine Show abgezogen hat. Wahrscheinlich hat er sich damit ins eigene Fleisch geschnitten.«

Um Liam von seinem Ärger abzulenken, überredete Alicia ihn, nach der Mahnwache zu Rosi zu gehen. Rosi war ein pinkfarbener Bulli am Ordinger Strand, wo es den besten Milchreis mit Erdbeeren gab, den sie jemals gegessen hatte. Lena und Fiete wollten lieber in den Ortsteil Bad fahren, um Kleinigkeiten zu besorgen, was Alicia nur recht war, denn so waren sie und Liam alleine. Sie holten sich zwei Portionen Milchreis und stellten sich an einen der hohen Tische vor dem Bulli.

»Ich wollte dir noch mal sagen, dass es der totale Hammer ist, was du da mal eben nebenbei auf die Beine gestellt hast. Damit hast du meinem Vater einen gehörigen Schrecken eingejagt.« Liam streute Zucker über seinen Milchreis.

»Einen Schrecken eingejagt? Deinem Vater?«, fragte Alicia ungläubig. »So hat er aber nicht ausgesehen.«

»Doch, doch. Ich kenne meinen Vater. Die vielen Leute haben ihn nervös gemacht. Das habe ich an seinem Augenzucken gesehen.«

»Vermisst du ihn nicht wenigstens ab und zu?« Hoppla, das war ihr so rausgerutscht. Ob Liam jetzt gleich wieder dichtmachte?

»Geht so. Ich habe auch früher nie viel Zeit mit ihm verbracht. Ich weiß nicht, was ich vermissen sollte.« Liam sprach einfach weiter, als ob sie sich schon immer so unterhalten hätten. »Auf jeden Fall: Immer wenn ihn etwas aufregt, dann zuckt sein Auge.«

Alicia schob sich erleichtert einen Löffel Milchreis in den Mund. »Das ist mir natürlich nicht aufgefallen.«

»Mir aber.« Er lachte sie an und stocherte mit dem Löffel im Milchreis herum. »Und mir ist wieder aufgefallen, dass du auch Hammer bist.« Sein Gesichtsausdruck war nun ernster.

»Ach was. Das war doch keine große Sache.« Sie spürte, dass sie errötete und ihre Kehle auf einmal staubtrocken war. »Tante Heide hat so was Ähnliches in den 80er-Jahren auch gemacht. Damals hat sie den Bau eines Tanzcafés am Strand verhindert, weil sie auch Robben gesehen hat«, erzählte sie hastig, um abzulenken.

»Sag ich ja! Das Hammerfrau-Gen scheint in deiner Familie zu liegen.« Er schaute sie mit einem eindringlichen, ernsten Blick an, der keinen Zweifel daran ließ, dass er das meinte, was er sagte.

Alicia schüttelte lächelnd den Kopf, schaute ihn dann aber ernst an. »Ich hätte mir wirklich gewünscht, dass du einfach mit deinem Vater hättest reden können, um ihn davon zu überzeugen, dass er den Plan für die Surfschule fallen lässt.«

»Keine Chance.« Liam unterstrich mit einer Handbewegung seine Aussage. »Er ist ein Sturkopf, wie er im Buche steht. Aber das hast du ja schon erlebt.«

Alicia nickte. »Möchtest du noch Nachschlag?« Sie deutete auf seinen leeren Teller.

»Nein danke. Ich bin pappsatt. War aber echt lecker«,

sagte Liam. »Obwohl ich aus St. Peter komme, habe ich noch nie welchen von Rosi gegessen.«

»Sag ich doch!« Sie grinste ihn an. »Ich habe auch gehört, dass er geheime Zauberkräfte haben soll und Ärger mit Vätern in Luft auflösen kann.«

Liam wiegte den Kopf hin und her. »Vielleicht funktioniert der Zauber beim nächsten Mal.« Er schaute sie eine Spur zu lange an.

»Einen Versuch war es wert«, erwiderte Alicia und überlegte, wie es jetzt mit ihnen weitergehen sollte.

»Lass uns noch mal zu der Stelle gehen, wo die Surfschule gebaut werden soll. Ich möchte nachsehen, was mein Vater mit den Bau-Heinis dort gemacht hat«, sagte Liam.

Auf dem Strandabschnitt war eine Fläche abgesteckt worden, auf der das Gebäude errichtet werden sollte. Liam schaute frustriert auf die Stangen, die im Sand steckten. »Am liebsten würde ich die Markierungen herausreißen.«

»Nein, das darfst du nicht machen. Damit lässt du dir dann wirklich was zuschulden kommen«, redete Alicia auf ihn ein.

»Hast ja recht.«

»Ziemlich groß.« Alicia ließ ihren Blick über die abgesteckte Fläche gleiten und stutzte auf einmal. »Was ist denn das?« Sie ging an dem abgesteckten Gebiet vorbei und blieb dahinter stehen. »Hier sind Blutspuren.«

Liam kam zu ihr. »Und da ist zerbrochenes Glas, an dem auch Blut klebt.« Er deutete auf mehrere Scherben im Sand, die in der Abendsonne glitzerten.

Sie folgten den Blutspuren und entdeckten in einiger Entfernung einen verwundeten Seehund, der sich an dem zerbrochenen Glas verletzt hatte.

»Oje, der Arme!«, sagte Alicia bestürzt und widerstand nur mühsam dem Drang, sofort zu dem verletzten und sicher verängstigten Tier zu laufen.

»Wir müssen sofort in der Robbenstation in Friedrichskoog Bescheid sagen, damit sie einen Mitarbeiter schicken, der sich um das verletzte Tier kümmern kann.« Liam rief bei der Station an und meldete ihren Fund. »Sie machen sich sofort auf den Weg, ein Mitarbeiter ist mit dem Pferd am Strand unterwegs. Ihm geben sie auch Bescheid«, sagte er, nachdem er das Gespräch beendet hatte.

Während sie angespannt auf Hilfe warteten, sammelten Alicia und Liam die Glasscherben ein und entsorgten sie in einem nahe gelegenen Mülleimer. Kurze Zeit später traf der Mitarbeiter der Robbenstation ein und sicherte das Tier. Eine halbe Stunde später kam ein weiterer Mitarbeiter der Robbenstation dazu. Die Männer luden das verletzte Tier ins Auto ein.

»Ich bringe den kleinen Kerl nun in die Station, wo er tierärztlich versorgt wird. Wollt ihr mitkommen?«, fragte der Mann von der Robbenstation.

»Auf jeden Fall!«, rief Alicia und war erleichtert, als Liam nickte. Nichts für die Robbe tun zu können, hatte sie innerlich zerrissen und sie wollte unbedingt wissen, was der Tierarzt sagte.

Sie fuhren mit zur Station nach Friedrichskoog und warteten die Untersuchung durch den Tierarzt ab.

»Der kleine Kerl hat Glück im Unglück gehabt. Die Verletzungen sind schlimm, aber dank euch wird er es überstehen. Wie gut, dass ihr zufällig dort unterwegs gewesen seid.«

»Ganz so zufällig waren wir nicht da«, gab Liam zu. »Mein Vater will an dem Strandabschnitt eine neue Surfschule bauen und wir wollten gucken, was er dort mit der Baufirma gemacht hat.«

»Ich habe dort vor einiger Zeit schon mal eine Robbe gesehen. Seitdem versuchen wir, den Bau zu verhindern. Aber bis jetzt haben die Beweise dafür nicht ausgereicht«, fügte Alicia hinzu.

»Darüber braucht ihr euch jetzt keine Sorgen mehr zu machen. Durch euren Robbenfund haben wir nun handfeste Beweise dafür, dass das Gebiet von den Tieren genutzt wird und dementsprechend schützenswert ist. Somit kann dort unmöglich eine Surfschule entstehen«, erklärte der Tierarzt.

»Meinen Sie wirklich?«, fragte Alicia hoffnungsvoll.

»Natürlich. Das wird von uns alles dokumentiert und dadurch hat die Baugenehmigung keine Gültigkeit mehr.«

»Vielen Dank! Sie wissen gar nicht, was das für gute Nachrichten sind!« Liam schüttelte dem Tierarzt die Hand.

»Was für ein Glück, dass wir noch einmal zum Strand gegangen sind.« Alicia strahlte Liam an.

»Das sind bestimmt die Zauberkräfte vom Milchreis gewesen«, sagte er und zwinkerte ihr zu.

Alicias Tante holte sie am Abend mit dem Auto aus Friedrichskoog ab und ließ sich alles bis ins kleinste Detail erzählen. Sie lud beide zum Essen in die Pension ein.

»Es ist spät geworden. Heute Nacht könnt ihr beide in der Pension übernachten.« Sie füllte ihre Teller mit Krabbensuppe. Dazu gab es frische Abendbrötchen und selbst gemachten Kirschkuchen.

»Das ist sehr nett von dir, vielen Dank!«

»Keine Ursache, Liam.« Sie aß einen Löffel von der Suppe und schaute dann wieder zu ihm. »Weißt du eigentlich, dass du eine große Ähnlichkeit mit deinem Vater hast?«

Liam verzog weniger begeistert den Mund. »Das hat man mir schon öfter gesagt.«

Alicia war erstaunt. »Wie? Du kennst Liams Vater? Das wusste ich ja gar nicht.«

»Sogar ziemlich gut. Wir sind zusammen in die Schule gegangen. Er war damals schon ein Choleriker, und daran gewöhnt, dass alle nach seiner Pfeife tanzen. Und wehe, das hat mal jemand nicht getan. Das hat ihn zur Weißglut gebracht.«

»Das hört sich nach meinem Vater an«, bestätigte Liam grinsend.

»Und du hast nach seiner Pfeife getanzt, Tante Heide? Das kann ich mir bei dir gar nicht vorstellen.«

»Natürlich habe ich nicht nach seiner Pfeife getanzt! Wo denkst du hin?«, entgegnete ihre Tante halb empört. »Was meinst du wohl, wie oft ich ihn deswegen in die Weißglut getrieben habe.« Sie lachte schelmisch.

Alicia und Liam fielen in ihr Lachen ein.

20. KAPITEL

Wie verabredet wartete Alicia vor der Buchhandlung *Tewes* auf ihre Tante, mit der sie ein wenig bummeln wollte. Da von Tante Heide jedoch nichts zu sehen war, betrachtete Alicia die Bücher im Schaufenster. In der Nähe des Eingangs der Buchhandlung entdeckte sie Tageszeitungen. Sie nahm ein Exemplar der *Strandpost* und ging in den Laden, um die Zeitung zu bezahlen. Als sie aus der Buchhandlung kam, wartete ihre Tante auf sie.

»Moin, mein Schatz!« Tante Heide umarmte sie. »Hast du dich vorsichtshalber mit Lesestoff versorgt, weil du geglaubt hast, ich komme viel später? Mich hat ein Urlaubsgast aufgehalten.«

»Kein Problem! Ich wollte mal nachschauen, ob es einen neuen Artikel wegen der Surfschule gibt.« Sie blätterte durch die Seiten.

»Das würde mich allerdings auch brennend interessieren. Ich habe es heute noch gar nicht geschafft, einen Blick in die Zeitung zu werfen.« Tante Heide schaute ihr über die Schulter.

»Da ist etwas.« Alicia zeigte auf die Überschrift eines Artikels. »›Aus für die Surfschule in Ording‹«, las sie vor, »›Vorgestern haben Spaziergänger am Ordinger Strand eine verletzte Robbe entdeckt. Der Fundort war in unmittelbarer Nähe des Strandabschnitts, auf dem eine neue Surfschule errichtet werden sollte. Wie uns die zuständige Stelle auf Anfrage mitteilte, wurde dem Hotelier Paul Bruckner die Baugenehmigung mit sofortiger Wirkung entzogen.‹«

»Na bitte. Was habe ich gesagt? Es regelt sich doch alles.« Tante Heide drückte Alicia an sich. »Das hast du gut gemacht. Du kommst wirklich ganz nach mir.«

»Das scheint mir auch so«, erwiderte Alicia und lachte erleichtert auf. »Liams Vater tobt sicher.«

Tante Heide zuckte die Schultern. »Er wird es überleben und wir gehen jetzt bummeln.«

Sie bummelten durch die Shops und Boutiquen und näherten sich dem Seebrückenvorplatz, auf dem wie immer ein geschäftiges Kommen und Gehen herrschte. »Sieh mal da. Wenn man vom Teufel spricht …« Tante Heide deutete zum Coffee-to-go-Shop, an dem nicht nur Kaffeeliebhaber standen, sondern auch Liams Vater.

»Hoffentlich sieht er mich nicht. Für ihn stecke ich doch mit seinem Sohn unter einer Decke. Wahrscheinlich gibt er uns die Schuld daran, dass nun nichts aus seiner Surfschule wird.«

»Zu spät. Er hat uns schon entdeckt.« Tante Heide winkte ihm zu. »Komm, wir gehen zu ihm. Mal hören, was er zu sagen hat.«

Alicia folgte ihrer Tante mit gemischten Gefühlen. Liams Vater war für sie unberechenbar wie das Nordsee-Wetter. Sie konnte nicht einschätzen, wie er auf sie reagieren würde. Umso erleichterter war sie, als er sich ihnen gegenüber ganz friedlich gab und sie zu einem Kaffee einlud. »Steht schon wieder was in dem Schmierenblatt über mich drin?«, fragte er, als er die Ausgabe der *Strandpost* sah, die Alicia in den Händen hielt.

»Bloß ein kleiner Artikel, Paul«, spielte Tante Heide die Meldung runter.

»Darf ich mal?«

»Bitte.« Alicia gab ihm die Zeitung.

»Das ist eine bodenlose Unverschämtheit und noch dazu eine Falschmeldung! Ich habe noch keinerlei Meldung dieser Art erhalten, und falls das wahr ist, werde ich die Baubehörde und die *Strandpost* gleichermaßen verklagen!«, polterte er los, nachdem er die Meldung gelesen hatte. »Ich werde Widerspruch einlegen und darüber ist noch längst nicht entschieden.«

»Ach, Paul, reg dich nicht auf.« Tante Heide legte beschwichtigend eine Hand auf seinen Arm. »Du solltest deine Energie lieber in die Suche eines neuen Standorts für die Surfschule stecken, anstatt dir die Zähne an einer Sache auszubeißen, die zum Scheitern verurteilt ist. So hast du doch nichts davon außer eine Menge Ärger.«

Tante Heides besonnene Art schien Wirkung bei Liams Vater zu zeigen. »Vielleicht hast du recht«, räumte er widerwillig ein.

»Ganz bestimmt sogar. Dein Sohn war übrigens letztens

zum Essen bei mir. Ein ganz feiner Kerl, wenn du mich fragst. Mir ist gleich die große Ähnlichkeit mit dir aufgefallen.«

»Von Ähnlichkeit kann da wohl kaum die Rede sein! Er hat nachts die Autos meiner Gäste beschmiert und dann noch gut sichtbar ›Robbenmörder‹ auf den Parkplatz geschrieben. Das ist die Höhe! Er soll ja nicht bei mir angekrochen kommen, wenn die Zeit im Leuchtturm vorbei ist.«

»Herr Bruckner, es gibt Zeugen dafür, dass es Liam wirklich nicht war. Er war am Leuchtturm, als es passiert ist«, schaltete sich nun Alicia ein. Diese Anschuldigung konnte sie nicht so einfach auf Liam sitzen lassen.

Sein Vater schaltete auf stur. »Du brauchst meinen Sohn nicht in Schutz nehmen. Das wird die zuständige Polizei noch aufklären.«

In stiller Übereinkunft tranken Alicia und ihre Tante schnell ihren Kaffee aus und verabschiedeten sich von Herrn Bruckner.

»Ich kann Liams Vater nicht verstehen. Für ihn steht fest, dass sein Sohn die Autos besprüht hat. Dabei ist die Frage, wer für die nächtliche Sachbeschädigung verantwortlich ist, doch noch gar nicht geklärt«, meinte Alicia, als sie ein paar Schritte gegangen waren.

»Tja, weißt du, Alicia.« Tante Heide legte einen Arm um ihre Schulter. »Liebe und Hass liegen oft enger beieinander, als man glaubt. Manchmal ist es einfacher, auf jemanden unendlich wütend zu sein, als zuzugeben, dass man denjenigen über alles liebt und er einen deshalb so leicht verletzen kann.«

Alicia, Lena, Liam und Fiete saßen gemütlich zusammen in der Küche und spielten ein Gesellschaftsspiel, als das Telefon klingelte.

»Ich geh schon.« Alicia sprang auf und lief ins Büro. Am anderen Ende der Leitung war die Polizei. Sie wollten Liam sprechen. »Einen Moment.«

Wie betäubt ging Alicia zurück in die Küche. »Liam, ist für dich … die Polizei«, flüsterte sie und hielt mit einer Hand das Mikrofon vom Telefon zu.

»Na prima!« Liam nahm das Telefon entgegen, verließ die Küche und kam ungefähr zehn Minuten später wieder. Alicia und die anderen schauten ihn fragend an.

»Und? Was wollten sie von dir?«, fragte sie.

»Sie haben mir Fragen über Tom gestellt.«

Lena zog überrascht die Augen hoch. »Über Tom?«

Auch Fiete konnte sich darauf keinen Reim machen. »Warum das denn?«

»Es scheint so, dass der Verdacht der Polizei nun in Toms Richtung geht. Sie haben davon Wind bekommen, dass wir nicht die besten Freunde sind, und haben mich nach unserem letzten Streit befragt.«

»Ich verstehe es immer noch nicht. Wieso sollte Tom denn bei deinem Vater auf dem Parkplatz Autos besprühen?«, fragte Fiete.

»Weil er wegen des Streits noch eine Rechnung mit Liam offen hat und ihn so in Schwierigkeiten bringen kann«, kombinierte Lena.

»Stimmt, Sherlock«, neckte Liam sie. »Tom konnte es mit der Aktion ganz einfach so aussehen lassen, als wenn ich mich an meinem Vater rächen wollte. Keiner hatte ihn auf dem Schirm.«

»Das glaub ich nicht.« Alicia schaute Liam nachdenklich an. Sie musste wieder an ihren Zusammenstoß nach dem Kino denken. »Tom ist zwar mindestens so aufbrausend wie dein Vater, aber ich denke nicht, dass er so weit gehen würde, was Kriminelles zu machen, bloß um dir eins reinzuwürgen. Das könnte er auch anders machen, ohne sich strafbar zu machen.«

Alicia glaubte immer noch, dass es wirklich Sina war, die sie am besagten Abend mit Kapuze in der Nähe des Hotels gesehen hatte, wollte den anderen aber noch nichts von ihrem Verdacht erzählen, bevor sie weitere Indizien hatte. Bisher war es ja bloß eine Vermutung. Trotzdem hatte sie das unbestimmte Gefühl, dass Sina, wenn sie es gewesen war, nicht zufällig dort gewesen war und etwas mit der Angelegenheit zu tun hatte.

Als sie später auf ihrem Zimmer war, hatte sie in einer Ecke Handyempfang und rief ihre Tante an. Sie erzählte ihr von den jüngsten Entwicklungen und auch, dass sie Sina verdächtig fand.

»Wenn es jemand aus dieser Clique ist, dann überführen wir ihn«, sagte Tante Heide entschieden.

»Du meinst, wir sollen dem wahren Täter eine Falle stellen?«

»Exakt. Und ich weiß auch schon, wie wir das machen …«

Das nächste Treffen mit der Surfer-Clique ergab sich bereits am nächsten Abend, schneller als gedacht. Sie trafen sich an dem warmen Sommerabend wie so oft am Ordinger Strand, hockten im Sand mit Blick aufs Meer, spielten in der kühlen Brandung Frisbee oder redeten über alles Mögliche, während die Sonne am Horizont langsam immer tiefer sank. Es lag eine friedliche Abendstimmung über dem Strand. Selbst Tom und Sina schienen keine Lust auf Streit zu haben und verhielten sich ruhig.

Nur Alicia war von einer freudigen Anspannung erfüllt, die sie versuchte, sich nicht anmerken zu lassen. In einem hohen Bogen warf sie Liam die Frisbeescheibe zu, als diese von einem Windstoß erfasst wurde und ins Meer fiel.

»Das hast du extra gemacht«, behauptete Liam lachend und watete ins Wasser, um die Flugscheibe zu holen.

»Klar!«, rief Alicia ihm gut gelaunt hinterher. Seitdem er nicht mehr von der Polizei verdächtigt wurde, war er wieder viel fröhlicher. Während der kurzen Pause schaute sie zu Lena, Fiete und Magnus rüber, die eine eigenwillige Partie Beachvolleyball spielten. Alicia wurde bewusst, dass ihre traumhaft schöne Zeit in der WG schon bald zu Ende sein würde. Und dann? Eigentlich wollte sie hier gar nicht weg.

Plötzlich tauchten zwei Polizisten auf und traten an die kleine Gruppe heran, die im Sand sitzen geblieben war, um zu quatschen. »Ist hier ein Tom Jost?«

»Ja.« Tom schaute sie zugleich irritiert und erschrocken an.

»Ist was passiert?«, fragte Hanna, die neben ihm saß.

»Herr Jost, Sie stehen unter dringendem Tatverdacht

der Sachbeschädigung in mehreren Fällen auf dem Gelände des Sporthotels. Wir müssen Sie deswegen mit zur Polizeistation nehmen.«

»Was?« Hanna war aufgesprungen. »Stimmt das etwa?«

Alicia und Liam waren zu ihnen gekommen, der Rest der Clique blickte Tom fassungslos an. Alicia fiel auf, dass Sina nervös auf ihrer Unterlippe kaute.

»Nein! Ich habe wirklich nichts gemacht!«, beteuerte Tom.

»Kommen Sie freiwillig mit, ansonsten müssen wir Ihnen Handschellen anlegen.«

»Nicht nötig, ich komme auch so mit.«

Die Polizisten fassten Tom jeweils an einem Arm und führten ihn ab. Das war zu viel für Sina. Sie sprang plötzlich auf und rannte ihnen hinterher. »Das dürfen Sie nicht tun!«

»Natürlich dürfen wir das. Herr Jost ist ein Tatverdächtiger.«

»Sie haben den falschen!«, rief sie aufgebracht. »Ich war es. Ich habe die Autos beschmiert und das Wort ›Robbenmörder‹ auf den Parkplatz des Sporthotels gesprayt«, gestand sie unter Tränen.

Tom schüttelte entgeistert den Kopf. »Du? Aber warum hast du das gemacht?«

»Ich war eifersüchtig«, erklärte sie. »Ich wollte, dass Hanna sich auf Liams Seite stellt, wenn er verdächtigt wird. So wie vor eurer Prügelei. Dann hättet ihr euch gestritten und euch vielleicht getrennt. Dann wäre der Weg endlich für uns frei gewesen.«

»*Uns?* Spinnst du jetzt völlig?«, schrie Tom sie an.

»Tom, ich liebe dich. Ich liebe dich schon die ganze Zeit. Ich habe das alles nur für dich, für uns getan!«, rief Sina verzweifelt.

»Du hast sie doch nicht mehr alle!« Die Polizisten hatten Tom losgelassen und er stapfte zu Hanna. »Komm, wir gehen. Ich krieg hier echt zu viel.«

»Unser Plan hat funktioniert«, flüsterte Alicia Liam zu.

»Welcher Plan?«

»Der von Tante Heide und mir.«

»Ich versteh nur Krabbe mit Brötchen.«

»Wart's ab.«

In dem Moment zogen die Männer die Polizeimützen vom Kopf und die angeklebten Bärte ab.

»Sie sind gar keine richtigen Polizisten?«, fragte Lena.

»Bloß Freunde meiner Tante aus der Schauspielgruppe«, klärte Alicia den Bluff auf.

»Bravo!« Liam klatschte in die Hände und die anderen fielen spontan in seinen Applaus ein. Bloß Sina heulte wie ein Schlosshund, ob aus Wut oder Scham, konnte Alicia nicht mit Sicherheit sagen. In einer schnellen Geste umarmte Liam auch Alicia und ließ sie ebenso schnell wieder los. Doch sein Geruch blieb noch länger bei ihr und sie musste sich mal wieder konzentrieren, um den Ausgang der Geschichte nicht zu verpassen.

»Mir ist nichts aufgefallen. Ich dachte, Sie wären die Verstärkung vom Bäderersatzdienst.« Magnus war völlig von den Socken. Im Rahmen des Bäderersatzdienstes wurden zusätzliche Polizisten von April bis September nach St. Peter-Ording versetzt, wenn es Tausende Touristen an die Küste zog. Deswegen kam es in der Zeit öfters vor, dass man auf unbekannte Ordnungshüter traf.

»Dann war unser Schauspiel ja überzeugend«, sagte einer der falschen Polizisten. »Und nun würden wir Sie gerne zu den echten Kollegen mitnehmen, Junge Frau. Es wird Zeit, dass endlich Licht in die Angelegenheit kommt.«

Sina schien sich ihrem Schicksal ergeben zu haben. Sie ließ sich widerstandslos von Tante Heides Freunden zur Polizeistation bringen.

»Das wäre geschafft.« Alicia seufzte. »Fast tut sie mir ein bisschen leid.«

»Hey! Und was ist mit mir?«, fragte Liam. »Ich wurde die ganze Zeit ungerechtfertigt verdächtigt.«

»Armer Liam.« Lena tätschelte ihm die Schulter. »Aber jetzt sag mal, wie bist du eigentlich auf Sina gekommen?«

»An dem Abend, an dem die Autos am Hotel besprüht wurden, waren Hanna und ich im Kino. Und auf dem Rückweg habe ich fast einen Fußgänger mit Kapuze über den Haufen gefahren, und das war Sina. Ich habe in dem Chaos bloß eins und eins zusammengezählt und lag am Ende richtig. Da Tom sowieso verdächtigt wurde und sie dauernd mit ihm abhängt, dachte ich, dass ihr schlechtes Gewissen sicher nicht zulässt, dass er von der Polizei abgeführt wird.«

»Da wird mein Vater aber enttäuscht sein, dass er jetzt keinen Sündenbock mehr hat«, sagte Liam.

»Meinst du?«, fragte Alicia. Ihr kam eine Idee. »Ich wette dagegen.«

»Was hast du vor?«

»Wirst du schon noch sehen.« Sie lächelte ihn an.

»Okay.« Er rieb sich die Hände. »Alicia vom Leuchtturm, du steckst wirklich voller Überraschungen. Aber bis dahin gehen wir eine Runde baden!«

»Nein!«, rief Alicia. »Wag es ja nicht!«

Doch Liam ließ sich von ihrer Drohung nicht beeindrucken und warf sie über seine Schulter. Unter Schreien und Jauchzen rannte er mit ihr in die Fluten.

21. KAPITEL

»Ob er noch kommt?« Alicia schaute nervös auf die Pendeluhr, die auf einem alten Holzsideboard stand. »Er ist schon eine Viertelstunde zu spät.«

»Ich glaube nicht, dass er kommt«, war Liam überzeugt. »Dann würde er ja Gefahr laufen, eventuelle Fehler zugeben zu müssen.«

»Da bin ich anderer Meinung. Ich kenne deinen Vater sehr lange und gut. Er hat schon immer den großen Auftritt geliebt.« Tante Heide schenkte Alicia und Liam Kakao aus einer großen Kanne nach. »Was hätte er denn für einen Auftritt, wenn er bereits eine Viertelstunde eher hier gewesen wäre? Nein, nein, er wird kommen. Er hat es mir versprochen.«

Sie starrten eine Weile auf den selbst gemachten Apfelkuchen, der darauf wartete, endlich angeschnitten zu werden. Nach einem Gespräch mit Alicia hatte Tante Heide die Rolle der Vermittlerin zwischen Liam und seinem Vater übernommen und beide zu sich eingeladen, damit der Streit zwischen ihnen endlich beigelegt werden konnte. Alicia war dankbar für die Unterstützung ihrer Tante. Sie wusste zwar nicht, ob und wie es mit Liam und ihr weitergehen würde, aber sie wollte, dass er glücklich war. Und dass der ständige Streit mit seinem Vater ihn wirklich so kaltließ, wie er alle glauben machen wollte, kaufte sie ihm nicht ganz ab.

Es klingelte an der Tür. »Ah, da ist er ja.« Tante Heide verschwand im Flur und kam kurz darauf mit Liams Vater im Schlepptau zurück.

Er nickte ihnen zur Begrüßung zu und setzte sich auf den freien Platz neben ihrer Tante.

»Kakao oder Tee, Paul?«, fragte Tante Heide.

»Tee, bitte.«

Alicias Tante verteilte Kuchenstücke und schaute zufrieden in die Runde. »Es ist schön, dass wir alle hier sind«, leitete sie das Gespräch ein. »Nachdem Sina alle Taten bei der Polizei gestanden hat, gibt es wohl keinen vernünftigen Grund mehr, warum ihr Streithähne euch nicht wieder vertragen könnt.«

Liams Vater warf seinem Sohn einen Blick zu und wiegte den Kopf hin und her. »Damit hast du recht, Heide. Ich gebe zu, dass ich vorschnell geurteilt habe, und möchte mich bei dir dafür entschuldigen, Liam. Ich hätte dich nicht verdächtigen dürfen. Das war falsch von mir.«

»Da bin ich jetzt platt, Paps. Solche Worte von dir! Meinst du das ernst?« Liam saß auf der Kante seines Stuhls, bereit, aufzuspringen und hinauszustürmen.

»Auch ich lerne dazu«, antwortete Liams Vater mit einem Seitenblick auf Tante Heide. »Pass auf, Liam. Ich werde für die Surfschule einen anderen Platz, in einem sicheren Gebiet am Strand, suchen. Die Leitung sollst du natürlich nach wie vor übernehmen. Das heißt, wenn du das noch möchtest?«

»Wow!« Liam kratzte sich am Kopf. »Also, ich nehme deine Entschuldigung an und ja, natürlich möchte ich die Surfschule leiten. Allerdings müsstest du mir auch ein bisschen freie Hand dabei lassen. Und deine Prioritäten überdenken – du kannst Geld und Erfolg nicht vor alles stellen.«

Sein Vater wirkte ein wenig zerknirscht, nickte dann aber. »Ich habe aus meinem Fehler gelernt.« Er hielt Liam die Hand hin. »Schlägst du ein, Partner?«

»Einverstanden. Partner.« Liam schlug ein und wagte damit einen Neuanfang mit seinem Vater.

Alicia und ihre Tante warfen sich zufriedene Blicke zu. Dieses Problem war aus der Welt geschafft. Und sogar, ohne dass die Sturköpfe noch einmal aneinandergeraten waren.

Unter dem Tisch berührte Liams Knie Alicias Bein. Als Alicia zu ihm schaute, geriet ihr Herz für einen Moment ins Stolpern. Sein Blick löste einen Ganzkörperschauer in ihr aus. Warme Hoffnung durchströmte sie – für den Moment würde er hier, in St. Peter Ording, bleiben. Vielleicht hatten sie ja doch noch eine Chance.

Tante Heide begann, über alte Zeiten in St. Peter-Ording zu sprechen, und Liams Vater steuerte weitere lustige Geschichten darüber bei, wie sich der einstige verschlafene Ort in einen der beliebtesten Urlaubsorte Deutschlands verwandelt hatte.

Liam ließ sein Knie die ganze Zeit an ihrem Bein und

das Glücksgefühl war so berauschend, dass Alicia manchmal Schwierigkeiten hatte, sich auf die Erwachsenen zu konzentrieren.

Nach dem Kuchenessen verabschiedeten sich Liam und sein Vater. Sie wollten einen Strandspaziergang machen und dabei in Ruhe reden.

Alicia half ihrer Tante beim Aufräumen. »Bin ich froh, dass die Sache so gut ausgegangen ist. Wie hast du das bloß wieder hinbekommen? Irgendwie weißt du immer, wie die Dinge ausgehen.«

»Ich kenne Paul eben fast mein ganzes Leben und weiß, wie man ihn nehmen muss. Könntest du mir einen Gefallen tun? Im Garten steht noch ein Korb mit gepflückten Kirschen. Könntest du ihn reinholen, bevor die Vögel sich darüber hermachen?«

Alicia ging in den Garten und blickte sich um. Sie entdeckte den Korb unter dem Kirschbaum, der in unmittelbarer Nähe vor einer hohen Hecke wuchs, die das Grundstück begrenzte. Sie wollte ihn gerade in die Hand nehmen, als sie eine Stimme hörte. »Hallo.«

Sie fuhr zur Hecke herum. Sina schaute über den Strauch und machte einen ziemlich zerknirschten Eindruck. »Ich habe Lena am Strand getroffen und sie sagte mir, dass du hier bist.«

Alicia runzelte die Stirn. »Und wieso wolltest du das wissen?«

»Ich … ich möchte mich bei dir entschuldigen. Ich war einfach ätzend, weil ich so eifersüchtig war – auch auf dich!«, platzte es aus ihr heraus.

»Du warst eifersüchtig auf *mich?* Warum das denn?«

»Ich war auch im Lostopf für das Praktikum am Leuchtturm. Und als dann die Wahl nicht auf mich, sondern auf dich gefallen ist, war ich so enttäuscht.« Sina blinzelte hektisch und Alicia merkte, dass sie mit den Tränen kämpfte.

»Und dann haben meine Eltern noch so einen Druck gemacht, dass ich endlich was Sinnvolles in den Ferien tun soll. Ich habe zwar seit dem Sommer einen Schulabschluss, aber keine Lehrstelle bekommen, weil meine Noten nicht gut genug sind. Ein Praktikum in der Schutzstation hätte ich gut für eine Ausbildung zur Tierpflegerin brauchen können«, erklärte Sina. »Das war echt alles zu viel und ich habe meinen Frust an den Falschen ausgelassen.«

»Das tut mir leid. Ich hatte von alldem keine Ahnung.«

»Konntest du ja nicht wissen. Dir muss gar nichts leidtun. Ich bin diejenige, die Mist gebaut hat und sich entschuldigen muss. Ich hoffe, du kannst mir verzeihen.«

Alicia merkte, dass Sina es ehrlich meinte. »Ich nehme deine Entschuldigung an. Vergessen wir es.«

»Da bin ich froh«, sagte Sina erleichtert. »Bei den anderen werde ich mich auch noch entschuldigen. Mit Lena habe ich vorhin schon gesprochen.«

»Mach das. Erklär ihnen das so, wie du es mir erklärt hast. Ich bin ziemlich sicher, dass sie dann deine Entschuldigung annehmen werden.«

Sina verabschiedete sich und Alicia ging zurück ins Haus. Sie gab Tante Heide den Kirschkorb und erzählte von ihrer Begegnung an der Hecke. »Sie hat mir mit einem Mal richtig leidgetan.«

»Es scheint, heute ist ein guter Tag, einander zu verzeihen.« Tante Heide kippte die Kirschen in ein Sieb. »Gibt es noch jemanden, den wir miteinander versöhnen können?«

»Nicht direkt. Allerdings bräuchte ich deine Hilfe und Überredungskünste bei einer anderen Sache.«

»Soso.« Tante Heide drehte den Wasserhahn auf und wusch die Kirschen. »Worum geht es denn?«

»Um einen Wunsch. Ich möchte nämlich am liebsten gar nicht mehr aus St. Peter-Ording weg, deswegen musst du mir helfen, Mama und Papa davon zu überzeugen, dass ich bleiben darf. Es ist zwar nicht logisch, aber es kommt aus meinem Herzen. Ich möchte den Strand und die Robben nicht mehr missen und habe da auch schon eine Idee, was ich machen könnte.«

»Jemanden von meiner Meinung zu überzeugen, ist ja meine Spezialität. Und wenn es dann auch noch eine Herzensangelegenheit ist, sowieso.« Sie zwinkerte Alicia zu und stellte das Sieb mit den Kirschen zum Abtropfen auf die Spüle.

22. KAPITEL

Eine Gruppe aus zwölf Leuten hatte sich vor dem Leuchtturm eingefunden und Liam und Alicia erklärten den Teilnehmern die Regeln fürs Watt. Obwohl Alicia mittlerweile mit den anderen mithalten konnte, hingen die Leute vor allem gebannt an Liams Lippen. Sie konnte ihnen das nicht verübeln, auch Alicia ließ sich immer wieder von seiner Begeisterung für seine Umwelt anstecken. Ein Lächeln huschte über ihre Lippen, während sie Liam lauschte.

»Hat noch jemand eine Frage?«, erkundigte sich Liam schließlich. »Gut, dann kann es jetzt losgehen.«

Sie setzten sich mit den Leuten in Bewegung und liefen den Weg entlang, der in die Salzwiesen führte. Dabei liefen Liam und sie so dicht nebeneinander, dass ihre Arme sich immer wieder wie zufällig streiften. Alicia warf einen verstohlenen Blick zu ihm rüber und bemerkte, dass er sie ebenfalls ansah. Als ihre Blicke sich trafen, zwinkerte er ihr zu. Wärme durchströmte Alicia bis tief in ihr Innerstes.

»Alicia!«, rief sie eine bekannte Stimme. Für einen kurzen Moment glaubte sie, sich das eingebildet zu haben –

schließlich hatte sie schon einmal geglaubt, Elias in St. Peter gesehen zu haben.

Doch als sie den Kopf herumriss, entdeckte sie einen Jungen, der strahlend und mit ausgebreiteten Armen auf sie zukam.

Wie angewurzelt blieb sie stehen. »Elias?«

»Hi.« Er umarmte sie, obwohl sie wie erstarrt war.

»Was machst du denn hier?«, fragte sie völlig perplex. Aus dem Augenwinkel sah sie zu Liam. Er war ebenfalls stehen geblieben, winkte aber der Gruppe weiterzugehen.

Elias zuckte mit den Achseln und ließ sie schließlich los. »Ich wollte dich überraschen.«

»Die Überraschung ist dir gelungen«, sagte sie hohl. Sie schaute Liam und der Wattwanderungsgruppe nach. Dabei fing sie Liams Blick auf, der sich nach ihr umgedreht hatte und Elias und sie unverwandt ansah. Ein schmerzhafter Stich durchfuhr sie. Was dachte er jetzt nur?

»Ich habe dich so sehr vermisst, dass ich spontan beschlossen habe hierherzufahren. Und hier bin ich«, erklärte er mit einem charmanten Grinsen, das Alicia früher immer schwach hatte werden lassen.

Obwohl sie völlig überrumpelt war, war sie erleichtert festzustellen, dass es nichts mehr in ihr auslöste. Trotzdem starrte sie ihn eine Weile an, ehe sie sich aus ihrer Starre riss. »Wir sind nicht weit vom Leuchtturm entfernt«, sagte sie und deutete zurück. »Geh doch schon mal vor, ich komm sofort nach, ja?«

Ohne Elias' Antwort abzuwarten, rannte sie der Wattwanderungsgruppe hinterher. Ausgerechnet jetzt musste

Elias hier auftauchen. Jetzt, da sie sich vorgenommen hatte, ihrem Herzen zu folgen, und mittlerweile wusste, für wen es schlug. Sie kam sich vor wie in einem schlechten Film.

»Liam, du musst die Tour ohne mich machen«, sagte sie außer Atem.

»Ich hab die auch früher schon ohne dich hinbekommen«, erwiderte er, ohne sie anzusehen oder stehen zu bleiben.

Alicia schluckte hart. Seine abweisende Art verletzte sie. Am liebsten hätte sie ihm hier und jetzt von ihren Gefühlen erzählt, aber erst einmal musste sie sich um Elias kümmern und dieses Kapitel ein für alle Mal abschließen. »Das eben war mein Ex. Ich wusste nicht, dass er herkommt, und ich verlange auch nicht, dass du das verstehst. Aber lass uns nachher reden, ja? Bitte.«

»Dein Ex also?« Er blickte sie mit einem undefinierbaren Gesichtsausdruck an.

»Ja. Ich erkläre es dir nachher, okay? Ich frage Lena, ob sie für mich einspringen kann.« Sie rannte wieder zurück zum Südhaus.

Lena und Fiete machten sich vor dem Fahrradschuppen gerade fertig zum Vogelzählen und beäugten Elias, der auf der Bank vorm Leuchtturm Platz genommen hatte, skeptisch. Nachdem Alicia in aller Kürze erklärt hatte, was los war, sprang Lena für sie bei der Gruppenführung ein und Fiete ging allein zum Vogelzählen.

Alicia blickte ihnen hinterher und versuchte, sich zu sammeln, ehe sie Elias bedeutete, ihr ins Haus und die Küche zu folgen.

»Elias, wir müssen reden …«, begann Alicia.

»Deswegen bin ich hier. Lass mich bitte zuerst.« Er nahm ihre Hand. »Alicia, ich war ein Idiot. Mir ist klar geworden, was ich für dich empfinde, und ich habe auch eingesehen, dass ich viel zu wenig Zeit für dich hatte. Aber das wird sich ab jetzt ändern. Ich kriege schon beides unter einen Hut, den Fußball und dich. Bitte gib mir eine zweite Chance, um dir zu beweisen, wie wichtig du mir bist. Alicia, ich liebe dich.«

Alicia entging nicht, dass sie selbst jetzt erst nach dem Fußball kam für Elias. Doch das änderte so oder so nichts an ihren Gefühlen. Tante Heides Vorhersage kam ihr in den Sinn. Ihre Tante war wirklich unglaublich! Aber während sie damals noch gehofft hatte, Elias würde sich tatsächlich bei ihr melden und sie um eine zweite Chance bitten, konnte sie jetzt nur an Liam denken und hoffen, dass er das alles nicht in den falschen Hals bekam.

»Das ist … schön …« Sie zog ihre Hand aus Elias' und suchte nach den passenden Worten. »Wenn du wüsstest, wie lange ich darauf gewartet habe, genau das von dir zu hören«, begann sie und schüttelte den Kopf, als er den Mund öffnete, um etwas zu sagen. »Nein, hör mir zu. Du hast mich wirklich mit deinem Verhalten verletzt. Und ich glaube dir, dass du dein Versprechen jetzt ernst meinst. Aber was ist in ein paar Tagen? Ich möchte das nicht mehr. Und in den letzten Wochen ist viel passiert und es hat sich einiges verändert. *Ich* habe mich verändert. Ich möchte mich für niemanden mehr verbiegen. Und ich habe mich in einen anderen Jungen verliebt. Es tut mir sehr leid, Elias.«

Elias schüttelte den Kopf, als könne er ihre Worte so abwehren. »Aber Alicia, ich würde mich ändern. Ganz bestimmt.«

Sie seufzte. »Verstehst du nicht? Du brauchst dich nicht zu ändern. Menschen, die man liebt, sollte man so nehmen, wie sie sind. Es war falsch von mir, dich ändern zu wollen. Aber dass ich dir nicht wichtig genug war, hat mir die Augen geöffnet. Und jetzt ist es zu spät.«

Alicia wartete nervös vor dem Südhaus. Als die Gruppe aus dem Watt zurückkam, begann ihr Herz zu rasen. Aber Liam fehlte.

»Er wollte noch Kontrollgänge machen«, erklärte Lena.

»Ach so.« Alicia versuchte, sich ihre Enttäuschung nicht anmerken zu lassen. Versuchte er, ihr aus dem Weg zu gehen? Etwas in ihr zog sich zusammen. Hoffentlich war es nicht zu spät, ihm ihre Gefühle zu gestehen.

Während sie Zeit mit Lena und Fiete verbrachte, drifteten ihre Gedanken immer wieder ab und sie überlegte, wie sie am besten ihr Herz sprechen lassen könnte, wenn Liam wieder zurückkam.

Mit jeder Stunde, die verging, wurde sie unruhiger. Sie wusste, dass diese Kontrollen dauern konnten, aber Alicia wollte sich endlich mit Liam aussprechen. Es war spät am Abend, als er endlich zurückkam. Alicia saß mit Lena und Fiete auf der Bank vor dem Leuchtturm, wo sie Karten spielten.

»Na, bist du zur Kontrolle bis Büsum gelaufen?«, fragte Lena.

»Nicht ganz. Hat einfach etwas länger gedauert«, erwiderte er nur.

Alicia rutschte bei der Kälte in seiner Stimme das Herz in die Hose.

»Ich weiß nicht, wie es euch geht, aber ich bin hundemüde«, verkündete Lena.

»Ich auch«, erklärte Fiete gähnend. »Ich hau mich aufs Ohr.«

»Gute Nacht, ihr zwei!« Alicia blieb auf der Bank sitzen. Sie war froh, dass sie allein waren und reden konnten, aber ihr klopfte dennoch das Herz bis zum Hals.

Liam sah sie nach einer gefühlten Ewigkeit endlich an. »Was ist mit dir? Nicht müde?«

»Nicht so richtig.« In Wirklichkeit war Alicia völlig aufgekratzt und überlegte, wie sie ihm am besten sagen konnte, was sie empfand.

»Wo ist dein Besuch?«, fragte er ohne Umschweife und schaute sich demonstrativ um.

»Weg. War nur ein kurzer Besuch. Liam, ich …«

Wortlos ging Liam in den Schuppen. Einen Moment war Alicia wie paralysiert, aber dann sprang sie auf und folgte ihm. Sie hatte sich das zwischen ihnen nicht nur eingebildet, das wusste sie. Und sie würde ihn nicht so einfach ohne ein klärendes Gespräch davonkommen lassen.

Liam öffnete gerade einen Spind, und bevor sie noch etwas sagen konnte, warf er ihr einen Schlafsack zu. Reflexartig fing sie ihn auf.

»Was soll ich damit?«

»Falls du mitkommen möchtest.«

»Wohin mitkommen?«

»Bei so warmem Wetter schlafe ich manchmal auf dem Dach vom Fahrradschuppen.« Er hatte inzwischen einen zweiten Schlafsack aus dem Schrank genommen.

»Okay …« Alicia wusste nicht, ob er das ernst meinte oder sie gerade hochnahm. Gerade war er noch so abweisend gewesen – er konnte sie noch immer nicht richtig ansehen!

»Es ist echt wunderschön da oben. Halt mal.« Er drückte ihr seinen Schlafsack nun auch noch in die Hand und holte aus einer Ecke eine Leiter, die er draußen an den Schuppen stellte. »Ich klettere zuerst hoch und du reichst mir dann die Schlafsäcke.«

»Okay«, wiederholte sie, noch immer völlig aus dem Konzept. Mechanisch tat sie wie ihr geheißen und kletterte dann zu Liam auf das Dach des Schuppens. »Ist ganz schön frisch.«

»Deswegen haben wir die Schlafsäcke. Schlüpf einfach rein.«

Einige Augenblicke später lag sie warm eingekuschelt im Schlafsack und schaute mit Liam in den Sternenhimmel. Eine Weile schwiegen sie und ließen den Anblick von Tausenden funkelnden Sternen auf sich wirken. Solch einen Sternenhimmel hatte Alicia bisher noch nie gesehen. Fast erschien er ihr viel zu schön, um wahr zu sein. Auch dass sie hier mit Liam zusammen auf dem Dach lag, fühlte sich für sie wie ein Traum an. Sie hoffte, nicht so bald aus ihm zu erwachen.

»Und? Wo ist dein Ex hin?«, fragte er unvermittelt.

Alicia war erleichtert, dass er nun doch bereit schien zu reden. Gleichzeitig begann ihr Herz, wieder wie verrückt zu rasen. »Elias ist weg, sagte ich ja schon. Ich wusste nicht, dass er herkommen wollte.«

»Siehst du ihn wieder?«

»Nein. Wir haben uns vor den Ferien getrennt und ich bin über ihn hinweg dank …«, *dir,* sagte sie im Stillen, »… euch. Und der Zeit hier. Ich hab hier echt viel über mich selbst gelernt.«

Liam schwieg so lange, dass Angst und Schmerz einen Knoten in ihrem Magen bildeten.

»Oh, schau mal!« Er zeigte zum Himmel. »Du hast Glück. Das erste Mal auf dem Schuppen und gleich ein Volltreffer.«

»Was meinst du?« Frust begann, sich in Alicia zu regen. Lenkte er absichtlich vom Thema ab?

»Siehst du das da vorne? Dieses breite silbrige Band am Himmel?«

Alicia legte den Kopf schräg. »Ja, ich sehe es. Was ist das?«

»Das ist die Milchstraße. Ich habe seit fast zwei Monaten vergeblich versucht, sie zu sehen, und heute klappt es endlich wieder.«

»Wow! Ich habe noch nie die Milchstraße gesehen.« Für einen Moment vergaß sie alles andere und schaute fasziniert auf die Erscheinung am Himmel. »Ich fühle mich bei all der Schönheit des Universums auf einmal sehr klein und unbedeutend«, sprach sie ihre Gedanken aus.

»Das geht wohl jedem so, der ein Auge dafür hat und bereit ist, die Wunder der Natur auf sich wirken zu lassen.«

»Glaubst du, da draußen gibt es noch andere?«

Liam drehte den Kopf zu ihr. »Du meinst andere Welten? Eine, wo gerade auch ein Junge und ein Mädchen zusammen auf einem Schuppendach liegen und die Sterne betrachten?«, fragte er.

»Ja.« Alicia schaute ihn an.

Er überlegte einen Moment, bevor er antwortete. »Ich hoffe es zumindest. Und ich wünsche den beiden, dass sie auf einer besseren Ausgabe von unserer Welt leben.«

»Das klingt schön.« Sie lächelte ihn an.

Er erwiderte ihr Lächeln. Das machte Alicia Mut. Sie warf alle Bedenken und Vorsätze über Bord und war bereit, ein Risiko einzugehen.

»Weißt du eigentlich, wie sehr ich von deinem Verhalten beeindruckt bin? Du bist mit so viel Mut für deine Überzeugungen eingestanden und hast dich dabei sogar gegen deinen Vater gestellt, weil du weißt, dass er unrecht hat. Hat dir schon mal jemand gesagt, dass du ein wundervoller Mensch bist?« Den letzten Satz hatte sie ganz leise gesagt.

»Ja, das hat schon mal jemand zu mir gesagt.« Er grinste sie an. »Neulich, am Strand. Das warst du.«

»Stimmt«, murmelte Alicia verlegen.

»Und wie ich dir schon am Strand gesagt habe, kann ich das Kompliment nur zurückgeben. Du bist ziemlich faszinierend, Alicia. Ich weiß, ich habe dir mal gesagt, du sollst dich besser nicht in mich verlieben, aber … Ich hoffe, du hast es trotzdem getan.«

Alicia war völlig überwältigt von seinem Geständnis

und konnte bloß nicken. »Aber was ist mit Bondi Beach?«, fragte sie schließlich mit belegter Stimme.

»Bondi Beach?« Liam lachte auf. »Der ist ziemlich weit weg. Wahrscheinlich habe ich in den nächsten 20 Jahren gar keine Zeit, um nach Australien zu reisen. So wie ich meinen Vater kenne, wird die Surfschule ein voller Erfolg. Außerdem kann man neue Träume haben.« Er sah sie eindringlich an und unter seinem Blick wurde ihr ganz warm.

»Meine Tante und ich haben meine Eltern übrigens überredet, dass ich ein Jahrespraktikum im Robbarium machen darf. Ich habe mich noch mal nach unserer Findelrobbe erkundigt und mit dem Leiter gesprochen. Nachdem ich ihm von meiner Zeit im Zoo in Gelsenkirchen erzählt habe und er mit meiner Mentorin dort telefoniert hat, hat er mir das Praktikum zugesagt. Ich kann in der Zeit bei meiner Tante wohnen.«

»Wirklich? Dann musst du nach den Ferien nicht weg?« Die Hoffnung in seiner Stimme brachte sie zum Lächeln.

»Nur kurz, um ein paar Sachen zu holen.«

»Und was ist mit der Oberstufe?«

Alicia zuckte die Achseln. »Das entscheide ich nächstes Jahr. Nach dem Praktikum. Ich wollte schon immer mit Meerestieren arbeiten und die Chance gerne nutzen.«

Er griff nach ihrer Hand und drückte sie. »Schau mal!« Er zeigte wieder zum Himmel. »Eine Sternschnuppe. Schnell! Wünsch dir was!«

Alicia schloss kurz die Augen und schickte ihren Wunsch ans Universum.

»Hast du dir was gewünscht?«

Sie nickte. Die Zeit am Leuchtturm hatte sie verändert. Sie war mutiger geworden und hatte begriffen, dass das Leben ständige Veränderung bedeutete. Durch Liam hatte sie gelernt, sich lebendig zu fühlen und dass es sich manchmal lohnte, ein Risiko einzugehen und für seine Träume einzustehen. Alicia atmete tief ein und wieder aus. Dann fasste sie sich ein Herz. Sie drehte ihren Kopf zu ihm und schaute lange in seine Augen, die glänzten wie der schönste Stern am Firmament.

»Hast du dich denn auch in mich verliebt? Oder willst du weiter nur gucken?«, fragte sie ihn neckend.

Er lachte leise. »Der Anblick ist auf jeden Fall unglaublich. Aber ja, ich liebe dich, Alicia.«

Er hatte kaum ausgesprochen, da küsste Alicia ihn. Zuerst war der Kuss bloß ein Hauch, doch dann schlang Liam seine Arme um sie und zog sie fest an sich heran.

Alicia war sich sicher: Das Praktikum am Westerhever Leuchtturm war die beste Idee, die sie jemals gehabt hatte. Sie würde alles wieder genau so machen.

EPILOG

Die kleine Robbe schwamm mit ihren Artgenossen flink durch das große Becken der Seehundstation und holte sich dann einen Fisch bei der Tierpflegerin ab. Alicia drückte auf den Auslöser ihrer Kamera.

»Der Kleine hat sich fabelhaft erholt. Das hat er allein euch zu verdanken«, sagte der Leiter der Seehundstation.

Alicia nahm die Kamera herunter. »Ein Glück, dass wir ihn damals gefunden haben.« Bei der Erinnerung zog sich ihr Herz für einen Augenblick schmerzhaft zusammen, ehe Alicia ihren Blick zu der Robbe lenkte. Es war alles gut gegangen, dem Kleinen ging es prächtig hier und sie freute sich darauf, ihn fortan regelmäßig besuchen zu können.

»Er darf übrigens so lange bei uns bleiben, bis er fit genug ist, um wieder ausgewildert zu werden.«

»Das sind gute Nachrichten«, fand Liam und verfolgte den Tauchgang der kleinen Robbe.

»Ist euch denn mittlerweile ein Name für den kleinen Racker eingefallen?«, wollte der Leiter wissen.

Alicia nickte. »Oh ja. Findus. Weil wir ihn ja gefunden haben.«

»Das ist ein schöner Name für den Kleinen«, meinte der Mann und lachte laut. Sein Handy klingelte. »Entschuldigt mich bitte, aber ich muss zurück zu den Quarantänebecken.«

Der kleine Findus machte einen Sprung und tauchte wieder ins Wasser ab.

»Entschuldigung«, sprach Alicia eine Mitarbeiterin an. »Welcher Seehund ist denn Deern?«

Liam schaute sie fragend an und zog eine Augenbraue hoch.

»Deern ist unsere älteste Dame im Becken. Sie ist schon seit den 80er-Jahren hier. Unglaublich, was?« Die Frau guckte ins Becken. »Da vorne ist sie. Der dunkle Seehund mit den vielen Flecken und dem weißen Strich neben dem rechten Auge. Sie hat übrigens einen Tick. Am liebsten schläft sie senkrecht stehend im Wasser, sodass bloß der Kopf zu sehen ist«, erklärte sie lachend. »Aber kommt mal mit, am Unterwasserfenster könnt ihr sie besser sehen.« Sie führte Alicia und Liam zu dem Fenster und ließ sie dann allein.

Alicia zückte gleich ihre Kamera und machte Fotos von der Robbe.

»Kennst du jetzt hier jeden Seehund mit Namen oder was?«, fragte Liam neckend.

»Quatsch«, erwiderte sie und klickte auf den Auslöser.

»Dann ist ja gut. Ich hatte schon die Befürchtung, meine Freundin sei ein Freak.«

Alicia unterbrach ihre Fotosession. »Sagt der, der vom Kotpillenwurm bis zur Pantoffelschnecke alle Lebewesen im Watt benennen kann. Deern ist die Robbe, die meine Tante damals am Strand gefunden hat. Ich habe ihr versprochen, nach ihr zu fragen und ein paar Fotos zu machen.«

»Dann bin ich ja beruhigt.«

Alicia boxte ihn gegen den Arm und schrie auf, als er sie daraufhin ruckartig an sich zog. »Spinner!«, murrte sie und umarmte Liam. Sie drückte sich ganz fest an ihn und schaute ihn an. »Weißt du eigentlich, dass ich irre glücklich bin?«

»Weißt du eigentlich, dass ich noch viel irrer glücklich bin?«

Statt zu versuchen, ihn zu übertrumpfen, küsste sie ihn und kuschelte sich in seine Arme. Eng umschlungen, beobachteten sie die glücklichen Robben, die sich einen Fisch nach dem anderen abholten. Diesen Augenblick hätte sie am liebsten für immer festgehalten.

DANKSAGUNG

Es gibt viele Menschen, die an der Entstehung der *Leuchtfeuerherzen* bis zur Auslieferung in die Buchhandlungen beteiligt sind. Ihnen möchte ich allen danken!

Danke an meine großartige Agentin Kathrin Nehm von der Literaturagentur Thomas Schlück, ohne die meine Jugendbücher in keinem Verlag erscheinen würden.

Danke an das gesamte Team vom Arena Verlag. Besonders an meine wunderbare Lektorin Laura Held – du hast einige Versionen des Manuskripts gelesen und mir so viele wertvolle Ratschläge gegeben, bis es endlich zu dem Buch geworden ist, was wir wollten: voller Wellenglitzern, Nordseeträume und Liebesglück.

Vielen Dank an das Turm-Team der Schutzstation Wattenmeer in Westerhever, das mir die Möglichkeit gegeben hat, für dieses Jugendbuch vor Ort zu recherchieren und es dadurch so realistisch wie möglich schreiben zu können.

Und last, but not least danke ich all den jungen Leuten, die jede Woche bei den Fridays-for-Future-Demos auf die Straße gehen und sich für den Erhalt unseres Planeten einsetzen. Durch euch gibt es Hoffnung, ihr macht die Welt zu einem besseren Ort.

Ihr seid Helden!

Wir sehen uns. Irgendwo. Aber ganz bestimmt am schönsten Strand der Welt – in St. Peter-Ording.

Tanja Janz im Januar 2020

NACHWORT

Die Idee zu den *Leuchtfeuerherzen* kam mir eines Tages zufällig bei einer Recherche für einen anderen St.-Peter-Ording-Roman. Dabei bin ich auf Daten gestoßen, die sich mit der Erhöhung des Meeresspiegels in den kommenden Jahren beschäftigt haben, und musste feststellen, dass, wenn es so weitergeht, St. Peter-Ording bis zum Ende des Jahrhunderts aufgrund des Klimawandels von der Landkarte verschwunden sein wird.

Das hat mich sehr schockiert und bekümmert zurückgelassen. Deswegen habe ich weiterrecherchiert und bin schließlich auf die wunderbare Arbeit der Schutzstation Wattenmeer gestoßen, die an der gesamten Nordseeküste Schutzstationen hat, u. a. auch am Westerhever Leuchtturm bei St. Peter-Ording, in denen Jugendliche ökologische und soziale Praktika bis zu einem Jahr ableisten können. Das hat mich sofort gepackt und ich wollte mehr darüber erfahren.

Ich habe Kontakt zu dem Leiter der Schutzstation in Westerhever aufgenommen und letzten Sommer das Turm-

Team dort besucht. Die Arbeit der Leute in der Schutzstation hat mich sehr beeindruckt. Spannend fand ich, dass das Turm-Team nicht bloß Selbstversorger ist, sondern tatsächlich auch Lebensmittel aus Containern rettet. Ich finde diesen Gedanken der Nachhaltigkeit sehr gut, genießbare Lebensmittel zu retten, statt sie wegen eines abgelaufenen Mindesthaltbarkeitsdatums oder einer kleinen Macke zu vernichten.

Umso mehr bedauere ich, dass dies in Deutschland immer noch strafbar ist. In Ländern wie Österreich, Kanada und der Schweiz ist es mittlerweile eine legale Angelegenheit und ich hoffe, dass dies zukünftig auch in Deutschland so sein wird.

Ich bin mir sicher, wenn ich noch mal Schulabgänger wäre, ich würde ein Jahr in einer Schutzstation verbringen und mich für den Erhalt der Tier- und Naturlandschaft einsetzen wollen. Durch viele Gespräche mit Jugendlichen ist mir aufgefallen, dass diese Möglichkeit, nach der Schule ein ökologisches oder soziales Jahr im Umweltschutz zu verbringen, den meisten unbekannt ist, bevor sie sich in die Berufsausbildung oder ein Studium stürzen. Ich hoffe, dass ich einige Leser, die sich gerne für Umweltprojekte engagieren möchten, durch dieses Buch eine neue, spannende Möglichkeit aufzeigen konnte.

Für Alicia war das Praktikum der Schritt in ein neues Leben, in dem sie ihre Liebe zu Tieren und der Natur leben konnte. Ich weiß von den Leuten am Turm, dass es auch für sie nach ihrer Zeit in Westerhever weiter im Umwelt- und Tierschutz geht.

Falls ihr neugierig geworden seid, findet ihr auf folgender Seite alle wichtigen Informationen:

https://www.schutzstation-wattenmeer.de/mit-uns-aktiv/mitarbeit/

Schreibt mir gerne, wie euch das Buch gefallen hat. Ihr findet mich auf Instagram und Facebook.

Eure
Tanja Janz

Katy Birchall

Sex Education

Der Roadtrip

Im Roman zur Serie wird Maeves Bruder Sean von einer Gruppe reicher Jugendlicher beschuldigt, sie bestohlen zu haben. Zusammen mit Otis, Aimee und Eric macht sich Maeve auf einen abenteuerlichen Roadtrip. Um Seans Ruf zu retten, schleichen sich die vier Freunde in die toxische Clique ein. Leider sind die Beweise gegen Sean mehr als erdrückend. Und zu allem Überfluss kommt dabei auch Unausgesprochenes zwischen Maeve und Otis ans Licht.

352 Seiten • Klappenbroschur • ISBN 978-3-401-60663-7
Auch als E-Book erhältlich • www.arena-verlag.de

Katja Brandis

Koalaträume

Die angehende Zootierpflegerin Juli wird nach Australien eingeladen und darf dort vier Wochen lang in einem Wildpark mit Koalas, Kängurus und Emus arbeiten. Immer wieder ist es der junge Aboriginal Colin, der ihr dabei hilft, der ihr den Rücken stärkt. Doch Juli ist entschlossen, sich während ihrer kurzen Zeit in Australien nicht zu verlieben, besonders nicht nach ihrer katastrophalen letzten Beziehung. Und Colin ist hin- und hergerissen zwischen den Traditionen seiner Familie und seinen eigenen Wünschen. Doch dann geschehen Dinge, mit denen weder Juli noch Colin gerechnet haben, und zwingen sie, sich zu entscheiden ...

288 Seiten • Arena Taschenbuch • ISBN 978-3-401-51200-6
Auch als E-Book erhältlich • www.arena-verlag.de